경성 부녀자 고민상담소

경성 부녀자
고민상담소

초판 1쇄 발행 | 2021년 10월 28일
초판 2쇄 발행 | 2021년 12월 20일

지은이 | 김재희
펴낸이 | 박영욱
펴낸곳 | 북오션

편　집 | 권기우
마케팅 | 최석진
디자인 | 서정희·민영선·임진형
일러스트 | 황민혁
SNS 마케팅 | 박현빈·박가빈
유튜브 마케팅 | 정지은

주　소 | 서울시 마포구 월드컵로 14길 62
이메일 | bookocean@naver.com
네이버포스트 | post.naver.com/bookocean
페이스북 | facebook.com/bookocean.book
인스타그램 | instagram.com/bookocean777
유튜브 | 쏠쏠TV·쏠쏠라이프TV
전　화 | 편집문의: 02-325-9172　영업문의: 02-322-6709
팩　스 | 02-3143-3964

출판신고번호 | 제 2007-000197호

ISBN 978-89-6799-615-4 (03810)

경성 최초 〈고민상담소〉
여성 탐정 삼총사의 활약기

경성 부녀자 고민상담소

김재희 지음

Bookocean

차례

김찬희(22, 여)

일본 유학파로 일본 핑커톤 지사 직원 근무 경력이 있다. 키 170센티미터에 삼단봉을 능숙하게 다루며 남장을 자주 한다. 하지만 경성에 돌아오니 취준생의 한 명일 뿐이다. 현재 구직 중.

김라라(22, 여)

미국에서 심리상담학 석사 학위 보유자. 경성에서는 세브란스의전 조교. 갈색 눈의 소유자로, 혼혈인. 라라 박사로 불리면서 경성 부녀자 고민상담소를 연다.

방선영(22, 여)

이화여전 다니다 때려치고 시집을 안 가기로 선포한 백수지만, 사무와 총무, 타이핑의 귀재. 적극적으로 일에 뛰어들고 찬희와 라라 사이를 이어주는 역할을 한다.

송영운 (22, 남)

공동주택에 사는 남자. 건설시공회사의 직원이지만,
비밀스러운 면을 지녔다.
찬희와 사건 해결에 얽혀 사랑 감정을 주고받는다.
매너있고 단정한 이미지에 슈트를 즐겨입고 중산
모로 얼굴을 반쯤 가린다. 미국에서 파견된 특수요
원이다.

이재연 (45, 여)

공유 하우스 주인. 특이하고 시크한 성격. 현대여성
적 면모를 보인다. 살림을 싫어하고 자기 계발과 발
레 등을 통한 체력 증진을 꾀한다. 손영운의 어머니.

이자와 레이 박사 (30, 남)

천재적인 상담가, 정신분석학자. 심리학자. 무척 수
려하게 생긴 미남자이자 심리전문가로 연쇄살인마
를 잡으려는 경찰들도 신뢰하는 인물. 내담자들의
전격적인 지지를 받는 저명한 심리학자.

독일풍 공유 하우스

　찬희는 무거운 슈트케이스를 양손에 들고 땀을 흘리면서 고 갯길을 올라갔다. 효자정(지금의 효자동) 전차역에서 내려서 한 참을 걸었다. 고갯길에 가득한 한옥 골목을 누비면서 손에 쥔 곱게 접은 종이를 펴서 여러 번 주소를 확인하면서 올라갔다. 삼청정(삼청동) 140번지는 저 위에 주소인가 싶었다.

　"에구 가쁘다. 헉헉."

　찬희는 손에 든 주소를 적은 종이쪽지를 다시 보았다. 이제 하도 접었다 폈다 해서 너덜너덜하다. 신문에서 하숙생을 찾는 다는 광고를 오린 것이었다. 찬희는 오늘 셔츠에 바지를 입고 오길 잘했다는 생각이 들었다. 머리는 틀어 올려 캡모자 안에 감추니 영락없이 남자 같았다.

전치 인 소녀들이 찬희를 힐긋 보던 게 기억났다. 큰 키의 찬희는 남장하면 여자들의 시선을 꽤 받는 편이었다.

"어, 여기가 맞는데."

찬희는 광고기사의 주소와 철제 대문에 붙은 주소를 확인했다. 대문 안으로 가지가지 꽃핀 정원이 들여다보였다. 서양인들이 사는 집 같았다. 찬희는 뒤를 돌아보았다. 삼청정에 있는 한옥들과 어울리지는 않았으나, 그래도 우뚝 서 있는데도 불구하고 그렇게 튀지 않았다.

하숙집은 넓은 직사각형 모양의 독일식 건물로 지붕은 박공지붕에 옥탑방이 있고, 붉은 벽돌로 마감을 했다. 1층에 아치형 문에 나무 틀 창문들이 나란히 있었다. 베이지색의 벽돌로 외장이 마감됐고, 창틀마다 꽃과 잎사귀 모양이 부감으로 조각돼 있었다. 멋스럽고 고풍스러운 건물이었다. 푸릇푸릇한 아이비가 벽돌 담장을 둘러싸고 있었다.

찬희는 철 대문을 손으로 눌러보았다. 슬그머니 삐걱거리면서 열렸다.

"누구세요?"

마침 정원에서 가지치기하던 중년의 여성이 찬희를 시선을 내리고 보았다. 키가 큰 편이고 시원한 이목구비에 서양 옷을 입었다. 테니스 모자 위로 스카프를 써서 해를 가리고 있었다.

"하숙생을 구한다고 해서 왔습니다. 전화 드린 김찬희입니다."

"아, 들어와요. 난 이 집을 운영하는 사람입니다."

고개를 높이 들고 시선을 약간 아래로 한 하숙집 아줌마는 기존 경성의 하숙집 아줌마와 달라보였다. 서양식 옷을 입었는데, 단정하고 깐깐한 느낌이었다. 찬희는 뒤를 따라서 정원을 지나 집안으로 들어갔다. 1층은 넓게 트인 거실에 소파와 피아노, 그리고 풍경 유화 그림과 도자기 인형들이 전시돼 있다.

"우리 하숙집은 기존 한옥 기와집과는 다를 거예요. 이 집은 독일인이었던 우리 아버지가 지으신 집이거든요. 난 편하게 하숙집 사장님으로 불러요. 이름은 이재연."

그녀는 스카프를 풀고 모자를 벗어, 어깨까지 오는 굽실거리는 머리를 핀으로 높게 고정했다. 그리고 찬희에게 푹신한 의자를 권했다.

40대로 보이는 재연은 볼륨감 있는 몸매였다. 눈코입은 단정하고 균형 잡혀 있었다. 하얀 블라우스에 플레어스커트를 입고 허리 부분에는 체크무늬 에이프런을 했다. 얼굴에는 루즈를 발라서 활기차 보였다. 경성에도 실크스타킹, 서양 드레스나 구두가 백화점에 많이 전시돼 있는데, 값이 비싸서 찬희에게는 그림의 떡으로만 보였다. 지금 입고 있는 옷들은 일본에서 공부할 때 사환으로 일했던 탐정사무소 사장님이 준 것들이다.

"한번 둘러볼래요?"

재연은 우아하게 스커트를 여미면서 일어났다. 키가 제법 커서 찬희와 비슷했다. 찬희는 170센티의 키라서 경성 남자와도 맞먹었는데 하숙집 사장님은 찬희와 비슷했다.

재연이 손으로 가볍게 안내하면서 거실을 나가 2층 계단으로 올랐다.

"아버지가 직접 설계하신 집이죠."

"아버님이 독일분……."

하지만 재연은 아무리 봐도 조선 사람 얼굴이다. 둥근 얼굴에 눈도 둥글고 코와 입술도 둥그렇다.

"아버지가 고종 황제의 명을 받아 독일에 신문물 배우러 가셨다가 거기서 귀화하고 나를 낳으셨거든요. 이렇게 조선에 오게 된 것은 한참 후죠."

"아 그러시군요."

"1층은 저와 가족들이 쓰고, 2층에 하숙생들이 머물고 있어요. 찬희 씨는 일본에서 무얼 전공했어요?"

"저는 영문학이요, 일본에서 소설 번역일도 하고 탐정사무소에서 사환으로 일도 배우고 그랬어요."

"탐정이라? 미국의 핑커톤? 그런 거예요? 셜록 홈즈?"

"네. 잘 아시는군요."

"아무래도 어릴 때부터 외국 소설을 많이 봤으니까요. 이 방은 하숙생들이 쓰는 방들."

복도에 있는 방문을 하나하나 재연이 열어서 보였다. 이미 방

주인이 쓰는 듯, 옷걸이에 드레스와 한복 등이 가지런히 걸린 방도 있었다. 어떤 방에는 해골 모형과 의학서들이 가득 서가에 꽂혀 있었다.

"이 방은 세브란스의전 의학부 다니는 학생의 방. 자아, 그리고 찬희 양이 쓸 방은 이 방. 들어와요. 그리고 식사는 제공 안 해요."

찬희는 방으로 들어오다 문턱에 걸려 넘어질 뻔했다. 휘청휘청하다 간신히 문고리를 붙잡고 일어나 아무렇지 않게 미소를 지었다.

방은 마호가니 원목 책상과 침대와 옷장이 있었다. 침대의 캐노피와 창가의 레이스 커튼이 맘에 들었다.

"음…… 다리가 부실한 것 같은데, 발레라도 배우면 좋을 텐데요."

"그게 저, 유학할 때는 무용을 배웠거든요. 그런데 조선에는 체육을 학교 다니는 학생이 아니면 할 데가 없어서요."

"그래요?"

하숙집 사장님 재연은 알 듯 모를 듯한 표정으로 싱긋 웃었다. 찬희는 고개를 갸웃했다.

"다시 한 번 말하지만, 난 살림 손 놓았어요. 청소는 복도와 거실이나 부엌 같은 공용 공간만 하고, 각자 방은 알아서 청소해요. 그리고 식사도 알아서 하고요. 대신에 월세는 20원(현대의

30민 원 정노)으로 저렴하게 책정했어요. 화장실은 쓰고 나서, 머리카락 등은 알아서 주워서 부엌의 쓰레기통에 집어넣을 것."

"네, 잘 알겠습니다."

재연은 거실로 가서 다즐링 홍차를 건네면서 찬희가 건네는 20원을 받았다.

"우리가 조선 땅에서는 좀 낯선 공유 하숙집이지만, 이미 독일 등 선진 유럽에서는 이런 공유 하우스가 많아요. 그들은 거동이 힘든 노인도 각 가정이 아니라, 요양원이라는 건물에서 보살펴요."

"걱정 마세요, 사장님. 유학할 때 여자 기숙사에서 살아서 이런 공유 하우스에 익숙해요."

찬희는 가슴을 쓸어내렸다. 살 곳이 생겼다.

아버지는 찬희의 유학을 반대했다. 찬희는 편지만 남기고 집안을 도망치듯 나와 어머니가 마련한 돈을 들고 유학을 갔다. 일본에서 직장을 찾아다니면서 공부를 시작했다. 하지만 학교도 졸업 못 한 조선 여성을 써주는 곳은 드물었다. 그러다 찾은 일이 미국 탐정 회사의 지사 사환 자리였다.

아무리 타향살이가 힘들어도 가부장제의 화신인 아버지 있는 집으로 돌아가고 싶지도 않았다. 학비가 떨어지자, 유학을 접고 탐정사무소에서 일해 모은 돈으로 몰래 조선으로 들어왔다. 이 사실이 알려지면, 분명히 시집가라고 성화일 게다. 이미 남자 12세,

여자 20세의 조혼이 많은 조선이다. 어떻게든 코흘리개 소년에게 시집보낼 게 훤하다.

그러면 평생 살림하다 늙고 남편은 신여성과 바람이 나고, 자신은 아이들을 돌보며 시부모를 모시는 삶을 살지 모른다. 그렇게 엄마처럼 살 수는 없었다.

신여성처럼 화려하고 신문물의 세례를 받은 삶은 아닐지라도 적어도 나혜석 화가가 잡지에 기고한 여러 글에서 보듯 여성으로서 주체적이고 자립적인 삶을 지탱할 것이다.

그러기 위해서는 무엇보다 내일부터 반드시 취업을 해야 한다! 지금 가진 돈으로는 3개월 월세밖에 내지 못한다.

찬희가 가방을 들고 계단으로 끙끙대며 올라가는데, 재연이 1층서 큰 소리로 계단을 향해 말했다.

"이따 저녁은 알아서 먹고 7시까지 뒷 정원으로 나와요. 거기에 헛간을 개조해 만든 체육시설이 있는데 무료 강습을 해줄게요. 나와봐요. 하숙비에 포함돼 있어요."

"네, 알겠습니다."

찬희는 2층의 중간 방에 가방을 풀고, 옷을 옷장에 하나하나 걸면서 앞으로 뭘 해 먹고사나 걱정을 했다. 배에서 꼬르륵 소리가 났다. 생각해보니 점심부터 굶었다. 마음은 미쓰코시 백화점 식품부에 가 있지만, 어서 내려가 근처 호떡 노점에서라도 사서 먹으려 했다.

아, 서양인 사장이 아침마다 내려준 커피 향이 사무치게 그리웠다. 그는 찬희를 "챠니! 챠니!"라고 영어 발음으로 경쾌하게 불렀다. 중산모를 즐겨 쓰고, 시가를 피우고 약간 나온 배에 서스펜더(바지 멜빵)를 찬 멋쟁이 사장이었다.

찬희는 키도 크고, 어깨도 반듯한 데다 눈코입도 시원하게 생겨 남장을 하면 사람들은 영락없이 속았다.

사무소에서 일할 때 특별 수당을 받고 잠복근무도 했다. 회사의 기밀을 캐내는 자를 잡아내 기밀 서류를 빼앗고 그를 경찰에 고발했다.

그리고 부유한 사모님이 남편의 외도가 심해지자, 탐정사무소에 의뢰해온 적이 있었다. 그때도 찬희는 긴 머리를 똬리를 틀어 중절모에 숨겨서 남성 전용 카바레에 잠입해 남편의 애인 집을 몰래 캐내기도 했다. 당시 남편이 세 번째 애인으로도 모자라 네 번째 바람을 피우자, 사모님이 이혼하고 싶어서 의뢰한 사건이다. 찬희는 네 번째 애인은 겉은 여성 복장이지만, 기실은 남자인 것을 알고 참으로 별일도 있다 싶었다.

사모님은 찬희가 캐낸 정보와 탐정사무소장의 이혼 관련 서류 작성으로 손쉽게 이혼과 위자료를 받아내고 아이들과 새로운 삶을 시작했다. 조선은 남자의 외도가 거리낄 게 없었지만, 정부인들이 첩들을 대외적으로 망신 주는 일도 빈번했고, 법적

으로 인정받을 수 없어 상속에서 제외되기도 했다.

찬희는 친구가 어머니가 두 번째 부인이라, 평생을 혼외자로 부끄럽게 여기는 불행한 삶을 사는 것을 보았다.

일본에서는 서양처럼 남편의 외도를 문제 삼아 위자료 소송을 진행하는 경우가 종종 있었다. 조선도 머지않아 그리되리라 보았다. 물론 위자료 소송 후에 이혼을 감당해야 하고, 여성 스스로 자립해 살아야 한다.

저녁, 찬희는 뒷마당으로 나가보았다. 나무판자를 엮어서 만든 허름한 별채가 있었다. 아마도 서양의 온실처럼 별다른 공간인 것 같은데, 겉은 창문이 몇 개 없고 판자로 얼기설기 엮어 만들었다. 하지만 가까이서 보니 제법 큰 건물로 천장도 박공지붕으로 높았고, 문은 견고한 철문이었다. 문틈이 살짝 열려 있고 그 안에서 불빛이 흘러나왔다.

안에서 경쾌한 피아노곡이 흘러나왔다. 베니 굿맨의 재즈곡이었다.

'제목이 'Busy As A Bee'이던가?'

찬희가 입으로 중얼거리면서 들어갔다. 체육을 가르쳐 준댔는데 당장 입을 옷이 없어서 평상시 입는 무릎 길이의 팬츠와 고무신, 그리고 베이지색의 블라우스를 입고 갔는데 영 어색했다.

일본 학교의 무용 클래스에서는 체육복이나 타이츠에 레오타드를 입었는데 빌려 입은 것이다.

문을 열고 들어가니 웬걸, 허름한 판자를 엮은 외벽과 달리 두꺼운 나무 마루로 시공된 바닥에 구석에 있는 축음기에서 경쾌한 재즈가 흘러나왔다.

재연이 머리카락을 묶어 높게 올리고, 핑크 레오타드에 타이츠를 신고 쉬폰 랩스커트를 겹쳐 입고 연습 중이있디. 볼륨감 있는 몸매로 왼손을 위로 올리고 왼 다리를 90도로 올리는 데벨로페 자세로 버티다가 가볍게 뛰면서 오른 다리를 뒤로 두 손을 백조처럼 펼친 아라베스크 자세로 마무리지었다.

곡이 끝나고 찬희가 놀라서 사방이 거울로 뒤덮인 무용실로 들어섰다. 환한 조명과 거울로 다른 세상에 와 있는 것 같았다. 자신의 고무신이 부끄러워 슬며시 벗어 버선발로 들어섰다.

"버선 벗어요. 미끄러지니까."

재연이 부드럽게 말했다. 찬희 외에도 키가 적당하고, 마른 체격의 찬희 또래의 여성과 나이가 일흔 정도 되어 보이는 할머니가 있었다. 일본 요괴 갓파 같은 뱅 머리를 하시고, 눈매는 깊게 파여 있고, 턱살이 늘어져 있었다. 시선이 약간 흐릿해 보였다.

"이 학생이 이화여전 다니는 방선영 양. 이쪽은 오늘부터 우리 공유 하우스에 들어온 김찬희 양. 현재 취업을 준비하고 있어요. 유학 다녀와서요. 그리고 이쪽은 나의 시어머니. 신체 활

등이 중요한 나이라 같이 운동해요. 미자 씨라고 불러드리면 좋아하세요. 저기……."

재연은 찬희의 귀에 무언가 속삭였다.

"어머니가 결례해도 그러려니 해요. 그리고 할머니라 부르면 싫어하세요."

찬희는 고개를 끄덕였다. 같이 살던 친할아버지도 정신이 오락가락하시다 돌아가신 걸 기억해냈다.

찬희는 할머니가 운동을 잘할까 싶었는데 웬걸, 발레 바에 다리를 턱 들어 올려 걸치는데 찬희보다 몇 배나 유연성이 좋았다. 게다가 미자 씨는 옷도 제대로 된 검은색 레오타드에 하얀 타이츠를 신고 발레 슈즈도 갖추었다.

방선영은 검정 체육복을 위아래 입고 있었다. 옆으로 솔기선이 하얀색으로 덧댄 게 날렵해 보였다. 오종종한 얼굴에 조신한 몸짓, 찬희가 예전에 친했던 학생과 약간 닮았다.

"찬희 양은 운동복이 없나요?"

"네. 전에는 학교에서 빌려 입어서요."

"하는 수 없지. 이걸 저기 탈의실서 갈아입어요."

찬희는 재연이 건넨 옷을 보았다. 하얀색 니트로 된 운동복이다.

"저어, 제가 신체가 좀 많이 발달해서 입기에 좀 그런데요."

"괜찮아."

재연은 자신의 몸을 가리켰다.

"자신의 신체를 있는 그대로 받아들여요. 나 같은 몸매도 입었잖아. 근육과 동작 자세를 거울에 비추어 보아야 하니까 입고 나와요. 서양에서는 리타 헤이워드 같은 글래머 핀업걸들이 인기 있지만, 소신에서 받아들이기까지 100년은 더 기다려야 될걸요. 어서 입어요."

재연은 탈의실로 찬희를 이끌어 옷 갈아입는 걸 도왔다.

"저기, 한복도 맞는 게 잘 없어서요. 어머니 입던 한복을 평상복으로 입었는데 앞섶이 벌어져 창피했어요."

"한복은 치마끈으로 여성의 가슴을 압박하죠. 오죽하면 애 낳은 어머니들은 아예 젖을 내놓고 다니겠어요. 젖 먹이다가 다시 치마를 들어 묶으려니 불편했겠죠. 자아 어때요. 이렇게 딱 맞게 타이츠도 갖추고 운동복으로 입으니 근육과 선이 잘 보이죠? 다음 달에 하숙비에 5원을 추가로 내면 돼요. 염가로 주는 겁니다. 제가 입던 거라서요."

"네. 알겠습니다."

재연과 찬희가 탈의실에서 나오자, 수강생이 한 명 더 있었다. 그런데 남자였다. 키가 크고 호리호리한 체구에 앞머리를 깔끔하게 가르마 타서 단장한 남자가 발레복을 입고 서서 바를 붙잡고 스트레칭을 하고 있었다.

"엄마야."

찬희가 몸을 가리는데, 재연이 미소지었다.

"독일에서는 남녀가 대중목욕탕도 같이 이용합니다. 신체를 부끄러워하지 말고 속박하지 말아요. 있는 그대로 두어요. 자연스러운 게 좋아요."

재연이 간단한 위밍업용 피아노 소곡을 축음기에 걸었다.

"자아 오늘 레슨 시작합니다. 먼저 스트레칭부터 할까요. 독일의 조셉 필라테스 박사가 고안한 필라테스 운동은 신체를 단련하고 발레 전에 근육을 이완시키는 데 무척 좋아요."

찬희는 방선영이 말하는 대로 구석의 작은 크기의 요를 하나 깔고 누워서 다리를 들어 올렸다. 재연을 따라 복근에 힘을 주는 운동을 했다. 옆눈으로 미자 씨를 살피니, 굽은 등이 펴져 무척 유연하게 다리를 180도로 쫙 벌리고 힘을 주었다. 아까 그 젊은 남자도 곧잘 따라 하는데, 찬희가 제일 더뎠다.

재연이 다가와 찬희의 다리를 잡아주면서 말했다.

"열 셀 때까지 버텨요. 다리를 공중에 들고 복근으로 버티는 겁니다. 오늘 처음 치고 잘 따라 하네요."

축음기에서 빠른 재즈곡이 흘러나오고, 여러 필라테스 동작들을 한 후에, 발레 바를 잡고 기본 동작을 배웠다. 쇼팽의 피아노곡이 나오고 재연이 크게 말했다.

"발뒤꿈치를 붙이고 배는 넣고 엉덩이 힘주고, 턱을 당겨요."

'아, 사장의 우아하고 도도한 자세와 표정은 발레 동작에서 나왔구나.' 찬희는 뒤늦게 깨달았다.

"두 손을 모아 앙아방 자세로 무릎을 굽히는 플리에, 그리고 드미플리에, 그랑플리에."

찬희는 무릎에서 딱딱 소리가 났지만 곧잘 따라서 했다. 동경 (도쿄)의 여학교에서 배운 발레 동작이 기억났다.

곡에 맞춰서 여러 차례 동작을 연습한 후에, 재연은 미자 씨에게 다가가 땀을 닦아주었다.

"미자 씨 가만있어 봐요. 땀 닦고 자야 개운하지."

남자는 어느새 남자 탈의실로 들어가 옷을 갈아입는 중이었다. 탈의실은 장막 천 하나로 남녀 구분돼 있었다. 방선영이 찬희에게 다가와 손을 내밀었다.

"안녕하세요. 저는 이화여전에서 이학 공부를 하는 방선영입니다."

"반가워요. 저는 지금 취업 준비 중이어요. 김찬희라고 해요."

알고 보니 둘은 스물둘 동갑이었다. 슬금슬금 말을 놓았다.

방선영이 건네는 수건으로 땀을 닦으니 온몸이 개운하고, 근육이 풀려 시원했다.

"저기 아까 그 남자분은 누구세요?"

선영이 배시시 웃었다.

"말 놓아. 사장님 아들입니다. 아차차 나도 말 놓기로 하고서. 히히."

"신영아, 며느리가 무용 선생님이고 시어머니와 아들이 배운 다니 특이하다. 우리처럼 하우스 하숙생들도 배우고."

"응. 공유 하우스 사장님은 남편이 일찍 가셔서 이렇게 하숙집 운영하면서 사셔."

"아드님은 뭐하는데?"

"건설회사 시공기사인데 이름은 송영운이래. 은근히 분위기 있지 않아?"

"글쎄."

"송영운 씨는 비혼주의래. 사장님 말로는 자신이 시어머니에게 하두 시집살이 고되게 살아서 며느리 보고 싶지도 않다는데, 아들도 결혼 생각이 없다나."

"뭐어? 특이하다. 나도 결혼하기 진짜 싫은데."

선영이 미소를 지었다.

"연애는 하고 싶지만, 결혼은 나도 망설여진다. 육아나 시댁으로 힘든 여자들 많이 봐서."

선영과 찬희는 무용실에서 문 열고 나와 뒷마당을 관통해 뒷문으로 공유 하우스로 들어갔다. 그리고 2층으로 올라가 각자의 방에서 옷을 갈아입고서 선영의 방에 찬희가 노크하고 들어가 마저 이야기를 나눴다.

"근데 여기 아무리 외국식 공유 하우스라지만 그래도 조선의 하숙집인데 식사제공 안 하는 것은 신기하기는 해."

"응. 하지만 사장님이 조선의 여자랑은 좀 달라. 독일서 살다 와 그런지 몰라도, 본인도 살림 안 하고, 청소도 공유 공간만 해 주고, 식사는 알아서 먹는 거야. 하긴 치매 앓는 시어머니 돌보기에도 힘드실 테니까. 미자 씨가 가끔 집 나가서 사라지기도 해. 잘 보고 있어야 된다나."

"그렇구나. 시집살이 고됐다면서도 할 의무는 하는 게 대단하다."

"하는 수 없지. 조선에는 며느리가 할 일이잖아. 그런데 취업을 준비하는 거면 여사무원이나 간호사로 일하려는 거야?"

"아니, 영문학을 전공해서 그걸 살려 번역 일이나 교사를 하고 싶은데 자리가 쉽게 나지 않아 걱정이야. 경성도 일본인들이 좋은 자리를 거의 차지해서 말이야."

"그렇구나. 나는 아직 학교를 다니는 중이긴 하지만 졸업하기 싫어 유급할 거야. 졸업하면 시집가라고 할 게 뻔하거든. 시집가면 알잖아. 어떻게 되는지. 병원에 간호사로 취직해 전문직종에서 근무하고 싶어."

후우.

찬희는 한숨을 쉬었다. 1930년대 경성, 여자는 독신 서약을 하고 비혼으로 살지 않으면 누군가의 아내, 어머니가 되어서 평생을 살림만 해야 한다.

나혜석, 강경애, 김명순, 최승희 등 신여성 직업인들은 모두 아이늘 양육과 남편 내조 문제로 시댁과 갈등을 빚었다. 독신 여성도 직업을 가져 자립해도 궁핍한 삶을 살아간다. 그래도 그들은 제대로 교육을 받고 직업이 명확하고 세간에서 이름이 날린 여성 명사들이다.

하지만 자신은 이것도 저것도 아니다. 뭘 해서 돈을 벌어 먹고살지 갑갑했다. 그렇지만 좀 전 거울에 온몸을 비추어 보면서 클래식 음악을 듣고 발레 동작을 따라 할 때 왠지 자존감이 높아졌다. 찬희는 신체를 긍정하는 게 무척 큰 힘이 난 것 같았다.

그도 그럴 것이 찬희는 평균 여성보다 큰 키와 체구로 놀림감이 된 지 오래다. 서양인 피가 섞인 거 아니냐, 친구들 거 다 뺏어 먹은 거 아니냐, 시집 다녀와 아이 낳은 것 아니냐 오해도 받고 놀림도 받고, 심지어 전차 안에서는 외간남자에게 희롱을 당해 눈물지은 적도 있었다.

늘 몸을 싸매고 다녔는데, 저고리 앞섶이 벌어지는 통에 더 창피한 적도 있었고, 블라우스나 스커트가 사이즈가 안 맞는 것을 염가로 양장점에서 사 입고 다니면 엉덩이 부분이 꼭 끼어 길거리 남자들이 암소 같다면서 놀렸다.

그럴 때마다 울분을 느꼈지만, 하여간 좋은 게 좋은 거라고 그냥 지나갔다. 그래서 탐정사무소에서 일할 때 남장을 하고 잠복근무하면 속이 다 시원했다. 파나마모자나 헌팅캡에 긴 머리카락을 감춰 눌러쓰고, 사장의 가죽점퍼를 빌려 입고, 바지를 입으면 속이 다 편했다.

　사장은 이탈리아 볼사리노 모자를 눌러쓰고, 한 손으로 서스펜더를 만지작거리면서 시가를 멋들어지게 피웠는데, 가끔은 레이먼드 챈들러의 하드보일드 소설에 나오는 탐정이 떠오르기도 했다.

　찬희는 과거 기억을 떠올리며 입가에 미소를 지었다.

란제리 가운을 걸친
라라 박사

선영은 옷에 관심이 많아 방에 드레스와 한복이 여러 벌 걸려 있었다.

선영은 찬희에게 삼발이에 주전자를 얹어서 홍차를 끓여서 대접했다.

"다즐링 홍차야. 우리 엄마가 가장 좋아하는 맛이야. 그리고 이건 버터 쿠키."

이때 벽에서 흥겨운 음악 소리가 들렸다.

"어? 옆방 주인 왔나 보다."

찬희가 궁금해했다.

"남자야? 세브란스의전 의학부 학생이라던데. 해골 모형 있던 방 맞지? 아까 사장님이 보여주셨어."

"아니. 여자야. 그런데 자기가 외국에서 공부도 오래 하고, 조만간 박사 학위를 딸 거니까 라라 박사라고 불러달래."

"뭐어? 언니야?"

"아니 동갑. 하여튼 그렇대. 그런데 좀 특이해."

"득이하다니?"

이때 갑자기 꺄아악! 비명이 들렸다. 잔희가 놀라면서 반사적으로 몸을 일으켜 달려나가 옆방을 잽싸게 두드렸다.

"괜찮으세요?"

뒤따라온 선영이 찬희를 말렸다.

"괜찮아. 찬희야."

"괜찮다니?"

이때 문이 빼꼼 열리면서 연한 갈색머리를 고데기로 말아 올린 여자가 란제리 가운만 걸치고 고개를 내밀었다. 가운 안으로 핑크빛 슬립이 보였다. 발에는 복슬복슬한 양털 슬리퍼를 신고 있었다. 갈색의 큰 눈에 약간 나른한 시선, 마늘쪽 같은 코에 입술은 두툼했다. 고양이상 얼굴이고 무척 농염해 보였다. 서양인 얼굴 느낌이 살짝 났다.

"무, 무슨 일 안 났어요?"

여자는 찬희가 묻자 천천히 입을 열었다. 아련하면서도 고혹적인 목소리였다.

"전혀. 축음기로 음악 듣던 중인데."

"분명히 비명이었어요. 여자의 비명. 방 안에 들어가 봐도 돼요?"

찬희가 말리는 선영의 손을 뿌리치고 몸을 들이밀었다.

"들어와요. 순순히 갈 것 같지는 않은데. 공유 하우스 새 입주자?"

"네. 김찬희라고 합니다."

찬희가 선영과 안으로 들어갔다. 해골 모형의 손이 들려 있어 꼭 반갑게 맞아주는 것 같았다.

아까는 몰랐는데 방안을 자세히 보니, 찬희나 선영이 쓰는 방보다는 두 배 이상 넓었다.

방 창가에는 마호가니 책상이 놓여 있고 그 위에 의학서가 펼쳐져 있었다. 책상 양옆으로 서가와 경대가 있었다.

그 앞에 손님맞이용 멋스러운 앤티크 테이블과 의자들이 놓였다. 그리고 구석에 연보라색 비로드로 만들어진 가림막 뒤로 레이스 침구가 깔린 침대와 옷장이 살짝 보였다.

방을 서재와 침실로 나누어 쓰고 있는 모양이었다. 찬희는 이정도 방을 빌리고 이런 가구를 살 정도면 굉장한 재력가의 딸일 거라는 생각이 들었다.

"난 라라 박사. 방선영 군한테 조금은 들었을 거 같은데."

선영이 볼멘소리를 했다.

"라라 씨. 저기요!"

"라라 박사로 불러줘!"

"네, 라라 박사. 왜 제가 당신 제자도 아닌데 굳이에요?"

"알았어요. 선영 양이라 부를게요. 난 초 영재로 학교를 단기 졸업해서 박사 코스는 거의 따놓은 당상이죠. 미국 존 홉킨스 의학부에서 조교를 해서 석사까지 졸업했어요."

갑자기 또 여자의 비명이 크게 들렸다.

꺄아악!

찬희가 놀라 돌아보니 바로 축음기에서 나오는 소리였다.

"오호, 이거 때문에 놀랐어요? 이건 그랑 기뇰이라고 프랑스에서 상연하는 공포 연극 음반인데, 밤이 고적하기도 해서 좀 틀어봤어요. 잠 좀 깨려구요."

라라의 목소리는 권태로움에서 진지한 모드로 바뀌었다. 축음기 소리는 다시 흥겨운 아코디언 소리로 바뀌었다.

"그랑 기뇰? 그거 영문소설에서 본 것 같은데, 사람 죽이고 잔학하게 구는 나쁜 놈들 나오는 연극 맞죠?"

찬희가 목소리 높여 말했다.

"그런 연극 뭐가 좋다고 음악까지 들어요?"

라라가 우후후, 재밌겠다는 미소를 지었다. 라라는 손에 들려 있던 긴 담뱃대를 입에 물고 빨았다. 입술에 묻은 붉은 립스틱이 약간은 선정적으로 보였다.

"연극은 그냥 판타지일 뿐이죠. 영화도 책도 마찬가지. 관객

이나 독자들이 즐기면 그뿐이라고요. 연극은 오늘 자 조선중앙
일보 사회면에 난, 여성 대상 연쇄살인범 기사 같은 실화가 아
니라구요."

최근에 여성을 목 졸라 죽이고 두피에서 머리채를 잘라가는
사건이 연쇄적으로 신당정(신당동)과 종로, 황금정(을지로) 등
경성 곳곳에서 일어났다. 20대 여성들이 죽었는데, 학생, 간호
사, 사무직원 등 직업은 다양했다.

신문에는 '잭 더 리퍼가 경성에 나타나 여성을 살인하오니 각
가정의 부인들과 학생, 사무원 여성들은 조심하시라'는 제목으
로 여러 차례 났다.

선영은 라라가 내미는 신문을 보고 무서운 표정을 지었다.

"밤에는 나가지 말아야겠다."

"무슨 소리? 기사 잘 보아요. 피해자 중 한 명은 낮에 발견됐
어요."

찬희는 신문을 자세히 보았다.

"그렇지만 밤에 납치되어서 살해되고, 낮에 발견된 거로 기
사에 나오네요."

찬희의 말에 라라가 담뱃대를 내려놓고 가운을 묶으면서 경
대로 가서 머리를 매만지고 거울을 들여다보았다. 라라는 찬희
를 거울로 시선을 맞췄다.

"범인들을 자극하는 공격성 신호전달물질은 머리에서 시도

때도 없이 나옵니다. 항상 조심해야죠."

선영이 갸웃하며 물었다.

"신호전달물질? 수업에서 배운 것 같은데?"

"호르몬이라고도 하는데, 1902년에 영국 생리학자 어니스트 스탈링이 발견했어요. 남녀의 2차 성징기에 다양한 성호로몬이 흘러나온답니다."

선영이 물었다.

"대체 어떤 남자가 그렇게 하고 다닐까요? 범행을 모두 같은 남자가 한 걸까요?"

"저는 남자라는 말은 안 했어요. 미국에서 일어난 리지 보든 친족살해사건처럼 여자가 용의자일 수도 있죠, 하지만 확실한 것은 그런 범죄일수록 남자가 범인인 사건 케이스는 거의 95퍼센트는 넘는다는 것. 그만 나가줄래요? 보다시피 공부 중이어서요."

라라는 책상 위 의학서를 보여주는데 남자의 고환과 성기 등이 적나라하게 그려져 있고 영문으로 명칭이 적혀 있다.

"오늘까지 페니스(penis), 이렉타일 티슈(erectile tissue), 글랜스(glans) 등 해부학적 구조와 기능 그리고 신체 활동이나 뇌에 미치는 영향을 연구해야 해요. 못 알아들어요? 음경, 발기조직, 귀두 말이에요."

"네? 뭐라구요?"

선영이 놀라 되물었다.

"허 참, 자지, 자지 기둥 그리고 자지 끝이요."

선영이 민망해 얼굴이 붉어지면서 고개를 숙였다.

"비뇨기과 의사인가요?"

라라가 이것 봐라 하는 눈으로 대차게 묻는 찬희를 보았다.

"아뇨. 하지만 관련 있는 과죠. 내가 무슨 말로 설명을 해도 잘 이해를 못 하겠지만, 지금 미국에서는 프로이트 박사 이론에 따라 의학적으로도 이 분야 연구가 이루어지고 있어요. 이봐요. 사장님한테 들으니까 그쪽은 유학을 다녀와 직장 찾는다던데, 전공이 뭐예요?"

라라는 방 침대에 다리를 꼬고 앉았고 그들에게 책상 의자와 보조 의자를 건네 앉게 했다. 가운이 벌어진 사이로 늘씬한 긴 다리가 드러났다. 선영의 눈에 라라는 미국 핀업걸처럼 육감적으로 보였다.

찬희는 못마땅한 표정으로 답했다.

"뭐 그쪽에 밝힐 필요는 없죠."

"말보로 줘요? 미국에서 여성용 필터 담배로 나왔는데 의외로 손님들이 좋아해서 비치해 두는데."

라라는 서랍을 열고 담배를 꺼내 건넸지만 찬희는 고개를 저었다.

"말아서 피지 않아도 좋으니까 손톱 손질한 미국 여대생들이 좋아하너군요. 정중하게 다시 묻죠. 전공이 뭐죠?"

"제 전공은 영문학인데 졸업은 못 했어요. 동경여자고등사범학교를 다녔어요."

"그럼 뭐 일한 경력 있어요? 회사에서 사환으로 일했다거나 하는 거요."

"왜 물어요?"

찬희가 뿌루퉁하고 답했다.

"취직시켜 주게요."

"네?"

"우리 의학부 연구소 산하 일에 말이죠. 쉽게 말하면 저의 연구에 관련한 일입니다."

"진, 진짜요? 찬희 씨가 그 자리 필요 없다면 저는 어때요?"

선영이 물었다.

"그쪽은 이화여전 다닌다면서요. 학교 공부 외에 시간 낼 수 있어요?"

"저어 그게 저……. 지금은 휴, 휴학 아니 사실 학비가 턱없이 모자라 관뒀어요. 그래서 기숙사를 나와 여기서 지내죠."

찬희가 놀란 얼굴로 보았다.

"사장님은 제가 기숙사에 자리 없어서 여기 들어온 줄 아세요. 사장님한테 조만간 말하려 했구요. 복학을 제때 못 했는데 학비 벌어 다시 공부하려구요. 근데 지금은 여기 공유 하우스

비용에 생활비까지. 여러 모로 돈은 무척 필요하죠. 경성 생활비가 좀 들어요. 직업 찾으려 늘 생각 중인데요."

찬희가 기회를 잡아 선영에 이어 말했다.

"난, 미국 탐정회사 지사에서 일했어요."

라라의 눈빛이 묘하게 빛났다.

"탐정사무소라? 어떤 일을 했는데요?"

"주로 영어 서류 번역해 일본 서류로 만드는 일도 하고, 전화도 받고, 서양인 사장 통역도 해주었죠. 대상자 미행이나 신변 보호, 자료 조사도 해봤어요."

"됐어요. 그럼 당장 내일 이 장소로 새벽에 와요. 찬희 씨."

라라는 종이에 일시와 주소를 메모해서 건넸다. 선영이 물었다.

"저, 저는요?"

"일단 찬희 씨와 합을 맞춰 보고 선영 씨는 사무직 일을 돕게 할지 생각 중이에요. 딱 봐도 힘쓰는 일은, 찬희 씨가 경력도 그렇고 가능할 것 같아서요."

"힘쓰는 일이요?"

"네. 남자들을 상대할지 모르니 준비 단단히 하고 오세요."

"남자라⋯⋯."

라라는 거기서 말을 끊고 돌아가달라고 했다.

다음날 새벽, 찬희는 어둠을 헤치고, 라라가 적어준 장소로 갔다. 공유 하우스 옆 동네 초입에 있는 한옥이었다. 메모지에 적힌 주소를 보니 문패와 같았다.

찬희가 달을 올려다보면서 기다리는데 뒤에서 누군가 어깨에 손을 댔다. 찬희는 경계하며 홱 돌았다.

"나야, 나. 쉬잇."

라라였다. 트렌치코트로 몸을 감싸고 머리를 묶어 버킷 해트 안으로 밀어넣어 첨엔 못 알아봤다. 찬희는 간편한 점퍼에 바지를 입고 머리를 틀어서 운동모자 안에 넣었다. 멀리서 보면 남녀가 데이트하는 걸로 보일 것 같았다.

"제법인데? 남자 같아."

"탐정은 이게 기본이죠."

"말 놔. 동갑인데."

"흠, 대체 무슨 일인데 야심한 밤에 이리 부른 거야?"

"발레 수업 들어가 봤지? 나도 가끔 가는데, 거기 오는 아주머니 한 분이 자꾸 빨랫줄에 널어놓은 옥양목 버선이 없어진대. 도둑맞는 거지. 한두 번도 아니고, 열 번 넘게 벌어진 일이라서 이제는 도둑을 진짜로 잡고 싶대. 그걸 돕겠다고 했어."

"경찰에 신고는 했어?"

"경찰이 버선 도둑을 잡아서 뭐한대? 그런데 이상하게 꼭 새벽에 없어진대."

"누가 새벽에 빨래를 널지? 그것도 이상한데?"

"찬희 예리하네? 제법이야. 새벽에 청소 일을 나가야 해서 그때 빨래를 널고 나가는데, 누군가 담장 안에 들어와 버선을 훔쳐 간대. 지난해부터니까 벌써 석 달은 넘었대."

찬희가 의아한 얼굴을 했다.

"이게 연구와 관련된 일이야?"

"응, 인간의 특이한 행동에 관해 연구 중이거든."

찬희는 알았다는 표정을 지었다.

"흠, 근데 뭔가 문제 있는 도둑 아냐? 그렇지 않고 뭐한다고 여자 버선을 훔쳐 가지?"

라라는 호기심 있는 얼굴을 했다.

"분명히 남자일 확률이 높아. 그리고 발이나 여성의 신발에 페티시(fetish)를 가지고 있을 확률이 높지."

"페티시?"

"응, 어떤 사물에 대해 애호하는 증세야. 일반적 성관계보다는 특정 사물이나 신체 부위에 성욕을 느껴. 특이한 성도착증(perversion)의 하나이지. 여자의 발과 구두에 집착하는 페티시즘은 역사가 오래됐어."

찬희도 그 비슷한 이야기를 영문소설에서 읽은 것 같았다.

"자세히 말해봐."

"예전에 내가 상담을 한 어떤 남자는 길거리 구두 소리만 들고도 흥분하고, 여자 기숙사에 몰래 들어가 구두를 훔쳐 성기에 대기도 했어. 그러다 제화점 앞에서 마구 자위를 하다 체포됐고, 병원에 입원하게 된 케이스였지. 상담을 지속해도 나아지지 않았어."

"특이하군. 여성의 속옷에 집착하는 도둑도 사건 조사하다 본 적 있어."

"뭐, 사람들은 많고 다양하니까. 만약 내가 이 버선 도둑을 회유하다 그가 무력으로 나올 수 있으니 나를 도와줘. 이런 행동을 관찰하고 연구하는 게 내 일이야."

"무기될 만한 호신용품은 지니고 다니니 걱정 마."

새벽달은 점차 희미해지는데, 한옥 담장을 넘는 사람은 없었다.

"오늘 안 올 수도 있잖아?"

라라가 고개를 저었다.

"벌써 내가 잠복한 지 세 번 넘었어. 한 달에 여러 건 사건이 벌어졌는데 이번 달은 없었으니까, 오늘은 올지 몰라."

시간이 잠시 흐르고, 찬희가 무료해 휘파람을 부르는데 라라가 쉿 소리를 내며 찬희 입술에 손을 대었다.

잠시 후, 누군가 골목 입구로 접어들어 기와집으로 저벅저벅 소리를 내며 다가왔다.

찬희는 부스럭대는 소리에 긴장했다. 장옷을 뒤집어써서 남자인지 여자인지 보이진 않지만, 장옷 아래로 한복 치마와 흰 고무신이 보였다.

장옷을 쓴 사람이 주변을 두리번거리더니, 담벼락 귀퉁이에서 항아리를 가지고 와서 세워놓고 몸을 담장에 걸쳤다. 그리고 버둥대더니 안으로 스르르 넘어 들어갔다. 찬희가 발돋움해서 담장 안을 몰래 넘겨다 보니 안에 장독대가 있어 그리로 딛고 내려갔다.

한두 번 해본 솜씨가 아니다. 찬희가 나서려는데 라라가 손목을 잡아 고개를 저어 말렸다. 장옷을 입은 사람은 빨랫줄에 접근해서 가장 하얀 버선을 집어 들고 장옷 안으로 감췄다. 범인이 문에 달린 빗장을 안에서 열고 나가려는데 라라가 앞을 가로막았다.

"버선 훔친 거 맞죠? 잠시 옷 좀 열어주시죠."

장옷 입은 사람이 머뭇거리다 라라를 확 덮치고 문을 뛰쳐나가려는데 찬희가 와락 손으로 장옷을 낚아채 던져버렸다. 그는 두 손으로 얼굴을 감싸고 도망치려는데, 찬희가 그대로 손목을 잡고 얼굴을 강제로 드러냈다. 그리고 손을 뒤집어 꺾고서 압박했다.

"꼼짝 마! 버선 도둑아!"

"아구야……. 사람 살려!"

"엥?"

찬희와 라라가 얼굴을 유심히 살피는데, 자글자글한 주름이 있는 70대 노파였다. 정갈하게 쪽진머리에 곱게 화장한 얼굴, 비취빛 저고리에 물색 치마 그리고 호박 노리개를 여러 개 단 멋쟁이였다.

"처, 처자들 왜 그려. 나 좀 살려줘……."

"아, 아주머니. 왜 버선을 훔치셨어요?"

찬희가 압박한 손을 풀어주었다.

"그게 저 사정이 있어서. 처자들은 누구야?"

"저희는 여기 사는 분이 의뢰해서 온 탐정이요."

찬희의 말에 노파가 고개를 갸웃했다.

"아니 그깟 버선 훔친다고 이웃을 잡아달래? 나 저어기 여기서 열 발자국 가면 나오는 뒷집 사는 사람이여."

라라가 정색하고 질문했다.

"대체 왜 번번이 훔치셨어요. 그것도 이 새벽에요!"

"그게 저, 나 이상한 사람 취급 말고 비밀로 해주면 말할텨."

"네, 말씀해보세요."

"딴스홀에서 춤을 추면 구두가 미끄러워 넘어지잖어. 그려서 버선발로 미끄러지듯이 지르박을 영감들과 추는디 밤새 추면 버선이 시커매지잖어. 집 들어갈 때마다 아들 내외 부끄러워 몰래 여기서 훔쳐서 갈아신고 갔지."

"뭐라고요? 그런 줄도 모르고 여기 사는 아주머니가 얼마나 걱정하셨는데요. 혹시 이상한 남자가 훔쳐가서 나중에 음흉한 마음 먹고 올까봐서요."

라라가 다그치자 노파는 손으로 비는 시늉을 했다.

"내가 그 양반 돌아오면 반드시 변상하고 다시는 안 할 테니 걱정 말어. 부탁인데 나 집에 들어가볼게. 이 버선 마지막으로 한 번만 갈아신게 해줘. 앞으로는 버선 여벌로 들고 다닐게. 에구, 영감 가고 춤바람 나서 야밤에 영감들 손에 이끌려 지르박 추는디 그게 그렇게 즐거워."

그녀의 얼굴에는 홍조가 피고, 막걸리 냄새가 슬쩍 풍겼다.

찬희는 웃음을 꾹 참고 다시는 버선을 안 훔치고, 훔친 건 변상하겠다는 각서를 받은 뒤 노파를 보냈다.

그녀는 콧노래를 부르면서 버선을 갈아신고 시커먼 버선을 감추었다. 그리고 집 뒤로 난 샛길로 접어들었다.

찬희와 라라는 동터 오는 하늘을 보면서 그제야 깔깔거렸다. 그들은 공유 하우스로 천천히 걸었다.

"앞으로 일을 계속 줄 수 있어? 이 정도 일이면 나한테 누워서 떡 먹기인데."

"누워서 떡 먹다간 큰일 나지. 미국서는 피스 오브 케이크라고 해, 후후."

"물론 비용을 주면 좋겠지만 그냥 돕는 것도 일단 해줄게."

라라는 고개를 저었다.

"아니. 당연히 비용을 쥐야지. 내 방을 상담소로 차리려는데, 부녀자들이 와서 고민 상담을 할 수 있게 하고, 나는 직접적인 상담을 할 거야. 찬희 너는 옆에서 듣다가 상황 파악을 하고 어떻게 해결할지 행동방법을 모색해줘. 상담으로 그치지 않을 일들도 많거든."

"상담이라? 주로 어떤 상담을 하는데?"

"난 미국에서 남녀의 성관계나 부부 문제 그리고 성범죄 관련해서 여러 내담자(상담받는 사람)들을 상담했고, 정신병원에서도 임상 경험을 했어. 여기서는 박사 학위 준비 중이야."

"정말 그런 일도 연구하는 연구소가 있어?"

"응, 부녀자 전담 상담소가 경성에는 전무하지. 내가 열어서 일단은 알음알음 입소문으로 내담자들을 받으려고."

"그렇구나. 그럼 상담료에서 내 보수도 주는 거야?"

"그렇지. 선영인가 하는 친구는 상담일지를 타이핑 하는 일을 전담했으면 해. 내가 상담에 집중하니까 일일이 글을 적을 수가 없어."

"좋았어! 이런 일은 정말 쉬우니까 할 수 있겠어."

라라는 후후, 웃었다.

"오늘 일 정도는 아무것도 아냐. 가끔 어찌 사람이 이럴까 싶은 범죄자들도 만나 상담하는데 내 귀를 씻고 싶어. 세브란스의

전 의학부 조교 일을 하는 동안은 내담자들을 안 받고, 시간이 비는 날마다 받을 생각이야. 할 수 있지?"

찬희는 고개를 끄덕였다.

"응, 당분간. 만약 좋은 데 취직하면 당장에 관둔다."

"좋을 대로. 말리지 않을게."

찬희는 봄밤에 어울리게 휘파람을 경쾌하게 불면서, 라라와 함께 공유 하우스로 돌아왔다. 모두 잠이 들었는지 고요한 가운데, 라라가 열쇠로 대문을 열고 조용히 2층으로 향했다. 찬희는 라라의 방 앞에서 헤어지고 기분 좋게 방으로 돌아왔다.

잠옷으로 갈아입고 창문 밖을 내다보았다. 붉은 해가 떠오르는 광경이 참 멋진 게 앞으로 벌어질 앞날에 좋은 조짐으로 보였다.

경성 부녀자
고민상담소 결성

라라의 방에 오전부터 선영과 찬희가 모였다. 라라는 속옷 같은 얇은 드레스에 가운을 걸치고 책상 뒤 의자에 기대앉아 있었다.

책상에 'Ph.D. LARA'라고 적혀 있었다.

찬희가 물었다.

"아직 박사는 아니라면서?"

"사정이 있어 들어왔지만, 미국서는 거의 학위를 따놓은 상태여서."

"라라 박사님, 저는 방선영입니다. 일자리 주셔서 감사해요."

"다들 동갑인데 내담자 있을 때는 존대를 해도 우리끼리는 반말해도 좋아. 단 라라 박사라고만 불러줘."

라라가 오묘한 얼굴로 웃었다.

선영이 단도직입적으로 물었다.

"대체 정확하게 우리가 앞으로 무슨 일을 하게 되는 거지? 라라 박사."

"난, 미국에서 성도착증에 관해 연구를 했어."

"성…도착증?"

"독일의 리하르트 폰크라프트에빙 박사는 1886년《Psychopathia Sexualis》그러니까《광기와 성》이라는 책에서 자신이 상담하고 치료했던 수많은 성 관련 신경증 환자들 사례를 기술했어. 영국의 해블록 엘리스 박사도 성적 심리학이나 성도착증 관련해 연구해 책을 써냈고. 서구에서는 이미 성적인 도착증, 그러니까 동성애나 사드 마조히즘, 페티시즘, 심지어 수간과 시체 애호증에 이르기까지 수많은 사례를 연구하고 있어. 이는 서구에서는 무척 오래된 개념이야. 심지어 그리스 신화에도 있으니까."

찬희가 의아하다는 듯 고개를 갸웃거렸다.

"동성애?(동성애는 1930년대 당시 도착증으로 분류되었다) 수간? 사람이 동물하고 관계하는 것도 도착증이라고?"

찬희는 어릴 적에 시골 친척 아주머니가 집에 놀러 오셔서 어머니에게 귓속말로 동네 어느 과부가 자신이 기르던 개와 관계를 맺었다고 소문났더라 은밀히 말하던 걸 기억했다.

"너무도 많은 도착증이 있어 일일이 열거할 수 없어. 페티시

즘만 하더라도 신발, 발, 손수건, 모피, 비단, 심지어 시체나 똥 오줌에 성적인 쾌감을 느껴. 그리고 머리카락."

찬희의 눈이 번쩍 뜨였다.

"머리카락?"

선영이 눈을 크게 뜨면서 말했다.

"최근에 머리채 살인마가 경성을 휘젓고 다니잖아?"

라라가 고개를 끄덕이며 서랍을 열고 검은색 담비 털 조각을 꺼냈다. 손바닥만 한 크기였다.

"이 털을 만져봐."

선영이 일어나서 다가와 만지다 뺨에 대었다. 찬희도 만져보았다.

"아, 부드럽다. 만지기만 해도 기분이 따뜻해."

"포유류가 본능적으로 찾는 부드러운 털, 어머니를 떠오르게 하고, 부드러움과 따뜻함을 느끼지."

"무슨 말이 하고 싶은 거야?"

찬희는 의미심장한 라라의 눈빛을 놓치지 않았다.

"난 머리카락을 잘라가는 연쇄살인범을 자신의 페티시 욕망을 충족하기 위해 범죄를 저지르는 것이라고 추측해. 실제로 미국에서 임상 실습을 하기 위해 정신병원에서 근무했는데, 몇몇 도착증 환자를 지켜봤어. 어떤 환자는 모피코트 가게에서 고가의 모피를 주기적으로 훔치다 걸려 들어왔는데, 모피에 애착을 느껴 성적 쾌락을 느꼈어. 그는 비단이나 머리카락에도 애착을 느꼈는데, 상담 중에 내 머리카락을 만져보고자 애걸복걸했어. 주치의 권한으로 내가 머리카락을 만지게 해줬는데, 그 환자가 눈이 희번덕거리면서 쾌감을 느껴 일단 중지했어."

"그런 게 페티시즘이라면 부인들이 보석이나 화장품이나 양장을 만지면서 기쁨에 겨운 표정을 짓는 것과는 어떻게 다르지?"

"역시 찬희는 탐정 자질이 있네. 예리한데? 애호증은 정말로 여러 가지인데, 돈이나 보석에서 흥분하는 사람도 있어. 심지어 나무 애호증이라고 나무를 극도로 좋아하기도 해. 하지만 문제는 애호증을 충족하려 범죄를 저지를 때야. 감호 치료가 필요해."

선영은 눈이 반짝거리서 타이핑을 시험 삼아 해봤다. 타이핑 소리가 타탁타탁 났다.

"아직 경성에는 관련 법안이나 증세를 진단할 의사도 없어. 난 현재 경성에서 이 분야를 연구하는 유일한 연구자야. 그리고 이외의 성적인 문제나 부부간의 문제 등을 상담해. 성범죄자들도 꽤 상담했어. 법 치료를 하는 감호 정신병원에서 근무했거든."

찬희는 그제야 완연히 이해가 간다는 얼굴을 했다.

"이런 일들은 위험을 수반하지. 탐정이나 경호원같이 신변 보호나 완력을 쓸 사람이 필요해. 의뢰인이 여성일 경우 여성 탐정이 돕는 게 훨씬 나은 편이고."

라라가 긴 설명 후에 축음기에 다가가 턴테이블과 바늘을 실크로 부드럽게 닦았다. 찬희는 라라가 바늘을 어루만질 때 오금이 저렸다. 이상하게 바늘같이 뾰족한 것만 보면 그랬다. 뜨개바늘도 잘 쳐다보지 못한다.

선영이 타이핑을 멈추고, 연필을 입에 물고 물었다.

"오케이, 업무는 알겠고, 아직은 집기나 사무용품이 더 필요할 거 같은데? 내가 이래 봬도 학교에서 근로장학생으로 일해서 사무를 볼 줄 알거든."

찬희가 라라 대신 답했다.

"우선 고객들이 와서 편히 앉을 의자가 더 필요해. 음료도 탕비실 수준으로 준비해야지. 미국 탐정사무소는 그런 편의시설이 기본이야. 자물쇠도 구비하자. 고객들의 비밀 일지가 새어나가면 안 되니까."

라라가 고개를 끄덕였다.

"내가 그라인더로 원두를 갈아 핸드드립으로 내릴 테니까 선영 총무가 원두나 다과류도 사와 줘."

"내가 선영 총무?"

"그렇게 호칭했으면 해. 선영 총무가 의뢰인 비용도 받고 우리한테는 경비 제하고 정확하게 나눠 줘. 찬희 씨도 동의하지?"

찬희는 고개를 끄덕였다.

"상담은 내가 맡지만, 소장은 찬희 씨가 맡을 거야. 의학부에 아직은 상담소 개업을 알리고 싶지 않아."

"좋았어. 그건 알아서 해."

"호칭은 라라 박사, 찬희 탐정, 선영 총무로 편하게 부르자."

라라의 말에 찬희가 답했다.

"좋았어. 잘될 것 같은 예감이 들어. 내가 탐정 업무에는 꽤 소질이 있거든."

찬희는 주먹을 쥐고 허공에 한 번 날리면서 씩 웃었다.

첫 번째 내담자,
그 여자의 비밀

신문에 자그맣게 광고를 내고 벽보를 내걸었지만, 처음 3일
은 내담자가 아무도 없어 무료하게 보냈다. 라라, 찬희, 선영은
상담소에 사무집기를 갖추고 커피 마시면서 기다리는 수밖에
없었다. 라라가 틀어주는 클래식 음악을 진득하게 들었다.

찬희는 라라의 서가에서 상담학이나 정신분석학책들도 꺼내
읽었고, 선영은 집기를 윤이 나게 닦거나 화분을 들여와 물을
주었다.

어떤 날은 찬희가 테이블 옆 의자에 앉아서 내담자가 상담할
때 진지하게 경청하는 자세를 연습했다. 엄지를 턱에 갖다 대고
팔짱을 끼었다. 선영은 타이핑 연습을 다다다다 소리 내며 했다.

라라는 의학서를 보면서 논문을 쓰다가 원두를 빠득 소리 나

게 갈아 커피를 핸드드립으로 내렸다. 라라의 가느다란 팔이 긴 주둥이의 주전자를 잡고 허공에서 원을 그렸다. 라라는 코펜하겐 잔에 따라 선영과 찬희에게 건넸다. 그윽한 향이 일품이었다.

이때 누군가 노크했다. 재연이었다.

"손님이 왔어요. 안내할까요?"

재연이 말에 셋은 기대에 찬 표정으로 응수했다.

문이 삐거덕 열리고 잘 차려입은 부유한 중년 부인이 조심스러운 얼굴로 들어왔다.

"안녕하십니까. 저희 경성 부녀자 고민상담소에 잘 오셨습니다. 저는 김찬희 탐정이고, 여기는 라라 박사 그리고 선영 총무입니다."

소개가 끝나자 부인은 소파에 앉아서 떨리는 시선으로 입을 열었다. 외투를 선영이 받아주려 했지만 됐다는 듯 거절했다.

"저, 저 버선 도난사건을 해결해준 여성 탐정들이 있다고 해서 와봤어요…."

펠트 버킷 해트에 갈색의 세이블 모피 망토를 두른 중년 부인이 걱정스러운 시선으로 그들을 둘러보았다. 시선이 흔들리는 게 영 불안해 보였다.

라라는 여느 때처럼 얇은 베이지색의 네글리제 차림 위에 비단 가운을 걸치고 부인을 맞았다.

"여, 여기 혹시 남자 손님 받는 데인가요? 제가 방을 잘못 찾아온 것 같네요."

부인이 나가려 하자, 라라가 일어나 테이블 앞에 의자를 권했다.

"남자도 받지만, 여자도 받죠."

"네?"

선영이 얼른 핸드드립으로 커피를 내왔다. 라라에게 배웠지만, 익숙지 않아서 물을 흘리기도 했다.

"앉으세요. 조선과 미국에서 저명하신 라라 박사님이 도움을 주실 수 있습니다."

찬희가 인사하며 정중히 권유했다.

"박, 박사요?"

"네. 이러저러한 여성들의 은밀한 고민들을 미국의 의학교에서 배워오셨고 임상에도 참여하셨죠."

선영이 자연스럽게 덧붙여 설명을 했다. 찬희는 진중히 고개를 끄덕였다. 선영은 자기 자리로 돌아가서 타자 칠 준비를 하고 종이를 끼웠다.

라라가 물었다.

"성함이 어떻게 되시죠?"

"이름은 저, 곤란해요."

"그래도 호칭이 있어야 하는데요?"

"아, 아뇨. 아직은 기록하지 마세요. 음⋯⋯. 그, 그냥 사모님이라 해주세요."

찬희는 다정하게 다가가 덜덜 떠는 부인의 손을 잡아주었다.

"진정하세요, 원하시는 대로 불러드릴게요. 말씀하세요. 천천히."

"저어 그게……. 너무도 긴박한 일이어서요."

찬희는 선영에게 고개를 끄덕이자 선영은 타이핑을 치기 시작했다.

부인은 그제야 모자를 벗고 모피 망토를 벗어 무릎에 두었다. 하얀 비단으로 된 데이드레스를 입었는데, 가슴 부분이 파여 있고, 시스루라서 안에 입은 슬립이 비쳐 보였다. 레이스가 정교하고 아름다워 무척 고가의 드레스처럼 보였다.

"딸이 노, 노출증이 있어요."

"노출증이요?"

"네. 벌거벗고 한밤중에 길거리를 돌아다녀요."

찬희는 깜짝 놀랐다.

예전에 여자고등보통학교 다닐 때 검은 두루마기의 초로의 남자가 학교 근처를 돌아다녔다. 남자는 하교하던 여학생들을 으슥한 골목에서 마주치면 두루마기를 열고 벗은 몸을 보여주었다. 그러다 학생들이 비명을 지르면 만족한 얼굴로 사라졌다. 경비원과 경찰들이 신고를 받고 풍기문란 단속으로 출동하지만, 두루마기 남자는 꽁꽁 숨어 찾아낼 수 없었다.

그런데 여자가 노출증이라니! 찬희는 금시초문이었다.

"딸아이는 고등학교를 나오고 전문학교에 진학하지 않았어요. 지금 나이는 열아홉인데, 저희는 어릴 때부터 사돈 맺기로 한 집안이 있어 혼인을 서두르는데, 이 아이가 지금 밤중마다 자꾸 벗고 나가려 해요. 어, 어떡하죠……."

부인이 떨면서 커피잔을 붙들고 눈가에 눈물이 맺혔다.

선영은 놀란 얼굴, 찬희는 애써 경악하는 감정을 눌렀고, 라라는 진지한 얼굴이었다.

"말씀을 계속해주시죠."

"사실 동선이가 유학을 준비하는데, 저희가 공부는 중단하고 결혼을 준비했죠. 유학 가면 나쁜 일 당할까 겁나고 해서요. 그런데 동선이가 시어머니 될 분과 여러 번 예절 교육으로 만나서 다도 수업을 듣고 오고 나서 이런 흉측한 일이 벌어졌어요. 애가 좀 신경질적으로 변해 가풍이 엄격한 집안이라 스트레스를 받았는가 했는데, 다 2개월 전부터 벌어진 일들이어요. 친구들이 집에 와서 음악을 듣고 자수를 놓고 그러다가 갑자기 동선이가 옷을 하나씩 벗었대요. 친구들은 뭔가 싶었는데, 후우. 속옷도 다 벌거벗었대요. 그리고 음악을 틀고 친구들 손을 붙잡고 '나 예뻐?' 하고 묻고……, 후우 그랬대요. 이, 이런 거 모두 비밀로 해주세요."

라라는 손으로 수기 일지에 메모했다.

"상담일지는 절대 외부 공개 안 합니다. 이어 말씀해 주시죠,

사모님."

"그런 걸 그냥 넘어갔는데, 점점 심해져서 다 벗고 장옷 하나 걸치거나, 코트를 입고 남자들이 많은 술집이 즐비한 골목길에서 열어서 보여주고 그, 그랬어요. 그리고 며칠 전에는……."

찬희가 침을 넘기면서 긴장했다. 주먹이 쥐어졌다.

"…… 아예 벌거벗고 길에 나섰고요……. 어, 어떻게 하죠? 정말 수치스러워 견딜 수 없어요. 흐흑."

부인은 그 말을 하고 엉엉 아이처럼 울었다. 찬희가 부인의 등을 다독이면서 진정시켰다.

"큰일이 벌어지지는 않으셨나요? 사모님."

부인이 고개를 도리질했다. 라라는 일어나서 서가에서 의학서를 빼왔다.

"독일의 정신병원 원장이 오래도록 신경증 환자들을 치료하면서 적은 임상 사례와 일치해요."

부인이 눈물을 손수건으로 닦고 얼굴을 들었다.

"이 세상에 그런 사람이 한 명은 아니라는 거죠. 물론 남성 쪽이 흔합니다. 그 정신과 박사는 이 환자들을 관찰한 결과 뇌의 신호전달물질의 전달 과정이 잘못되면 이런 증상이 나타나기도 했답니다. 주로 중장년층 이상이거나 노년 남자에게서 발견된 증상인데, 드물게 여성 환자도 있답니다."

"그, 그럼 어떻게 해야 할까요? 저희 집안 분위기상 정신병원에 입원하거나 정신과 약을 타오는 것도 불가능하고, 무엇보다 혼담도 물 건너가면…….”

찬희가 약간 목소리를 높였다.

“사모님, 결혼이 중요한 문제는 아니죠. 일단 저희 부녀자 고 민상담소에 오신 만큼 해결책을 찾아야죠.”

“따님하고 우리 상담소를 다시 오세요. 상담을 같이 시작해 야 합니다.”

부인은 고개를 절레절레했다.

“절대로 안 오려고 할 거예요. 교회를 다니는데, 소문이 나면 추문에 휩싸이잖아요. 이미 노출증인 것도 친구들이 아는 상태 이고.”

찬희가 고개를 갸웃했다.

“그런데 밤에 홀로 나가 그런 노출증 증세로 다닌 걸 사모님 은 언제 처음 아신 거죠?”

부인이 잠시 머뭇거리다 답했다.

“하, 하마터면 위, 위험한 일이 있을 뻔했어요……. 명치정에 여급들이 나오는 카페 골목에서 취객들에게 겁탈당할 뻔한 걸 요. 도망쳤는데……. 그, 그 얘길 제가 어머니로서 들은 것이죠.”

라라는 확연하게 말했다.

“노출증은 풍기문란죄에 해당해 형사법 처리를 받을 수도 있 고, 게다가 상대적으로 힘이 약자이니 위험할 수 있습니다. 가장 좋은 해결책은 전문 병원 방문이지만, 일단 제가 그분의 증상을 직접 살피고 상담하고 싶네요."

부인은 알겠다고 하고 라라 방에 설치된 전화번호를 받아들고 집으로 돌아갔다.

그러나 일주일을 기다려도 전화는 오지 않았다.

"어차피 의뢰가 안 들어온 거니, 어쩔 수 없어."

"그렇지만 부자 같았는데, 상담비도 충분히 지불할 수 있을 것 같았는데."

찬희는 간당거리는 수중의 돈을 생각했다. 공유 하우스 하숙비 외에 이것저것 생활비로 나가니 수중의 잔금이 불안했다.

"신문에 광고를 대문짝만 하게 내보는 건 어떨까? 경성 부녀자들의 말 못 할 은밀한 고민을 의뢰받고 해결해드립니다~."

선영이 변사의 목소리를 흉내내며 제안하고, 라라에게 물었다.

"참, 남자들의 의뢰는 안 받는 거야?"

라라가 픽 웃었다.

"남자들이 여성 탐정을 신뢰나 할까? 그리고 우린 고민을 말할 데도 없고, 혼자 해결 못 해 끙끙대는 사람들을 돕는 거야."

"솔직히 난 이 일이 아니면 당장에 돈 벌러 취직자리 구해야해. 한눈팔 시간 없어."

"흠, 찬희 씨. 나야말로 논문에 박차를 가해야 해. 안 그러면 평생 의학전문학교 조교로 남는 거야. 그럼에도 정말로 어려운 사람들을 돕고자 시작했어."

"그렇다면 그 사모님 찾아가 보는 건 어떨까?"

선영이 대뜸 말하자 찬희가 고개를 저었다.

"이름하고 연락처도 모르는데?"

"난 알아. 여기 신문 봐봐."

선영이 내미는 조간신문에 '김연주 여사, 남편 수감 중에도 불구하고 회사 사재로 불우이웃을 돕다'라는 제목으로 기사가 실려 있었다.

선영이 기사를 크게 읽었다.

"종로에서 가장 큰 잡화점을 운영하는 김연주 여사는 남편 박수석 사장이 서대문형무소에 수감 중이어서 대표를 대리로 맡고 있다. 이번에 종로 시장을 화마가 덮쳐 상인들이 큰 손해를 입자, 김연주 여사가 현물과 사재를 출자하여서 시장 상인들의 손해를 복구하는 데 큰 도움을 주었다."

찬희가 놀라 선영의 손에서 신문을 빼앗아 보았다. 저택 응접실에서 기자와 인터뷰를 하는 부인이 있었다.

"대박이다! 바로 그 사모님 맞아. 이름은 김연주, 나이는 45세. 사는 곳은 성북정 28번지. 사진에 나온 저택이 바로 사모님 댁이래."

라라가 의미심장한 미소를 슬쩍 입가에 드리웠다.

"상담 비용 때문만은 아니야. 여성이 노출증에 걸려 거리로

60

나가면 얼마나 위험할지 생각해 봐. 게다가 그 딸은 아직 19세야. 음험한 생각의 남자가 따라와 위협을 가할지 모른다구. 단순히 풍기문란사범으로 잡혀가는 게 문제가 아니야. 남편 박수석 사장은 내가 알기로 독립운동단체 자금을 대다가 수모를 겪고 수감 중인 걸로 아는데, 이런 일로 빌미가 잡히면 어떻게 되겠어."

"좋았어. 당장 어떻게든 추가 일정을 잡아봐야지. 그리고 당사자인 따님도 만나봐야겠고."

선영은 찬희의 말에 일정을 메모하고, 김연주의 주소도 타이핑 했다.

다음날, 라라, 찬희는 전차를 타고 동소문역에서 내려 김연주의 집을 찾아갔다. 동네 주민들에게 물으니 산을 끼고 형성된 일본인들의 고급양옥 중에 가장 큰 집이 바로 박수석 사장 집이라 했다.

찬희는 남성용 감색의 블레이저 재킷에 플란넬 바지를 입었고, 라라는 벨루어로 만든 엠파이어 라인 드레스를 입었다. 라라가 장난스레 팔짱을 끼자, 찬희는 어색해서 중산모를 내려서 눈을 감추고 험험 헛기침을 했다.

김연주의 집이 나왔다. 한눈에 봐도 위용이 대단했다. 높다란 담장을 돌아 걸어가니 철문이 나오고, 안으로 화려한 꽃들이 조성된 프랑스식 정원이 보였다. 명패 주소를 보니 박수석이었다.
벨을 누르자, 잠시 후 메이드 복을 입은 하녀가 나왔다.

"무슨 일이시죠?"

"저희는 2시에 김연주 사모님과 만날 약속을 잡았습니다."

"아, 전해 들었습니다. 들어오시죠."

어제 저녁에 라라는 김연주가 운영하는 잡화점에 전화를 걸
어서, 김연주와 만날 약속을 잡고 싶다고 전했다. 라라는 새벽에
전화 한 통을 받았다. 김연주였다. 오후 2시경에 집으로 와달라
고 했다.

르네상스 양식으로 지어진 4층 저택 안으로 들어서자, 서양
화들이 걸린 화려한 응접실로 안내되었다. 찬희는 긴장해서 서
있었는데, 라라가 응접실 곳곳에 놓인 청나라 자기 등 골동품들
을 유심히 감상했다.

"안녕하세요, 라라 박사님."

김연주가 쪽진머리에 나비 모양의 뿔테 안경을 끼고 발목까
지 오는 수수한 개량 한복을 입고 계단에서 내려와 다가왔다.
지난번 봤던 모습과 분위기가 사뭇 달랐다.

"긴급하게 만날 용건이 있대서 만나드리지만, 왜 오셨죠?"

김연주가 의아한 표정으로 시치미를 떼자, 라라가 속삭이듯
이 말했다.

"따님 상담을 위해 왔어요. 그대로 있기에는 안타깝고 또 위

험한 상황이 있을 것 같아서요."

김연주가 주변을 살피며 고개를 저었다.

"사실 동선이하고 비밀리에 상의했는데 안 만난대요. 최근에는 집에만 있고, 밤 외출도 자제해 괜찮아요."

"저어, 그 따님을 우리가 직접 만나 봬도 될까요."

"어맛, 찬희 탐정님이시군요. 남자분인가 했어요. 동선이 지금 집에 없어요. 친구들 만나러 나갔고요."

"아까는 집에만 있다고요?"

"친구는 간간이 만나니까요. 걱정 마세요. 요즘은 안 그러니."

라라가 차근하게 말을 풀어나갔다.

"증세가 언제 또 발현될지 모르니 예방 차원에서 상담을 진행하고 싶습니다."

"제가 지금 회사 일로 나가봐야 하거든요. 나중에 연락드리겠습니다."

라라와 찬희 일행은 터덜터덜 공유 하우스로 돌아왔다.

그날 저녁 발레 수업을 하고 나서, 각자 방에 들어가 씻으려는데, 갑자기 라라가 찬희의 방문을 쾅쾅 두드렸다.

"찬희 탐정! 일 들어왔어! 문 열어 줘!"

찬희가 수건으로 얼굴을 닦으며 얼른 열었다. 네글리제 차림의 라라가 다급한 얼굴로 말했다.

"지금 김연주 사모님 전화 왔어, 얼른 와 달래. 따님이 밤에 외출할 거 같다고 미행해달래."

"알았어!"

찬희는 순식간에 머리를 묶어 올려 당고머리로 만들었다. 헌팅캡을 푹 눌러 쓰고, 블랙 터틀넥 니트에 가죽 재킷을 입었다. 라라는 청록색 원피스에 가벼운 트렌치코트를 입었다. 선영은 사무직 총무이기에 일단 행동은 라라와 찬희가 나서기로 했다. 봄밤치고는 쌀쌀한 날씨였다.

"그나저나 야간 택시 회사에 전화해 놨는데, 택시 배정이 어렵대. 인력거도 한참 걸릴 텐데."

"따라와 봐."

라라가 하우스를 나가 뒷마당 무용실 뒤편으로 빠르게 걸었다. 물건을 씌운 장막이 나왔다. 라라는 장막을 걷었다.

"이 차 사장님 소유야."

하늘색 부가티 스포츠카였다. 오픈카였고 안에 베이지색 가죽 시트가 푹신해 보였다.

"와, 멋지다."

"사장님이 장보러 다녀올 때 봤어. 빌릴까? 나 허가증 있고 운전할 수 있어."

"설마. 그렇게 해주실까?"

"비용을 치르지, 뭐."

라라는 다급하게 하우스로 뛰어들어갔다. 찬희도 따라 들어갔다. 사장님은 마침 주방에서 아들 송영운과 함께 티타임을 가지고 있었다. 라라가 상황을 설명했다.

"주소는 성북정 28번지예요. 저희 상담소 첫 손님인데 도와주세요."

재연은 잠시 생각하다 영운을 보았다.

"네가 좀 다녀오렴. 그리고 이 비용은 하숙비에 넣을게요. 다음 달에 정산해주세요."

"네, 제 하숙비에 올려주세요."

라라가 답했다.

영운은 방에 들어가 사파리 재킷을 덧입고 밤색 캐주얼화로 갈아신고 나왔다.

"가시죠."

키가 훤칠한 영운이 앞장서니 찬희는 사람 하나가 더 늘어 든든한 감이 들었다.

부가티에 타고 지붕을 씌우고 영운이 시동을 걸었다. 엔진음이 거세게 들리면서 변속기를 능숙하게 조정해 빠른 속도로 도로로 진입했다. 라라는 손잡이를 회전시켜 창문을 열었다. 시원한 바람이 라라의 갈색 머리카락을 날렸다.

"성북정 28번지라, 성북정 진입하면 길을 알려주세요."

"네, 알겠습니다."

찬희는 보조석에서 말없이 영운을 힐끗 보았다. 높은 코에 꽉 다문 입으로 진중해 보였다. 그는 묵묵히 운전했다.

"직업이 시공기사라구요?"

찬희가 물었다. 영운은 고개를 끄덕였다.

"저는 김찬희라고 합니다."

"반갑습니다. 송영운입니다. 어머니께 찬희 탐정님 말씀은 늘 었습니다."

찬희는 영운과 처음으로 지척에서 말을 나누게 되었다. 하우스에서 밥도 다 같이 안 먹다 보니 그간 발레 수업 때 두어 번 본 게 다였다.

"이 차는 제가 건축 부지 보러 다닐 때 몹니다. 어머니는 간간이 쓰시구요. 변속 좀 할게요."

영운은 기어를 높이고, 클러치페달을 밟았다 떼는 동작과 함께 스로틀레버를 이용해 속력을 높였다. 차가 빠르게 질주했다.

어느덧 성북정에 접어들고 찬희가 길을 더듬어 가리키다가 가장 큰 저택 지붕을 발견하고 안내해 도착했다. 영운은 그들을 내려주고 차를 돌렸다. 라라가 운을 뗐다.

"사모님이 대문에서 대기하다가 따님이 길을 나서면 미행해달래. 그리고 위험하면 얼른 집으로 데리고 와달라고 하셨어."

라라가 손목시계를 보고 말했다.

"지금이 11시 40분이고 보통 자정 전에 나간다니까 시간이

됐어. 집에서 일하는 하인한테도 부끄러워 말할 수 없대."

"쉿! 누군가 나온다."

찬희와 라라가 나무들 사이로 몸을 숨기는데 하얀 모피코트를 입고 머리에 연분홍 두건을 쓴 여인이 총총 걸어갔다. 여인은 발에는 실내용 리본이 달린 슬리퍼를 신었는데, 두 손으로 모피를 꽉 여미고 길을 나섰다.

찬희와 라라는 여인을 뒤따라 미행했다. 여인은 뭔가 홀린 듯이 걸어가면서 점차 동네 어귀까지 나왔다. 그리고 번화한 길거리로 접어들었다. 야시장과 선술집 등이 즐비한 곳으로 흘러 들어가면서 여자는 점차 손을 열어 코트를 펄럭이게 했다. 남자들이 몇 명 몰려 있는 술집을 지나쳤다. 취객들이 여자가 겁 없이 들어오니 유심히 봤다. 그들 중 몇이 속닥대는 게 찬희 귀에 들렸다.

"정신 나간 여잔가? 미친년. 저 비싼 옷 안에 홀딱 벗었어."

남자 둘이 눈짓을 주고받더니 여인을 따라갔다. 찬희와 라라는 긴장하면서 그들의 뒤를 몰래 뒤따랐다.

"어이, 이봐요, 아가씨. 우리랑 놀지 않을래?"

덩치 큰 사나이가 여인의 팔을 붙들고 뒤돌게 하는데, 그만 코트가 열리고 나신이 드러났다. 그리고 찬희는 여자의 얼굴을 보았다.

아뿔싸, 여성은 바로 김연주였다.

찬희는 헉, 하고 놀랐다. 라라가 냅다 달려가 김연주를 붙들었다.

"이모, 어서 나와 같이 가자. 왜 여기까지 나오고 그래?"

"어이, 우리랑 이제 짝이 딱 맞네. 다 같이 술 마시러 갈래? 아님 늬기시 제미 좀 볼래? 갖고 있는 돈하고 옷 다 벗어놔!"

덩치가 흉악한 얼굴을 들이밀면서 김연주를 부축한 라라를 협박했다. 뒤에서 다른 사내가 몰래 망을 보았다. 라라는 조용히 말했다.

"길 열어줘요. 아님 큰코다쳐요!"

"어허, 아가씨. 싹 다 벗어 놓으라니까. 그다음은 우리가 알아서 해줄 테니! 으하하."

이때 찬희가 품에서 삼단봉을 몰래 꺼냈다. 탐정사무소에서 일할 때 받은 호신용품을 사장이 헤어질 때 선물로 준 거였다.

"에흠."

찬희는 남자의 목소리를 가장하고 모자를 눌러쓰고 다가갔다.

"숙녀분들은 나와 일행이니 가게 두쇼!"

"어허, 이거 봐라. 년놈들이 여기 우리 나와바리에서 깝치네? 어어 김 씨 손 좀 봐주자고!"

찬희는 라라의 팔목을 잡으려는 남자를 삼단봉으로 내리쳤다. 씽 소리가 나면서 덩치가 비명을 질렀다.

찬희는 이어 자신에게 달려드는 다른 남자의 어깨와 옆구리,

허벅지를 삼단봉으로 가차 없이 후려쳤다. 이번에는 덩치가 다시 달려들었다.

탁, 타탁 타탁! 씨잉! 탁타탁!

삼단봉이 하늘을 가르면서 사내의 몸을 연달아 내리치자 덩치가 뒤로 넘어져 쓰러졌다. 이때 다른 남자가 찬희에게 주먹질하며 공격하자, 갑자기 탕! 소리가 났다.

"다들 꼼짝 마!"

라라는 웨블리 앤 스콧 권총을 들고 겨누었다.

"라라!"

"찬희 탐정! 사모님과 이리로 와."

찬희가 김연주를 데리고 라라 뒤로 갔다.

"어서 뛰어!"

찬희가 김연주의 한쪽 팔을 부축하면서 라라와 야시장을 빠져나갔다. 진땀이 흐르고, 온몸에 오한이 나고 긴장이 되었으나 가까스로 김연주의 집까지 올 수 있었다. 사내들은 뒤쫓지 않았다.

김연주를 데리고 집으로 들어가 김연주가 가리키는 대로 계단으로 올라갔다. 침실로 들어갔다. 집안은 불 꺼진 채 고요했다.

김연주는 물을 마시고 한숨을 돌리자 정신을 차릴 수 있었다.

"바, 박사님…… 탐정님……."

"사모님, 따님 이야기라더니 어떻게 된 거죠? 이제 진실을 말하지 않으면 손을 떼겠습니다."

찬희가 경고했다.

김연주는 찬희와 라라를 앞에 두고 차분하게 말을 털어놓았다.

"사, 사실은 딸아이는 지금 일본에 유학 가 있어요. 상담소에 가서 한 말은 반은 진짜인데……. 노출증이 생겼다는 건 사, 사실 저예요."

김연주는 딸이 친구들 앞에서 벌거벗었다는 말은 거짓이고, 밤에 노출하는 증세는 사실 본인 이야기라고 털어놓았다.

남편이 형무소에 갇히고, 자신은 급격한 스트레스에 폐경을 맞았는데, 이상하게 밤마다 못살도록 성욕이 솟구치면서 온몸을 손으로 쓰다듬기를 오래 했댔다. 그러다 참다못해 결국에는 벌거벗고 겉옷만 걸치고 밤을 배회하다 들어왔다고 했다. 한번은 길 가던 남자에게 큰일을 당할 뻔하고 정신을 차렸는데, 그도 잠시 밤마다 몸살이 나면서 다시 길을 나섰댔다.

오늘 밤 또 그럴까 무서워 상담소에 전화를 준 것이다. 신기한 게 그렇게 밤거리를 배회하다 오면 며칠은 또 잠잠하다는 것이다. 그러다 미칠 것 같은 성욕이 온몸을 휘감을 때는 정신이 흐리멍덩해지고 초조해지고 안 나가면 죽을 것 같다는 것이다.

말을 마친 김연주가 울음을 터뜨리자 라라가 등을 토닥이며 달랬다.

"진정하세요, 사모님."

"엉, 엉……. 제가 얼마나 부끄럽고 죽을 것 같은지 아시겠어요? 기독교 모태 신앙에, 엄격한 교육에, 여학교에서도 순결 서약을 하고, 평생 남편 뒷바라지하며 아이들 교육에 매진했어요. 이제 미국 유학 간 아들 돌아오면 며느리를 봐야 하는데 엉엉……, 이게 무슨 망신인지 모르겠어요. 흐흑. 저 어쩌면 좋죠. 엉엉."

"진정하세요. 사모님. 제가 미국 의대에서 공부 중에 다양한 중년 부인들과 상담한 적이 있는데 갱년기에 신호전달물질인 호르몬의 교란으로 성욕이 솟구쳐 혼란스럽고 괴로워하는 분 많으세요."

"네? 정말이죠? 박사님."

"네, 물론입니다. 성욕을 부끄러워하지 마세요. 활력이라고 다른 말로 표현됩니다. 중년 부인들은 자녀들 양육을 마치면 봉사활동이나 사회 경제활동 등 다른 활동에 헌신하는데, 이게 바로 성욕이 활력 에너지로 전환돼 그런 겁니다. 잘 케어 하면 분명 더 나은 생을 살 수도 있어요."

김연주는 한숨 돌리고 고개를 끄덕이면서 희미한 미소를 지었다.

찬희가 질문했다.

"밖으로 돌아다니는 증세를 기억은 하시는 거죠?"

김연주는 고개를 끄덕였다.

"네. 마구 미칠 것 같아서 충동적으로 나가고 이성이 마비되지만 그래도 기억은 나요."

"일단 낮에 차분한 상담으로 해법을 찾아나가요. 내일 오전 중에 상담소 와주실 수 있나요?"

김연주가 고개를 흔들었다.

"나중에 다시 예약 전화 드릴게요. 이 일은 상담을 포함해서 저희 집안과 남편, 회사나 시장 상인회 등에 절대 비밀입니다. 밝혀지는 순간에 저와 우리 집안은 그대로 몰락할지 모릅니다."

"네, 알겠습니다. 안심하십시오."

찬희는 김연주와 시선을 교환하고 손을 잡고 굳은 맹세를 했다.

며칠 후 상담소에서 라라는 뭔가 생각하다 찬희에게 물었다.

"찬희 탐정은 혹시 조금이라도 눈치챘었어? 김연주 내담자 본인의 사연이라는 것. 난 정말 몰랐어."

"눈치만 조금. 근데 확신할 수는 없었지. 하지만 탐정 일 하면서 거짓말하는 사람은 많이 만났지만 모두 악의적인 건 아니었어. 창피해 숨기려던 의뢰인도 많았지. 그래서 공들인 시간 투자와 상담으로 솔직하게 털어놓기를 기다렸어."

선영이 놀라 물었다.

"김연주 사모님의 뭘 보고 알아챈 건데?"

찬희는 시선을 허공에 두고 기억을 더듬었다.

"분명히 그 사모님이 어떻게 따님이 한밤중에 벗고 돌아다니는 걸 알게 되었냐고 물었을 때 말 더듬고 머뭇거리던 게 이상했어. 처음엔 워낙 딸의 증세가 심각해 말하는 게 꺼려졌는가 싶었지."

라라는 고개를 끄덕였다.

"난 사실로 믿었거든. 사실은 신경증을 앓는 환자들은 거짓말을 많이 해. 그런데도 이상하게 상담을 할 때 환자 편이 되고 감정이입이 돼. 라포를 형성할수록 거짓말도 믿는 거야. 미국에서 교수님이 누누이 객관적 자세를 유지하라지만, 애초에 환자에게 관심과 애정이 없다면 이 일 하지 않아."

"라라 박사, 우리가 어떻게 도와야 하지? 단순히 신경 안정제나 수면제로 일이 해결될 수 있을까?"

"일시적으로는 가능해. 일단 잠을 재워서 밤에 못 나가게 하는 거지. 마음을 안정되게 하고. 하지만 근원적으로는 힘들어. 시기가 지나야 해.

미국에 있을 때 갱년기를 지나 성욕이 과다한 여성 환자를 주의 깊게 봤지. 안면홍조증에서 시작되고 온몸이 간지러운 증세가 시작됐다고 했어. 그러다 이 환자가 내성적인 성격이 외향적으로 바뀌면서 교회 온갖 모임에 나가고, 처녀 총각들의 혼담에 적극적으로 나섰대. 여러 스캔들을 입에 올리고 그러다 교회의 남성 신도 여럿과 잠자리를 가졌어."

찬희는 진지하게 들었다.

"그러고 다음 날이면 엄청난 죄책감에 죽을 듯한 심정이 되었지. 남편과 같이 병원에 스스로 입원하러 들어온 거야."

찬희는 커피를 천천히 마시면서 들었다. 라라는 진지하게 이어나갔다.

"임질병 처치 때문에 내가 이 환자의 국부를 부인과 의사와 같이 보았어. 부인이 두렵다고 같이 있어 달랬거든. 대음순이 부풀었던 게 특이해 교수님께 보고하니 그런 신체적 증세가 있는 경우가 있대. 교수님은 색정증으로 진단 내리셨어. 남성은 사티리아시스(satyriasis), 여성은 님포마니아(nymphomania)라고 해. 그리스 신화에 나오는 인물에서 비롯된 단어야. 문제는 이 병에 대해 역사적으로 남자에게 좀 더 관대하고, 여성은 타락한 걸레로 취급했어."

선영이 물었다.

"그 환자는 고쳐서 퇴원했어?"

"병원에서는 괜찮았어. 색정증이 상담으로 나아졌어. 하지만, 퇴원 후 다시 증세가 도지자 그 환자는 스스로 목숨을 끊었어……."

잠시 침묵이 흘렀다.

"그 말은 지금 사모님은 무척 위험하다는 거지?"

"응, 엄격한 집안에 조만간 딸과 아들, 남편, 시댁이 될 어른들도 알면 어떻게 되겠어? 회사나 세간에도 그렇고 말이야. 우리가 적극적으로 나서야 해."

선영이 타이프를 치다 끼어들었다.

"약으로 치료제는 없을까?"

라라는 고개를 저었다.

"아직은. 앞으로는 뇌의 신호전달물질을 통제할 약이 개발되겠지만. 미국에서 전기치료로 치료받는 환자도 보았지만, 기억상실이나 감각둔화 등 부작용이 있었어. 경성에서는 그 치료도 받기 힘들고."

선영이 손가락을 튕겨 딱 소리를 냈다.

"그럼 이걸 어떨까? 왜 마구마구 하고 싶은 건 결국 해봐야 하잖아. 남자를 만나게 해주는 거야."

선영은 인상을 진지하게 하고 말했다.

"사실 〈삼천리〉 잡지(유명한 신문기자인 파인 김동환이 일제강점기에 발행한 대중잡지)에서도 이런 부분을 토론했는데, 남편 수감 중에 처의 수절 문제에 대해서 여성운동가들은 수절 못 하는 건 당연하다고 하던데? 내가 잡지 좀 가져올게."

선영이 방에 가서 〈삼천리〉 잡지를 찾아 갖고 왔다. 1930년 11월에 발행된 잡지였다. 선영은 소설가가 꿈이어서 잡지나 신문 스크랩을 많이 가지고 있었다.

찬희가 '남편 재옥, 망명 중 처의 수절 문제'라는 기사를 읽어

보았다.

"선영 총무 말대로 허정숙 씨는 성적인 문제나 경제 문제 등으로 수절이라는 이상이 실현되기 어려우면 방편으로 현실적으로 살라고 충고해놨네. 정칠성 씨는 인간의 본능인 성욕을 무제한으로 침으라 한은 시대의 뒤떨어진 도덕이니 애인을 만들어 바람을 피우다가 남편이 출옥할 때에는 도리상 남편에게 놀아가라고 했고. 음……."

라라가 화장실에 갔다가 상담소 사무실로 들어왔다. 책상 위에 놓인 잡지를 들고 읽다가 원두를 그라인더로 갈아 커피를 내렸다.

찬희는 라라에게 물어보았다.

"말하자면 조선시대 과부들이나 혹은 사대부에서 씨를 받으려 남자를 보쌈해왔다는 뭐 그런 거는 치료법으로 어떨까? 이런 일을 전문적으로 하는 남자도 있을 거구."

라라가 엄격하게 말했다.

"일본의 '요바이(夜這い)'라는 성풍습이 있지. 말 그대로 밤에 기어간다는 말인데, 야밤에 동네 이웃집에 기어들어가 여자들을 강간하고도 처벌받지 않아. 구혼이나 동정을 떼려고. 성교육을 목적으로 한다는 말도 있지만, 다 철폐할 악습이야."

"뭐라구? 그런 목적으로 여자를 강간한다구?"

선영이 인상을 찡그렸다.

"그러니까, 인간에게 행해서는 안 될 일은 누구에게도 안 돼. 성적인 자기결정권으로 판단해야지, 그런 식은 절대 안 돼. 죄책 감으로 자살한 색정증 환자도 있다니까."

찬희가 결정지었다.

"알았어. 일단 사모님을 집중적으로 상담해본 다음에 해법을 찾자. 이런 식은 뜬구름 잡기야."

라라가 고개를 끄덕였다.

"상담의 기본은 먼저 그 사람의 유년 시절, 두려워하는 것, 트라우마에 천착하고 나서 지금 현재 상황을 살핀 후에 방법을 찾는 거야. 프로이트나 그 제자 융도 이런 방법으로 상담을 이어갔어. 우리도 그 선상에서 가르침을 받았고."

찬희와 라라는 심도 깊은 토론을 하면서 대책을 세웠다.

그날 오후, 김연주가 방문했다.

찬희가 시간이 되어 창밖을 내다보니 포드 클래식 한 대가 공유 하우스 대문 입구에 섰고, 기사가 열어주는 문으로 김연주가 정갈한 한복을 입고 내렸다.

김연주는 뿔테의 나비안경을 껴서 엄격하고 고상해 보였다. 한복 위에는 핑크빛의 캐시미어 숄을 멋스럽게 둘렀다. 7센티 정도 되는 힐에 레이스 달린 양말을 신어 뭔가 앙증맞아 보이기도 했다.

"정말 그렇게 안 보이는데. 부잣집 사모님 같은 고상한 미의 절정 아니야? 그런데 노출증이라니?"

선영이 말하자, 찬희는 노려보면서 입가에 손가락을 갖다 댔다. 선영은 굳게 고개를 끄덕였다.

김연주가 조용히 재연의 안내로 부녀자 고민상담소, 라라의 방으로 들어왔다. 라라는 커피로 잔을 채워주었다.

선영은 타자기에 종이를 끼웠다. 찬희는 가운데 앉아서 중립 자세를 취하고, 라라와 김연주가 마주 앉았다.

라라는 김연주에게 인적사항을 적으라고 종이를 건넸다.

"절대 외부 유출은 없으니 걱정 마세요."

잠시 후 김연주는 커피를 우아하게 마시고, 라라는 상담일지를 보면서 질문했다.

"교동초등학교, 정신여학교, 동경여자대학교 미술과를 나오고 친정 쪽으로는 아버님은 의사이고, 오빠들도 의사, 시댁은 잡화점 사업을 오래도록 해오셨네요."

"네. 특히 시댁은 원래 대대로 영의정 몇 분 나오시고, 중추원 참의도 하셨지만, 바깥양반은 친일을 청산하고자 잡화 사업을 일으키고 지금은 독립단체에 자금을 후원했다가 형무소에 들어갔어요."

찬희가 중간에 물었다.

"제 친구도 정신여학교 다녔거든요. 기독교 정신이 신실한 학교잖아요."

"네. 저희 집안이 기독교 집안이라서 저도 교회를 다녔죠. 남편은 종교가 없구요."

라라는 차분히 물었다.

"어릴 적 부모님이나 집안 분위기 좀 말씀해주시죠."

"오빠들도 순결 서약에 동참해서 무척 신실했지만, 큰오빠는 교회 나가는 걸 거부하고 그랬어요. 그리고 기독교 이념에 따라 아버지도 오빠들도 일부일처제를 고수했어요."

"그런가요? 그럼 지금도 다들 그렇게 사시는지요?"

"아이러니하게도 작은 오빠가 애인을 여럿 두어서 올케언니가 고생 많이 했어요. 신여성들을 직장에서 만났죠. 간호사나 아니면 사무직으로 일하는 분들."

"부모님한테 가장 크게 혼난 적이 있나요?"

김연주는 생각해보다 기억난다는 듯 고개를 끄덕였다.

"한번은 운전을 너무 배우고 싶어서, 운전 기사님 남는 시간에 배운다고 둘이서 나갔어요. 젊은 분이었는데 무척 친절하고 좋은 분이었어요. 그렇게 기사님이 퇴근한 저녁 시간에 배웠는데, 아버지한테 들켜서 저는 집안에 갇히고 기사님은 그만두셨죠. 정말 아무 일도 없었는데 그렇게 됐어요……."

말끝을 흐리고, 김연주는 커피를 마셨다. 다 마시자, 찬희가 커피를 따랐다.

"정말 아무 일도 없었나요? 그런데 왜 그렇게 혼난 거죠?"

"그게 저, 저도 잘 모르겠어요. 그냥 밤에 남자를 따라 운전을 배운다고 차에 둘이 있는 걸 위험하다고 보셨나 봐요. 그 일 이후 운전을 포기하고 배우지 않았어요."

그녀는 잠시 뜸을 들였다.

"늘 집에서 일 돕는 하녀나 유모, 친척 어르신 그리고 아버지 병원 직원분들이 오가셔서 제 방에 있어도 맘이 안 편했어요. 누가 나를 본다는 생각에 집에서도 옷차림을 갖춰 입고 예의를 차리고 동네나 교회에서도 장로님, 권사님이나 목사님, 사모님 마주칠까봐 언제나 바른 자세로 미소짓고 다녔죠. 결혼해도 마찬가지예요. 지금은 두 분 다 돌아가셨지만 시아버님을 모시고 살 때도 가시방석이었고, 시어머니도 엄하셨고요."

"남편분은요?"

"바깥양반은 큰일을 하는 분이라 집에 거의 안 들어왔어요. 회사를 설립하고 애쓰느라 늘 관공서다 경성부청이다 시장이다 바삐 다녔어요. 영업 접대하느라 퇴근 후에는 요정에 들락날락 했죠."

김연주는 고개를 숙였다.

"불편하시면 말씀 안 하셔도 돼요. 남편분과는 성관계를 가지셨나요? 주기적으로요. 한 달에 몇 번, 이런 식으로 거기 공란에 체크해주세요."

김연주는 라라가 내미는 종이를 돌려주었다.

"아니요. 아이를 낳고는 거의 할 수 없었어요. 집안에 시부모님 사시고, 애들 울지, 하인들 있고요. 그이는 바깥에서 안 들어오고 그랬는데요. 홀로 자고 일어나면 아침이죠. 그리고 바깥양반은 요정에서 향수 냄새나 루즈 묻혀 들어와요. 굳이 저하고 할 마음이……."

김연주는 거기서 말을 딱 끊었다. 라라는 다음 말을 기다렸다.

"저, 저도 성관계는 더러운 거라 늘 생각해왔고요. 자식 보는 거야 어쩔 수 없지만요."

"그럼 내내 성욕이 없으시다가 최근에 폭발적으로 늘어난 건가요?"

김연주는 고개를 끄덕였다.

"사, 사실 시부모님도 힘들고, 가사도 육아도 힘들어 제가 피했어요. 아이를 더 낳는 걸 원하지 않았어요."

라라는 동조하는 듯 고개를 끄덕였다.

"좀 더 생각을 정리해 봐야겠지만, 프로이트 이론에 따르면 인간은 자아의식, 즉 에고(ego)만이 빙산의 일각처럼 수면 위로 드러나고, 그 아래에는 거대한 성적 에너지인 이드(id)가 자리잡고 있죠. 슈퍼에고(superego)인 초자아가 이드를 통제하지만 부지불식간에 드러나게 돼요. 억압된 것은 반드시 어느 시점에 드러나고 회귀하죠. 그 억압된 정도에 따라 비례적으로 드러나요."

김연주가 묵묵히 들었다. 안경 너머로 불안한 시선이 일렁이는 것처럼 보였다.

"억압된 무의식은 빗장이 풀리면 지금 사모님 증세처럼 엄청난 파고를 일으키기도 해요. 당장은 저희가 막아준다지만, 이걸 스스로 초자아가 통제하고 조정하지 못하면 엄청난 후회감에 시달릴지 모릅니다."

김연주는 흘러내리는 눈물을 훔치며 말했다.

"제 평생 남자는 그이 하나였어요. 사실 여학교 다닐 때 선생님을 남몰래 사모하기도 했고, 남학생들과 어울리면서 몇 번 제과점서 데이트도 했어요. 그게 다죠."

찬희가 날카롭게 물었다.

"그 운전하시던 기사분은요?"

찬희는 김연주가 기사와 밤 운전을 나갔던 걸 회상하면서 화사하게 웃던 걸 놓치지 않았다.

"처, 처음으로 남자와 그렇게 같이 가깝게 앉아서 도란도란 재즈 음악이나 할리우드 영화배우 이야기를 해봤어요. 그 기사님이 저를 리타 헤이워드 닮았다고 했어요. 이름은 잘 기억나지 않아요. 항상 기사님이라고 불러드려서요. 기실 나이 차도 얼마 안 나는데."

찬희는 김연주의 활동적이고 따뜻한 이미지에 한복 안에 감춰진 육감적인 볼륨감으로 어쩌면 젊었을 때는 리타 헤이워드 이미지가 엿보였을 거란 생각이 들었다.

"그랬군요. 첫사랑이었나요?"

"첫사랑인지는 모르겠어요. 하지만 가끔 결혼 후에도 그 기사님을 떠올려요."

라라가 날카롭게 물었다.

"그 기사님을 꿈에서 보고 관계도 했나요?"

김연주가 얼굴이 붉어지면서 안경을 빼고는 고개를 숙였다.

"네."

기어들어가는 김연주의 목소리에 찬희는 입술을 굳게 다물어 고개를 슬쩍 끄덕였다.

"그, 그런 게 몽마라는 거겠죠?"

"인큐버스(incubus)라고 하죠. 서양 신화에 나오죠."

김연주가 찬희의 말에 조용히 덧붙였다.

"교회에서 인큐버스는 악마라고 했어요. 지배되면 안 된다고요. 근데 그런 걸 알면서도 몇 달 전부터 증세가 심해지면서 잠을 설치는데, 얼굴에는 열기와 홍조가 가득하고 힘들어요. 그러다 잠에 들면 방문을 열고 웬 남정네가 들어와요, 그는 밤마다 나를 만지고 희롱하는데……."

김연주는 핸드백에서 손수건을 빼서 안경을 닦다 갑자기 얼굴을 가렸다.

"괜찮아요. 말씀하세요. 악마라기보다 흔히 있는 상상이자 꿈입니다."

"그게 희롱하면 기분이 좋아져요. 얼굴은 뿌연데 내 몸속에 성기를 넣지는 않아요. 나를 안 좋아하니까 그런 걸까요. 나는 나이 많은 아주머니니까…… 가끔은 기사님 모습이기도 해요."

김연주가 말꼬리를 흐렸다. 찬희가 작게 한숨 쉬었다. 라라는 조용하란 주의를 슬쩍 주었다.

라라가 다리를 꼬면서 머리를 뒤로 쓸어넘기고 농염한 눈빛으로 지그시 김연주를 보았다.

"사모님, 저는 결혼을 안 했지만, 그런 꿈 자주 꿉니다."

"정, 정말요?"

"네, 프로이트는 꿈은 실현화되지 않은 욕망을 반영한다는데요. 사모님은 남자를 원하는 걸 겁니다. 그것도 아주 절실하게. 억압된 욕구를 풀어줄 무언가가 필요하죠. 그런 무의식적 행동이 분출해 이성을 마비시키고 노출하고 돌아다닌 겁니다. 누군가 나의 아름다움을 여성성을 알아주길 원한 거죠."

김연주는 고개를 푹 숙이고 손수건으로 얼굴을 훔쳤다.

"하, 하지만 그건 안 되잖아요. 풍기문란에, 벌써 몇 번 위험했어요. 그리고 바깥어른은 지금 형무소에 있는데, 저는 …… 회사 대표로 있고요. 아이들도 곧 결혼하게 되는데, 그런 음탕한 생각에 꿈에다가요. 그런 행동을……. 도저히 지금은 무너질 것 같아요. 그, 그래서 소문을 듣고 상담소에 왔지만……. 아내 된

자로서 수절하는 게…… 맞겠지요. 그렇지만, 못 견디게 남자가 그리워요……. 흐흑……. 차, 차마 내 옷을 입고 다니다가 들통 날 것 같아 딸 옷을 입고서……, 흐흑…….”

김연주가 말끝에 눈물을 터뜨렸다. 라라가 잠시 개인 심층 면담을 갖는 사이 선영과 찬희는 밖으로 나와 찬희의 방에 들어가 일지를 정리했다.

“사모님이 안타깝다. 회사 직책이나 대갓집의 안주인 입장에서 어떻게 할 수도 없잖아.”

찬희는 일지를 들여다보면서 묵묵히 긍정했다.

김연주가 돌아가고 나서, 상담소 라라의 방에서 셋은 회의를 했다. 라라는 책상에 앉아 커피를 마시면서, 살짝 벌어진 가운을 여몄다.

“요는 지금 사모님에게는 뭔가 자신의 매력을 알아줄 남자가 필요하다는 거야. 폐경하셨나 물어보니 아직이라고 하시는데 아마 드물게 하는 걸로 봐서 곧 그렇게 될 거 같고.”

“갱년기 여성에게 이런 증세가 있다고 했잖아. 폐경과 연관 있는 거야?”

“폐경은 여자 나이 50세 전후로 오는데, 그때 호르몬의 불균형이 심해져. 아예 성욕이 감퇴하거나, 아니면 색정증 환자처럼 폭발해. 김연주 내담자는 집안의 체통으로 남자를 함부로 들일 수도 없고, 저렇게 밤마다 야음을 틈타서 따님 옷을 입고 노출증으로 돌아다니다가 신문사 기자들이 붙어 망신당하면 나쁜 선택을 할지 몰라."

찬희는 안타까워 주먹을 불끈 쥐었다.

"우리 부녀자 고민상담소에 들어온 첫 정식 의뢰인데 반드시 도와드려야지. 라라 박사, 의학적으로 해결방법은 없어? 그때 말한 전기충격 그런 거 찾아보자."

"그건 나도 미국에서 임상에서 봤지 배워본 적이 없어. 상담하고 행동 치료로 들어가야 할 것 같아."

"행동 치료?"

"무의식에 잠재된 억눌린 욕망을 풀어야 해."

선영은 호기심 어린 눈으로 일지에 메모를 해가며 경청했다. 이야기가 길어지자, 타이핑 하면서 정식 일지를 작성해나갔다.

상담소를 찾은 김연주에게 라라는 치료의 첫 단계부터 시작했다. 김연주에 대한 해법은 첫째 성욕을 인정하는 것이었다.

"사모님은 일단 저희 상담소를 찾은 것부터가 좋은 치료의 조짐입니다. 숨기다가 큰 병이 되고 엄청난 결과를 맞이하고서 후회를 하죠."

"그런가요? 칭찬은 오랜만에 들어서 기분 좋네요. 누군가의 며느리, 엄마, 아내로서 내조하면서 살면 칭찬보다는 늘 부족하시 않을까 노심초사해요."

"남편분과는 사이가 어땠나요?"

김연주는 고개를 숙였다.

"그냥 어려운 사람이었어요. 오래전 집안이 정해둔 자리에 제가 들어간 거죠. 남편은 공부하면서 알게 된 신여성 몇과도 사귀고 그랬던가 봐요. 전 늘 제자리를 지켰구요."

라라는 솔직하게 물었다.

"기분이 안 좋으셨나요? 그런 부분에 있어서요."

"모르겠어요. 사업차 드나드는 요정의 마담이 꿀에 절인 호두와 밤을 우리 집으로 배달해주는데, 기분이 그냥 그랬어요. 아주 정성스레 달인 견과류였는데, 남편도 안 먹고 아이들도 달아서 안 먹기에 제가 다 먹었어요. 사춘기였던 딸은 화를 내면서 갖다 버리랬는데, 저는 맛있더라구요. 바보…… 같죠. 저."

라라는 고개를 저었다.

"아뇨, 전혀요. 감정을 꾹 눌러서 드신 것도 재미있네요. 후후."

"맛은 있더라구요. 속으로 미친 여자 같으니라구, 하고 욕은 실컷 해줬죠. 지금 남편 대신 보는 대표 자리도 일 거의 안 하고 기자 와서 사진 찍을 때만 나가요. 제가 뭐 알아야지요."

라라는 진지하게 물었다.

"그럼 남편분 바깥 일에는 거의 관여 안 하셨어요?"

"네, 남편도 말을 거의 안 하구요."

"대화는 무척 중요합니다. 보통은 부부관계의 핵심이 자녀 양육이나 재산 형성, 성적인 관계라고만 생각하는데, 둘 사이의 매개체가 되는 대화는 무척 중요하죠. 왜 남편들이 대학교 가서 신여성들과 바람이 날까요. 시골에 부모님을 모시는 아내에 대한 고마움도 잊고요. 말이 통한다는 이유가 있죠. 경성 신여성들은 화신이다 미쓰코시다 조지아다 백화점에 진열된 신문물에 해박하고, 재즈 음악이나 찰리 채플린이 나오는 영화도 좋아하죠. 말이 통하니 기분이 좋아지고 젊어지는 느낌이 들죠. 시골에 둔 고리타분한 조강지처와 다르니까 기분이 새롭습니다."

"만약, 남편이 석방되면 어떻게 하면 될까요?"

"무조건 남편이 누군가를 욕하면 같이 욕하고, 누군가를 칭찬하면 같이 칭찬도 해보고, 대화를 늘려보세요. 같은 편이 되어야 합니다. 그리고 쑥스러워도 회사나 밖으로 외출할 때 동반 외출도 하고, 백화점도 같이 다녀보세요. 공유 대상이 많아야 대화도 늘죠."

선영의 타이핑 소리가 빨라졌고, 찬희는 둘의 상담을 주의 깊게 들었다.

"부부관계도 거의 안 하셨다고 했는데, 그럼 성욕은 어떻게 풀었죠?"

김연주는 고개를 저었다.

"제, 제가 무던한가 봐요. 그분도 별말이 없고요. 저도 늘 아이들 옷을 지어주거나, 요리를 연구하고……. 그리고 아랫사람들 일 시키고 집안 대소사 챙기면서 누르고 살았어요."

"달라져 보세요. 남편분이 형무소에서 나오면 대화를 늘리면서 애교도 부려보고, 요정 마담을 싫어라 질투도 하세요. 신문을 보고 세상 돌아가는 이야기도 먼저 해주세요. 그럼 남편분이 의지하게 되면서, 다른 여성에게 얻는 즐거움을 사모님에게서 얻게 되죠."

"그, 그렇다면 대화를 많이 해야 한다는 거죠?"

라라는 고개를 끄덕였다.

"이걸 명심하세요. 프로이트의 핵심이론은 아이들로 돌아가 무의식에 잠재된 원초적인 에너지를 긍정적으로 활용해야 정신적으로 풍요로운 삶을 누린다는 겁니다. 남편분과 아주 유치한 이야기도 하세요. 백화점에서 양장을 사려는데, 아주 야해서 가슴골이 다 보이더라, 그런데도 자꾸 권하니 디너 파티에 입고 나가볼까 물어도 보세요."

김연주의 볼이 붉어졌다.

"그, 그런 이야기를 어떻게 그분에게……. 성을 엄청 내실 텐데요."

"아니요, 겉으로는 큼큼, 헛기침해도 속으로는 웃을지 모릅니다. 호칭도 여보, 자기, 이이 등 바꿔 보세요. 하인들이 듣는 게 창피하시면 침실에서 그렇게 하세요. 일단 이런 속 얘기를 저한테 털어놓은 게 무척 큰 치료입니다. 솟구치는 성적인 에너지를 억누를수록 큰일이 벌어지니 무슨 생각이든 행동이든 부끄러운 이야기는 여기 와서 다 하세요."

"그, 그, 그게 저 이 나이에 이렇다니 부끄럽죠."

라라는 미소를 지으면서 말했다.

"성욕의 고조를 좋은 기운으로 봅시다."

김연주가 부끄러워하면서 물색 니트 재킷을 여몄다.

"아니 어떻게 그리. 부끄러워요, 호호."

"남성의 정력은 두 가지 의미로 사용하죠. 일을 할 때 활력과 섹스를 할 때의 힘을 말이죠. 그 둘이 다른 걸까요? 저는 성욕은 인간의 지극히 기본 욕구이면서 그 에너지가 생활력으로 바뀐다고 봅니다."

그녀는 라라의 상담을 주의 깊게 경청했다. 메모도 간간이 했다.

"프로이트의 리비도(libido, 성적 충동)에는 여러 의미가 숨어 있죠. 학생들이 왜 공부를 열심히 할까요. 입신양명으로 좋은 직업 찾으려구요? 저는 그 이면에 좋은 배우자나 연인을 찾으려 하는 욕구가 있다고 보아요. 누구나 압니다. 자신의 가치를 높여서 좋은 사람을 결혼 상대자로 만나고 싶어 하죠.

그런데 공부나 일을 열심히 하는 것은 아무렇지도 않은 긍정적 에너지로 보고 왜 성관계는 부정적 에너지로 보고 여성들이 수치스러워하는 거죠."

김연주가 눈을 둥그렇게 뜨고 모르겠다는 듯 고개를 저었다.

"여기에는 수많은 오래된 역사가 있죠. 로마의 메살리나 황후서부터 성욕이 과다해 여러 남자를 밝히는 여자는 마녀로 몰려서 윤간을 당하거나 살해로 끝나죠. 아니면 가문의 명예를 위한다는 구실로 집안 남자들에 의해 죽습니다. 여성은 목숨을 보전하려 숨길 수밖에 없죠. 하지만 조선의 왕들은 대대로 20명 넘는 후궁들을 자연스레 맞이했어요. 임금이 여러 후궁을 거느리는 걸 덕목으로 봤습니다. 이렇게 두 성에 대한 다른 관점에 여성은 숨길 수밖에요. 목숨을 위해서."

김연주는 수긍하며 열심히 들었다.

"지금 사무실에 일주일에 몇 번 나가십니까?"

김연주는 조용히 속삭였다.

"거의 안 나가고 모든 일은 시아주버님들이 처리하세요."

"일단 사회생활을 넓혀서, 한마디로 외간남자들을 만나세요."

"네에?"

"사회적으로 이성을 객관적 관계를 유지하면서 만나는 것은 여성에게 활력을 줍니다. 집 안에서 공상을 하거나 수치심에 죽을 듯한 감정에 눌려 있다 빗장이 확 풀리면 이성이 마비되면서 노출증으로까지 번지죠. 그걸 막자는 겁니다. 적절한 사회생활에서 이성을 만나다 보면 일에 에너지를 쏟을 수 있죠."

김연주는 깊게 생각하면서 고개를 끄덕였다.

"단, 남성을 일을 돕는 상대방 존재로 보는 것이지, 그들을 유혹하거나 그들 앞에서 이런 증세를 발설하면 안 됩니다. 좀 전에 이유를 말씀드렸죠."

"그, 그건 당연하죠."

"그리고 속 안의 욕구를 꾹꾹 눌러 담지 말고, 저와 상담 시간 안에 다 얘기해주세요. 어떤 꿈을 꿨는지 구체적으로요. 속된말로 입으로 털면 풀립니다. 저와는 어떤 부끄러운 일도 말하세요."

김연주가 당황했다.

"더, 더러워. 안 돼요. 창피해요."

찬희가 라라 대신 답했다.

"우리는 다 여성들이고 여기 상담소 비밀은 지켜드립니다. 걱정은 마세요. 참 그리고 몸의 긍정성을 알려주는 수업이 있을 겁니다. 발레 수업인데 여기 뒷마당 별채 무용실에서 하거든요. 그건 필수 상담 과정이라 꼭 하셔야 해요."

찬희 말에 그녀가 되물었다.

"무용복을 입는 건가요?"

"그럼요."

"알았어요. 참석할게요."

그녀는 마지못해 고개를 끄덕였다.

김연주는 상담소를 나가기 전에 선영에게 상담비를 20회차나 미리 주고 갔다.

찬희는 입가가 올라가면서 하숙비나 생활비를 몇 달은 낼 수 있겠단 생각에 행복했다. 돈 걱정이 한시름 덜어졌다.

며칠 후 저녁, 무용실에서 재연이 음악을 틀고 기다렸다. 재연은 연보라색 레오타드에 하얀색의 실크 스커트를 허리에 맸다. 시어머니 미자 씨도 화려한 발레복을 입고 머리에는 백조의 호수 오데트 공주가 쓸법한 깃털 관을 쓰고 있었다.

재연은 풍만하고 볼륨감 있어 자연스럽고 맵시 있었다. 미자 씨도 쭉 뻗은 다리로 스트레칭을 하고 있었다.

라라와 선영, 찬희가 김연주를 데리고 들어왔다. 탈의실에서 라라, 선영 등은 레오타드와 타이츠로 갈아입고 토슈즈를 신었다. 토슈즈와 발레복 등은 재연의 소개로 중고를 싸게 구입해 두었다. 김연주는 무용복을 구하지 못했다면서 한복 차림으로 머뭇거리는데, 재연이 다가왔다.

"오늘은 특별한 수강생이 온다고 해서 제가 무용복을 준비했어요."

재연이 하얀 레오타드와 검은 타이츠를 들어서 보였다.

김연주가 화들짝 놀랐다.

"제, 제가 이런 옷을 어떻게 입어요. 사실 무용복 도저히 못

입겠어서 안 들고 왔어요. 집에 딸아이 게 있는데요."

"입어보세요. 저희 시어머니도 잘 어울리잖아요. 일흔이 넘으셨는데요, 후후. 몸매가 가냘프고 마른 것만 아름다운 게 아니라 양감 있는 풍만한 몸도 곡선이 아름답습니다. 자신감을 가지세요. 고갱이 이국의 여인들을 그린 그림 보셨나요?"

김연주가 고개를 저었다.

"그럼 루벤스의 '모피를 두른 엘렌 푸르망' 그림은요? 티치아노의 '거울을 보는 비너스' 그림은요? 모두 풍만한 여인의 신체를 그린 거죠. 연주 씨의 몸은 아름답습니다. 자신감을 가져요."

김연주는 머뭇거리다 탈의실에서 레오타드로 갈아입고 나왔다.

축음기에서 음악이 흘러나왔다. 라흐마니노프의 심포니 피아노곡이었다.

김연주는 재연의 안내로 전신거울 앞에서 몸을 비추어보았다. 몸에 달라붙는 타이츠와 레오타드 위로 재연이 건넨 쉬폰 스커트를 둘렀다. 아름다워 보였다. 토슈즈도 신자, 여학생처럼 보였다. 선영의 마른 몸, 라라의 늘씬한 몸, 찬희의 볼륨 있는 몸, 모두 손목 발목이나 허리 라인 혹은 풍만하거나 작은 엉덩이 등 신체의 곳곳이 다르다. 몸은 다 달랐지만, 모두 각각으로 아름답고 개성적이었다.

김연주는 음악을 들으면서 자신의 몸을 앞태 라인과 옆 라인을 살폈다. 풍만한 가슴과 엉덩이, 그리고 배의 애교살 등이 르네상스 그림의 여성 같은 고혹적인 곡선미를 보였다. 자신감이 생겼다. 여태까지 남편과 시댁 어른, 자녀들 앞에서 움츠린 조용하고 얌전한 조선 부인이 아니라, 서양의 무용수 같은 느낌이 들었다.

재연은 앞에서 바를 잡고 시범을 보였다. 김연주는 재연이 선보이는 플리에, 그랑플리에, 를르베, 탄듀, 데가제, 바뜨망 등의 동작을 따라서 했다.

발레리나가 된 듯, 턱을 도도하게 치켜들고 목선을 살려 힘을 주고 발끝으로 균형을 잡아 세웠다. 처음에는 어려웠고 땀이 비 오듯 흘러내렸지만, 피아노곡에 맞춰서 발레리나가 된 듯 거울에 신체 동작을 비춰보면서 세심하게 따라 했다.

손끝에서 살아나는 선의 미학이 거울로 보였다.

수업이 끝나고, 재연이 코펜하겐 잔에 따른 홍차를 마시며 쿠키를 곁들인 티타임을 가졌다.

"어떠셨어요? 연주 씨."

"수업 너무 좋았어요. 저도 정기적으로 듣고 싶어요."

"알겠습니다. 그럼 하우스 입주자들은 무료이지만 연주 씨는 그렇지 않으니 수강료를 받을게요."

"물론이죠. 얼마든지요."

즐거운 티타임을 하고 나서 김연주는 만족스러운 얼굴로 집으로 돌아갔다.

이후 김연주는 잡화점 매장과 본사에도 정기적으로 나가는 시간을 만들어서 직원들과 스스럼없이 어울리면서 증세가 나아졌다.

얼마 후 상담소에 예약을 잡고 찾아온 김연주는 활달한 얼굴과 자신감 있는 몸에 붙는 니트 드레스를 입었다. 프랑스에서 직수입한 것을 시착했다고 드레스의 디테일을 설명하면서 보여주었다.

"직원들과 함께 새로운 물건을 개발 연구해보고, 잡화점에 멋스럽게 진열하는 게 즐거워요. 회사에서 재무담당 업무를 보는 것보다요."

"그러시군요."

라라는 커피를 마시면서 이야기를 즐겁게 들었다.

"저어기, 박사님."

김연주는 찬희와 선영에게 한쪽 눈을 윙크하면서 조용히 말했다.

"아주 야한 발레복도 수입해와서 시착하고 수업을 받았어요."

선영이 타이프를 치다 조용히 큭 웃었다. 찬희는 진지한 얼굴을 했다.

"허벅지 위로 깊게 파여서 체모를 정리해야 할 수준이에요."

라라는 아부렇지도 않다는 듯 말했다.

"그리스 로마 여신들의 조각상이나 그림을 보세요. 온몸의 체모를 제거해 깔끔하게 하는 게 미의 기준이었죠."

"근데 세상에나 어제 개인 발레 수업에서 선생님의 아드님이 와서 같이 수업을 듣는 거 아니겠어요? 저는 잘생긴 청년이 누구인가 싶었는데 아들이더군요."

찬희는 집중해 들었다.

"그래서 어떤 느낌이 들던가요?" 라라가 진지하게 물었다.

"처음에는 부끄러웠지만, 무용 수업도 발레 공연도 남녀가 같이하는데 뭐 별건가 싶고, 그냥 수업에 집중했어요. 재미있었어요. 이제 남편이 일찍 나올까 슬쩍 두렵기도 해요."

"중요한 지점이군요. 두렵다니요?"

"그, 그냥요. 이렇게 아이와 남편이 없이 사회생활을 하면서 즐거운 기분이 드는데, 그 일상이 또 깨어지는 거잖아요."

"그때는 남편분과 같이 저에게 상담받으러 오세요. 특별히 부부 할인 해드립니다."

"정말요?"

"네. 가부장적인 엄격한 남편분이 바뀌어야 부부 생활도 바뀌고, 그래야 사모님의 증세도 완전하게 나아지거든요."

김연주는 고개를 슬쩍 저었다.

"아뇨. 노출증은 사라지는 게 좋지만, 이렇게 이성에 대해 설레는 감정과 사회생활 하면서 얻는 활력 그리고 발레 수업 때 보는 내 몸의 곡선이 아름답다고 느끼는 경험들은 유지하고 싶어요."

라라가 고개를 끄덕였다.

"좋은 쪽의 변화입니다."

"저기 오늘 제 상담 말고도 여기 상담소 여성분들에게 문의드리고 싶은 게 있어요."

김연주는 영어로 된 상품 카탈로그 여러 개를 핸드백에서 꺼내 그들에게 보였다. 길쭉한 원형 기구에 전동장치 등이 달린 의료기기 등이 삽화로 그려 있었다.

"이게 미국 산부인과와 여성의학과 교수들이 연구 진행 중인 의료기기예요. 병원용으로 만들었는데, 이번에 가정용으로 시판을 할지 모른다네요. 제가 직원들과 수입을 할까 계획 중인데요."

라라가 고개를 끄덕였다. 찬희는 뭔가 싶어 의아한 얼굴을 했다. 라라가 차분하게 삽화를 가리키면서 설명을 이어 나갔다.

"여성용 마사지 의료기구입니다. 처음에는 히스테리를 치료할 목적으로 의사들이 의료용 기구를 만들었죠. 그게 1860년대예요. 사실 이 기계는 히포크라테스부터 시작된 히스테리에 여성의 민감한 부분을 마사지하는 게 특효라는 의학 가설에서 시작됐죠. 수많은 정신과 의사들과 산부인과 의사들이 공동연구를 했고, 손으로 하기에는 무리가 있어 태엽으로 움직이게 제작한 거가 시초이죠."

라라의 말에 김연주는 고개를 끄덕였다.

"네. 지금은 저희 잡화점에서 계획을 세워 직원들과 상의 중입니다. 미국 상사를 통해 여성용 마사지기를 들여올 거예요."

김연주는 의미심장한 미소를 지었다.

"앞으로도 100년이 흘러도 이 나라에서 이 상품은 전시장에 내놓고 팔 수 없겠지만, 저처럼 고통받는 여성 고객들에게 조용히 팔 겁니다. 일단 의사들에게서 안전하다는 증명서를 받고 수입하려는데 도와주세요."

라라는 자신감이 넘치는 표정의 김연주에게 미소를 지었다.

"의학부 부인과 교수님께 여쭈어볼게요."

선영은 빙그레 웃으면서 말을 했다.

"그렇게 숨길 일만은 아니에요. 저 어릴 적에 동네에 방물장수들이 각좆이라고 목각 성기 모형을 수십 개의 모델을 보여주면서 대놓고 팔았어요. 저도 아주머니들 뒤에서 구경했는데, 과부들만 산 줄 알아요? 호호."

"그 역사는 아마 수천 년도 더 됐을 겁니다. 유럽과 미국의 만국박람회에서도 의료기 회사뿐 아니라, 전기회사에서도 개발해서 전시와 판매촉진을 하죠. 체험 사례자도 많이 모집하구요."

김연주는 그 외에도 여러 상품 개발과 수입에 열띤 정성을 보이면서 점차 자신의 증세가 많이 나아지고 있다고 했다.

라라는 미소를 띤 얼굴로 정식 상담을 진행했다.

소포로 온
플래티넘 펜듈럼

김연주 내담자의 상담은 잘 진행됐지만, 신문에 광고를 정기적으로 내도 전화 문의만 몇 번 있을 뿐, 내담자는 늘지 않았다. 점차 찬희는 비관적 생각으로 변했다. 아무래도 이 이상은 현실에 발붙이기 어려울 것 같았다.

상담소에 모여 이 건에 관해 의논하는데, 선영이 먼저 논점을 제시했다.

"세 명의 방 하숙비를 제하고, 식대나 사무실 경비, 집기나 문구 비용 등을 고려할 때, 내담자가 늘지 않으면 운영이 어려워."

찬희가 말했다.

"입소문이 난 것도 아니고, 우리를 찾아오는 내담자들은 어디다 말 못 할 사연이니, 여기까지 오는 것도 정말 쉽지 않아.

라라 박사가 의학부 소개로 환자들을 모셔오는 건 어때? 병원에 와서 차도가 없는 환자들에게 소개해도 좋구."

라라가 고개를 저었다.

"난 정식 박사 자격증이 없어. 그리고 심리상담사 자격증도 미국에서 딴 거야. 이렇게 보수를 받고 일하는 걸 알면 의학부 조교 자리를 잃어."

찬희가 라라를 직시했다.

"대체 그렇게 위험한 일인데 왜 시작한 거야? 단지 상담비 벌려고 그러는 거야?"

라라가 잠시 침묵했다. 그리고 입을 열었다.

"지난번에도 말했듯이 돈 때문에 하는 건 아냐. 날 매도하지 마."

찬희는 흥분했다.

"그래? 만약 너 논문 자료 모으려고 우리나 내담자들을 이용하는 거라면 집어치워. 허영을 위해 주변 사람 희생하는 건 정말 뭣 같은 일이야! 네가 입고 있는 거리 여자 같은 옷차림처럼 허영기 가득하다고."

찬희가 일갈했다. 라라가 분노한 얼굴이었다.

"야 김찬희. 너 우스운 소리 말아! 난 여성들의 욕구를 안전하고 통제된 상태에서 풀고 다시 돌아가게 해주는 거야. 성도착에 관해 내가 왜 연구를 했겠어. 소설가가 소설을 읽기 싫은데 작가가 됐을까? 가수는 음악 듣기 싫은데 가수가 되고? 나도 다

사연이 있다는 말이지. 난 경성의 말 못 할 고민을 지닌 여성들을 위해 오래전부터 '부녀자 성고민상담소'를 열고 싶었어. 그네들이 나를 보고 '저 여자는 나보다 더 자유롭다', '복장이 더 야하다' 생각하게 하면서 마음의 문을 열고 싶었어, 조선 여자들이 헤프게 보일까, 부모님이 나를 방종하고 되바라진 딸로 볼까 억압당하는 거 알잖아. 그리고 거리 여자라는 말 함부로 쓰지 마. 그네들도 다 사연이 있어!"

찬희가 대차게 반문했다.

"그건 고칠게. 알았어. 하여튼 나나 선영이 이용하거나 그런 거면 용서 못해."

"김찬희. 고민상담소 포기하고 각자의 위치로 돌아가자. 난 의학부 조교로, 넌 다시 구직을 해."

선영이 둘을 말렸다.

"자, 자 지금 내담자가 없어 비관적일지 몰라도 기다려보자. 광고만 보고 어떻게 바로 와. 그래도 문의 전화는 간간이 오고 있어. 안 와서 탈이지."

"찬희 탐정, 니가 못 하겠으면 나도 접겠어."

찬희는 낙담한 라라의 말에 고개를 저었다.

"아니. 이렇게까지 왔는데 그렇겐 못 해. 미안해, 괜하게 분란 일으켜서. 선영 총무, 상담 의뢰 건수는?"

"내일 한 분이 찾아오실 예정. 안 오실 확률도 높지."

라라는 고개를 숙이고 두 손으로 얼굴을 가린 후 생각해보다 천천히 입을 열었다.

"좋았어. 너희들이 돕는 조건으로만 상담소를 계속 열겠어. 내 미국 석사 학위로는 박사라고 하는 게 불법적이지만, 심리상담사로 미국서 2년간 일해봤고 정신병원에서 임상도 경험했어. 공부한 논문은 수도 없이 많고. 경성에 여성들을 도울 사람이 없는데, 난 해보도록 노력할 거야."

찬희는 박수를 두 번 크게 쳤다.

"알았어. 라라 박사. 하지만 부녀자 성고민상담소에서 '성'은 뗴. 경성에서 그렇게 간판 걸면 정말 어느 여성도 못 들어와. 부끄럽고 남사스러워서."

"그, 그럴까."

"아이구, 소심한 라라 박사님. 평소같이 대차지 않고 왜 그래? 내 말대로 해."

선영이 갑자기 배시시 웃으면서 벽에 걸쳐 놓여 있던 판자를 들었다. 찬희는 옷가지에 가려 있어 신경 쓰지 않았던 것이다.

"짜잔. 내가 허락 안 받고 간판 주문했어. 색 마음에 들어? 라라 박사."

세상에, 핑크 바탕에 '경성 부녀자 고민상담소'라고 금색으로 적혀 있었다.

"한문으로 하려다가 그냥 한글로 했어. '성'은 진작에 뺐지."

"너무 눈에 튀는 거 아냐?"

찬희가 말했다. 라라가 웃음 지으며 큰소리로 답했다.

"아니. 좋아. 앞으로 손님들을 맞으려면 이 실내복 가운 대신 심리상담사 가운을 입어야지. 선영 총무님, 가운을 핑크로 깔맞춤으로 주문해주세요. 그리고 일지를 정리할 서랍장도 주문해주고요."

"네, 알겠습니다. 박사님."

"난 5년 내로 어떻게든 학위를 딸 거니 너무 걱정들 마."

다음날 오전 중에 라라의 앞으로 소포가 왔다. 뉴욕의 심리과학연구소에서 보낸 소포인데 핑크빛 포장지가 눈길을 끌었다. 보내는 사람 이름은 없었다.

"찬희야, 라라 박사 앞으로 온 선물. 미국에 남자친구라도 있나 봐. 뭐가 들었을까. 결혼반지라도 든 건 아니겠지?"

"굿모닝."

라라는 밖에 나가 종종 식사를 사왔다. 보통 제과점에서 빵이나 과자를 사와 나누어주었다. 찬희와 선영은 브런치를 간단히 나가서 먹거나, 재연의 주방에서 지어먹기도 했다. 재연은 냄비나 수저 등의 도구를 쓸 수 있게 했다.

"이거 먹어봐. 크로와상이라고 예전에 뉴욕에서 연구할 때 근처 제과점에서 사먹었는데, 요 앞 제과점에 나왔어. 버터 풍미가 일품이야."

"이거, 뉴욕서 소포가 왔어."

라라는 핑크 상자를 보자마자 얼굴이 굳었다. 그러다 선영의 책상에서 나이프를 빼서 봉투를 뜯었다.

"좋은 일도 나누고 안 좋은 일도 나누어야겠지?"

라라가 포장지를 풀고 상자를 열자, 은색 방울에 쇠사슬로 매달린 역삼각형 모양의 추가 나왔다. 백금으로 도금한 듯 번쩍거렸다. 잘 세공되어 있었고, 삼각형 끝은 뾰족했다.

"어? 펜듈럼이다!"

"잘 아네."

선영은 라라가 건네는 펜듈럼을 받아 쇠사슬을 늘어뜨려 보았다.

"예전에 친구들과 경성부민관에서 마술쇼를 관람했는데 최면술사가 나와서 전생체험을 할 때 이걸 움직여서 무의식을 이끌어내더라구."

펜듈럼이 빙그르르 돌면서 시선을 끌었다.

찬희가 선영에게서 받아 유심히 살폈다. 이니셜이 은구슬에 새겨 있었다. 'Dr. RAY'라고 쓰여 있었다.

"닥터 레이? 아는 분이야?"

"응, 이자와 레이 박사. 일본인이지만 어머니는 미국분이지. 성이 이자와지만, 미국인들이 발음을 힘들어해서 간편하게 레이 박사라고들 불렀어."

"일본 이름으로 레이는 옥 굴러가는 소리, 령(玲) 아냐?"

"맞아. 이름처럼 아주 아름다운 목소리를 내는 박사님이야. 연구소에 오는 내담자들이 레이 박사의 목소리에 반했지. 내 슈퍼비전이셨어. 전공과목 교수님이셨고."

찬희는 심리상담사에게 슈퍼비전이 어떤 의미인지 알고 있었다. 교육을 넘어서서 같이 전문적으로 봉사를 다니고 기술적으로 동반 연구를 하는 스승이다. 일반적인 사제 관계를 넘어서서 집체적 기술과 비전을 전수하는 긴밀하고 엄격한 관계이자 도반이다.

"남자야? 나이는 어떻게 되고?"

선영이 급 관심을 보였다.

"서른 살. 천재였어. 박사 학위를 스물다섯에 땄으니까. 이제 이 이야기는 여기서 관두자."

라라는 펜듈럼을 서랍 안에 구겨 넣었다. 마치 기분 나쁜 물건을 처박아넣듯이.

찬희가 물었다.

"왜 그 박사님이 네게 그걸 보낸 거지?"

라라는 커피를 드립으로 내려서 창가에 서서 마시면서 묵묵히 서 있었다.

찬희는 침묵을 깨고 싶지 않았다.

"어? 라라 박사. 이 편지가 같이 들어있는데?"

라라가 관심을 보이지 않자, 찬희가 편지봉투를 열었다.

경성에 기쁜 소식이 왔소이다!

경성에 세계적인 심리학 박사가 오니 어려운 환경에 처해 고민 털어

놓을 데가 없는 시민들은 속히 관심을 보이시오!

뉴욕에 연구소를 연 유명 심리학자 이자와 레이 박사가 경성부민관

에 와서 최면술과 심리상담술을 고난이도로 선보이고 여러분들의

고민과 설움을 풀어드릴 것이오~!

5월 19일 저녁 7시 부민관으로 집합하시오.

* 본 초대장을 들고 오시면 동반 2인까지는 입장권을 사지 않으셔도
  됩니다.

"어? 우리 셋이서 가면 되겠다. 내일모레인데?"

라라가 와서 초대장을 낚아채더니, 고개를 저었다.

"아니. 갈 필요 없어. 그럼 다들 일하자고."

라라는 찬희에게 초대장을 건네고 상담일지를 들여다봤다.

선영은 걸려온 문의 전화를 받았다.

찬희는 초대장을 유심히 살폈다.

그날 오후, 찬희는 점심을 먹고 나서 무용실에서 신체단련 운동을 했다. 무용실에는 탈의실 안쪽에 케틀벨이나 역기나 아령 등의 운동기구가 있었다. 재연은 언제든 사용해도 좋다고 했다.

찬희는 케틀벨을 들고 나왔다. 케틀벨이 양발 사이에 오도록 서고, 엉덩이를 뒤로 낮추어 팔꿈치를 편 상태에서 무릎과 엉덩이를 동시에 펴면서 일어났다.

케틀벨 데드 리프트라고 일본에서 체력단련시간에 종종 하던 운동이었다. 케틀벨을 들어 엉덩이를 뒤로 뺀 뒤, 구부렸다가 펴면서 드는 스윙이나 케틀벨 스쿼트를 여러 회차 하고 나니 근육도 시원하고 운동한 맛도 났다.

이때 무용실 문이 삐거덕 열리면서 누군가 들어왔다. 영운이었다. 그는 운동복 차림으로 들어왔다.

찬희는 조용히 묵례한 후 입을 뗐다.

"지난번에 태워다주신 거 감사했습니다."

영운은 말없이 고개를 숙여 보였다. 영운도 아령을 들고 나와 거울 앞에 서서 운동을 했다. 이번에는 역기를 세팅하고 50킬로그램을 들어올리는데, 찬희가 다가왔다.

"도와드릴까요? 혼자서 하면 위험할 수도 있고요."

"부탁드립니다."

"첨부터 50킬로를 들면 무리일 수 있으니, 중량을 낮춰서 하시죠. 학교 다닐 때나, 탐정사무소에서 견습할 때 제대로 배웠습니다."

"그럼 부탁드립니다. 오늘 회사가 오후 출근이라서 잠깐 운동하고 가려구요."

찬희는 하나 둘 셋 구령을 하면서 영운이 역기 운동하는 걸 노왔다.

"이제 내려놓고 좀 쉬세요."

영운은 수건으로 땀을 닦으면서 유리병에 든 물을 컵에 따라 건넸다.

"좀 드세요. 찬희 씨."

"어, 제 이름 기억하시네요? 정말 잠깐 뵌 거치고는요."

"네. 제가 공유 하우스 서류도 관리하거든요. 월세를 낸다든지, 공동 전기세 전화세는 얼마나 나오는지 관리해요."

"이번 달 월세 안 밀리도록 할게요. 후후."

"알겠습니다. 것보다 경성 부녀자 고민상담소 영업은 잘 되나요?"

"아직은요. 손님이 그리 많지 않지만 문의는 꾸준히 있고, 첫 내담자 상담도 잘 해드려서 문제 상황도 나아지게 했죠. 자세한 사항은 내담자 비밀이라 말해드릴 수 없구요. 내담자의 고민이나, 부부나 가족 관계 등을 코치해드립니다."

"가족 관계에 있어 어려움에 처한 사람을 돕는 거군요."

"그런 셈이죠."

"저, 찬희 씨. 그럼 제가 한 사람 소개해도 될까요? 걱정은 됩니다만⋯⋯."

"네. 저희야 고맙죠. 어려움에 처한 사람을 돕는 데 보람을 느끼거든요."

"그게 저. 알겠습니다. 그럼 내일 저녁에 같이 상담소로 가겠습니다."

찬희는 무용실을 나왔다.

두 번째 내담자,
그 남자의 비밀

저녁, 상담소에서 근무하는데 노크 후 문이 열렸다. 슈트를 입은 영운과 그 뒤로 중산모를 쓰고 스트라이프 무늬에 금 단추 블레이저를 걸친, 30대 후반 정도로 보이는 남성이 따라 들어왔다. 남자는 중간 키에 약간 통통한 체구였다. 그는 무척 쑥스러워했다.

찬희는 아, 남자 내담자라서 영운이 말끝을 흐렸구나 싶었다.

"저 여기 여성분만 올 수 있는 곳입니까?"

중년 남자가 걱정이 어린 얼굴로 물었다. 라라는 활짝 웃었다.

"아닙니다. 들어오세요."

"그럼 저는 소개만 해드리고 간댔으니, 부장님 내일 회사에서 뵙겠습니다."

"그래요. 송 과장. 들어가요."

영운은 상담소를 나가고, 중년 남자는 손수건을 빼서 얼굴을 닦았다. 무척 낯설어하는데, 찬희가 얼른 커피를 건네 진정시켰다.

"이분은 상담을 전담하는 라라 박사님이십니다. 저는 여기 김찬희 탐정이구요. 여기는 방선영 총무님."

남자는 잠시 후 소개를 했다.

"저는 송영운 과장과 영인시공회사에서 근무하는 오상래 부장이라고 합니다. 송 과장하고 한 부서에 근무해요. 전국을 돌면서 시공할 만한 부지를 검토하고 다니죠. 예전에는 현장소장으로 해외에서 5년간 근무도 했습니다."

오상래는 손수건으로 땀을 닦다가 주머니에 조심스레 넣고, 입을 꾹 다물었다. 찬희가 커피를 건넸지만 알은체도 안 했다. 긴장한 것 같았다. 라라는 축음기에 음반을 넣고 음악을 틀었다.

지직거리는 소리가 나다 피아노곡이 흘러나왔다. 쇼팽의 콘체르토 2번이 경쾌하게 흘러나왔다. 평소 재연의 발레 수업 때 자주 나오는 음악이었다. 오상래는 쇼팽의 곡에 손을 들어 박자를 타는 듯 흔들었다.

"쇼팽을 좋아하시나요?" 라라가 입을 열었다.

오상래는 잠시 눈을 감았다. 그러다 천천히 입을 열어 커피를 한 모금 마시고 말했다.

"어릴 적에 어머니가 거실에서 피아노를 치시면 저는 그 소리가 그렇게 아름다울 수가 없었어요. 그리고 피아노 의자와 상판에 깔린 레이스가 얼마나 아름다운지요."

라라가 나긋하게 질문했다.

"어머니 얘기를 더 해주시죠."

"어머니는 고상함과 우아함 자체셨어요. 제가 초등학교 졸업할 무렵에 교통사고로 돌아가셨지만 그 이후에도 어머니만큼 아름다운 분을 만난 적 없어요."

"지금 결혼하신 아내분은 어떠신가요."

라라는 오상래의 약지에 낀 금반지를 놓치지 않았다.

"아, 착하고 순한 사람이지요. 하지만 어머니와는 달라요."

오상래가 잠시 시무룩한 얼굴이 되었다.

"저어 사실…… 이렇게 여성분들 앞에서 부끄럽습니다만 여기가 속의 비밀을, 어디에다도 말 못 할 비밀을 털어놓는 데라고 송 과장이 말해줘서 엉겁결에 왔습니다. 저어 음……, 송 과장은 제 고민을 절반은 알거든요."

"말씀하세요. 부녀자들로 한정하지 않았습니다. 가족이나 부부 간 직장에서의 갈등도 상담해드립니다."

찬희가 나직하고 굳은 어조로 말했다. 오상래가 결심한 듯 답했다.

"네. 사실 저어 아내 앞에서 발기가 되지 않습니다."

오상래는 진지했다.

"작년에 비뇨기과와 신경과를 찾아갔지만 차도가 없습니다. 아이도 아직 없죠. 결혼한 지 8년이 되었지만 늘 이래요."

선영은 긴장한 채 타자기에 입력했고 라라는 진지한 얼굴로 들었다.

"신혼 때도 그러셨나요?"

"음, 그때도 관계를 많이 하지는 않았죠. 제가 지방으로 도니까요. 한 달에 두어 번 했는데, 되다 안 되다 했어요. 아내는 그래도 아무 말 없었죠. 어차피 아주 조용한 사람이라 관계 중에도 대화가 없어요. 자세도 늘 아내가 바닥에 눕는 자세를 하구요. 이런 얘기를 하는 건 오랜만이라 긴장되는군요. 차도가 없어 병원에 안 다닌 지도 여섯 달 넘었습니다."

오상래는 다시 손수건을 꺼내서 손으로 만지작거렸다. 찬희는 아까 손수건은 하얀색인데 이번 손수건은 갈색인 게 조금 이상했다. 주머니에 각각 여러 손수건을 넣고 다니나 싶었다.

"아이를 갖고 싶은데 관계가 안 되고, 임포텐츠(impotenz)라는 거죠?"

라라가 상담일지를 손으로 적어나갔다.

"네. 사실 남자로서 무척 부끄럽죠. 나이 마흔도 안 됐고 아이도 없는데 정력이 떨어지니, 점점 우울하고 활력이 사그라들어요. 어디다 말하기도 무섭고요. 한번은 병원에서 외과적 수술이 있다고는 했는데, 도저히 안 되겠다 싶어 다신 안 갔죠. 약이 있어 한 방에 해결됐음 좋겠는데요."

라라는 고개를 저었다.

"그런 약은 없어요. 의학적으로 임포텐츠, 그러니까 발기부전은 당뇨나 혈압 혹은 간질환, 척수 손상으로도 증세가 나타날 수 있어요."

오상래는 고개를 저었다.

"신체적 이상은 없습니다. 다친 적도 없구요."

"정서적인 스트레스나 우울감이나 불안증세로도 올 수 있습니다. 발기를 하고 몇 분이나 지속하나요? 관계 중에 지속이 힘든 건가요?"

오상래는 볼을 붉혔다.

"부끄럽게도 관계 전에도 거의 안 되는 편이에요. 아내는 아무 말도 안 하지만, 아이도 없어 적적해하고, 저도 집에 거의 없고요. 이러다 이혼이라도 요구하면 저는 고자라 소문나고 정말 망신을 당할 것 같습니다."

찬희가 물었다.

"아내분이 불만을 표한 적은 없으신가요?"

오상래는 눈물을 흘릴 것처럼 말했다.

"그래서 더 답답해요. 미안해 죽겠고. 사내 구실도 못하고 미치겠는데 아무 말도 없고요. 전 차린 밥만 먹고 다시 출장가는데……. 이렇게 살아도 되는가 싶어요."

라라가 진지하게 물었다.

"유곽에서도 관계하시기 힘듭니까?"

오상래가 굳게 입을 닫았다.

"여기서 한 상담은 절대 비밀로 해드립니다."

찬희의 굳은 어조에 오상래가 답했다.

"지방에 가서 지역 건설회사가 접대한다서 요정 기생들과 잠자리를 가졌지만, 거기도 발기가 안 되어서 피곤하다고 하고 잠만 잤습니다. 아내한테 어찌나 미안하던지 경성 와서 집에 들어가는 게 참 힘들었습니다."

"잘 알겠습니다. 그런데 땀을 많이 흘리시나요? 아까부터 손수건을……."

"아! 제 습관입니다. 손수건을 만져야 안정이 되나 봅니다. 어머니도 참으로 정갈한 분이셔서 늘 손수건을 다려서 셔츠 앞에 옷핀으로 고정해주셨어요. 아침마다요. 하얀 레이스 손수건을 달고 가서 더러운 것을 손으로 닦지 말라고 하셨죠. 저는 그 손수건에 차마 콧물을 못 묻혔어요."

오상래는 이렇다 할 가족이나 친척 간의 스트레스는 크게 없다고 했다. 다만 회사 일이 스트레스를 불러올 때는 있다고 했다. 라라는 다음번 상담 약속을 이틀 후 저녁으로 잡았다.

이자와 레이 박사의
기묘한 강연

다음 날 저녁, 상담이 없던 차에 선영은 경성에 올라온 친척 언니를 만나러 간다고 나갔고 라라도 어디론가 외출했다. 찬희는 이자와 레이 박사의 강연 초대장을 만지작거리다 가보려 했다. 상담소에서 라라 허락을 맡고 가져왔다.

부민관은 택시를 잡아타면 가까운 거리였고, 걸어갈 수도 있다. 게다가 찬희는 고민상담소에서 라라가 상담을 전문적으로 하는 걸 보면서 상담 기술을 배울 의지가 생겼다. 오늘 일도 없는데 가보자 싶어 옷장을 열었다.

강연장에 남장할 필요는 없었다. 찬희는 흰 레이스가 달린 라운드 네크라인 드레스를 입고 머리카락을 풀어헤치고 갈색 구두를 신었다. 자그마한 손가방을 들고 초대장을 들고 나가려는

네 영운이 상담소 앞 라라의 방 앞에 서 있었다. 찬희는 고개를 숙이고 조용히 지나쳤다. 그가 불렀다.

"찬희 씨. 오늘 상담소 문 닫았나요?"

"상담 약속이 없어서요."

"오 부장님 얼굴이 조금은 밝아진 것 같아 그런데 차도가 있나요?"

찬희는 미소지었다. 영운과 같이 계단을 내려오면서 말했다.

"내담자 비밀은 절대 말 못 하죠."

"오늘 같이 밥 먹을래요? 어머니는 저도 하숙생이라면서 밥 안 차려 주세요. 역기 운동 도운 것도 고맙고 제가 살게요. 요 앞에 냉면집 있는데……."

"오늘은 가볼 데가 있어서요, 이만."

찬희가 그냥 가려다 영운을 뒤돌아보았다.

"그럼 길에서 빵이나 간단히 사 먹고, 같이 부민관 가보실래요? 오늘 저녁 뉴욕의 유명한 상담학 박사가 와서 최면술도 선보인다네요. 초대장 있어요."

영운은 환한 얼굴로 고개를 끄덕였다. 그는 얼른 방에 가서 헌팅캡과 가죽 재킷을 차려입고 나섰다. 그들은 길거리에서 요기를 때우고 빠르게 걸어서 광화문 앞을 지나쳐서 부민관에 늦지 않게 도착했다.

부민관 앞은 수백 명의 인파가 모여 북새통을 이루었다.

"유명한 미국 최면술사가 와서 마술을 보여준다는군. 사람을 마구 재우고, 양파를 먹여도 초콜릿을 먹는 것처럼 착각하게 만든다는데?"

"에에, 그런 사람이 어디 있나? 이 사람아."

"있다니까 그러네!"

시민들이 와글와글 떠들면서 부민관에 입장하는데 찬희가 초대장을 입구 직원에게 건네 영운과 간신히 들어섰다.

"이상하게 경찰들이 많네요."

"어, 여기 보세요."

영운은 벽보에 붙은 전단 글을 읽었다.

"미국에서 정통으로 범죄심리학을 배워 최면술을 응용한 최신수사기법을 도입한 이자와 레이 박사는 FBI도 못 찾는 범죄자를 상담기법으로 찾아내서 유명세를 얻었다. 근래 이런 유명한 박사를 부민관에 초청하여 강연회와 시연회를 여는 것은 주최 측의 각고의 노력으로 이루어진 것으로 경성 시민들의 여가 생활에 도움과 아울러 지식의 향연을 펼치려는 의도인 것이다."

"아, 그래서 경찰들이 많이 왔군요."

일본 경찰들이 정복을 입고 부인을 대동하고 귀빈 입장문으로 들어갔다. 영운과 찬희도 자리를 잡아 중간 즈음에 앉았다.

찬희는 주변을 둘러보다 깜짝 놀랐다. 맨 뒤에 라라가 트렌치코트를 입고 칵테일 해트를 쓰고 베일로 얼굴을 감춘 채 앉아 있었다.

"신사 숙녀 여러분, 어서들 착석해주십시오. 곧 이자와 레이 박사가 등장하십니다."

갑자기 음악이 잔잔한 클래식에서 무시무시한 그랑 기뇰에나 나올법한 오르간 음악으로 바뀌었다. 공포 분위기가 조성되면서 객석이 술렁이다 조용해졌다.

갑자기 콰콰쾅 천둥과 번개 치는 소리가 나다가 모든 조명이 파파밧 나가면서 객석과 무대가 암전되었다. 찬희는 영운을 보았지만 그의 옆모습도 보이지 않을 정도로 어두웠다. 그런데 갑자기 여자의 비명이 크게 났다.

꺄아아아아아아악!

갑자기 객석 맨 뒤로 핀 조명이 켜지면서 두건을 뒤집어쓴 마치 중세 수도사 같은 복장의 남자가 한 여인의 머리카락을 움켜쥐고 여성을 죽일 듯이 보았다. 괴한의 얼굴에는 부리부리한 눈과 커다란 입술의 무서운 가면이 있었다.

영운이 속삭이듯 말했다.

"창귀(倀鬼)의 탈입니다. 호랑이에게 잡아먹힌 사람들의 귀신이죠."

찬희는 창귀의 가면을 쓴 남자가 소매 안에서 단도를 빼서 높이 쳐드는 걸 보았다. 객석에서 비명이 터져 나왔다.

괴한이 인질이 된 젊은 여성의 머리채를 잡고 단도로 쓰삭 베어 손에 들었다. 찬희는 겁에 질려 똑똑히 보았다. 괴한은 머리채를 잡고 기절한 여성을 내팽개치고 무서운 속도로 무대로 달려내려갔다.

"머리채 살인마다! 경성의 잭 더 리퍼 머리채 살인마가 부민관에 나타났다!"

누군가 거세게 외쳤고 좌중이 술렁거렸다.

무대에 불이 환하게 들어오면서 머리채를 들고 있던 괴한이 가면을 벗고, 두건을 늘어뜨리면서 얼굴을 드러냈다. 엄청난 미남자였다. 하얀 피부에 수려한 이목구비, 그리고 호리호리한 체구에 연미복을 멋들어지게 갖추어 입은 젊은 남성이었다. 고음과 저음을 오르락내리락하는 오르간 소리가 요란하게 나면서 사회자가 나왔다.

"소개드립니다. 뉴욕에서 온 심리과학연구소 소장 레이 박사입니다!"

사회자가 소개하자, 객석에서 박수가 터졌다. 아까 쓰러졌던 여성이 내려와 가발용 머리망 안에 숨겨두었던 긴 머리카락을 풀어헤치고 무대로 나왔다. 레이는 손에 든 머리채를 뒤집어 가발인 것을 확인시켜주었다.

"안심하십시오. 최근 4개월간 한 달마다 여성을 희생시키고 머리카락을 베어간 살인마는 아직 잡히지 않았지만, 이자와 레이 박사가 아니란 것은 확실합니다!"

사회자가 변사처럼 농담을 하자, 관객의 긴장이 풀어지면서 여기저기서 웃음이 흘러나왔다.

레이가 큰소리로 말했다.

"안녕하십니까. 전 존 홉킨스 대학 의학부를 졸업하고, 심리학의 대가 프로이트 박사 등에게 직접 사사받고, 융 박사의 학파에서도 활동한 이자와 레이입니다. 오늘 경성의 고매한 시민들을 모시고 이렇게 영광스러운 자리에서 강연하게 되어 무한한 감사 인사를 드립니다. 특별히 경시청 형사님들이 이렇게 방문해주셔서 무척 영광입니다. 제가 경성에 연쇄살인마가 있다기에 퍼포먼스를 준비했습니다만, 지금 이 퍼포먼스에서 무언가 이상한 점을 눈치채지 않으셨습니까?"

관중은 술렁였다. 한 남자가 손을 번쩍 들었다.

"네, 신사분. 말씀하시죠."

"혹시 그 살인마가 진짜 이곳에 있는 것은 아닙니까?"

레이는 만면에 미소를 띠었다.

"글쎄요, 그럴지도 모르죠. 그런데 여기는 경부님들, 경시정님들도 많으시니 꼼짝 못 할 겁니다. 안심하십시오."

사람들이 고개를 끄덕이면서 웃었다.

몇몇이 대답을 했지만 맞추지 못했는데, 찬희가 손을 들었다.

"네, 레이디. 말씀해주시죠."

"아까 머리채 살인마 연기를 하실 때 여성 인질 뒤에 있던 사람이 탈춤을 추고 있다가 밖으로 나갔습니다."

찬희는 괴한이 여성의 머리채를 베어낼 때 그 뒤의 한 사람이 객석에서 일어나 덩실덩실 탈춤을 추며 공연장 밖으로 나가는 걸 놓치지 않았다.

레이는 환하게 웃었다.

"네, 정답입니다. 제가 사인한 책을 증정해드리겠습니다."

레이가 사회자를 통해 찬희에게 책을 전달했다. 박수가 터졌다.

"사람은 몰입할 때 시야 안에 한 가지 특정 상황에 집중하면, 다른 주변 상황을 캐치하지 못한다는 현상을 보여준 겁니다. 따라서 살인마를 본 목격자들은 경찰의 탐문에 인상착의를 말해주지만, 이는 정확하지 않을 수 있다는 가정하에 오늘 강연을 시작하겠습니다."

레이의 강연은 능수능란했다. 체험자들을 불러 직접적 심리 실험을 통해 탄성을 자아냈다. 레이의 예상에서 체험자들은 한 발자국도 벗어나지 못했다.

"자아, 그럼 이처럼 인간의 심리적 상황적 제한으로 용의자를 특정하는 것은 힘들다는 걸 알게 되었습니다. 그럼 이럴 때 미국 수사관들은 어떤 방식을 택하느냐 여러 분야에서 연구 중입니다만, 오늘 저는 그중 한 가지 최면술 수사에 관해 시연을 보여드리겠습니다. 체험하실 분 나와주시죠."

영운이 손을 들었지만 레이는 미소를 띠고 날카롭게 둘러보다 그 옆의 찬희를 선택했다.

"때로는 자원자보다 우연히 선택된 분이 더 좋은 사례를 보여주실 수 있습니다. 아까 탈춤 추다 나간 사람을 맞춘 우아하신 레이디 나와주시죠."

찬희는 쑥스러워하면서 나갔다.

"자기소개를 해주시죠."

"저는 삼청정에 사는 김찬희라고 합니다. 작은 회사에서 일하고 있습니다."

"작은 회사라 말씀하시니, 구구절절 물으면 싫어하시겠죠. 아름다운 숙녀분이 이제 최면술 체험을 하실 텐데 집중해주십시오. 자 찬희 양, 앉아주시죠."

찬희는 레이의 옆에 놓인 안락의자에 앉았다.

레이는 트레이에 청동 그릇을 싣고 온 여성에게 미소지으면서 크게 목소리를 냈다.

"이 도구는 싱잉볼이라고 하는 티베트의 고승들이 명상할 때 사용하는 악기입니다. 소리가 웅장하고 맑고 고아하죠."

여성은 싱잉볼의 채를 잡고 볼을 두드렸다.

징------- 징------- 징-------.

아주 웅장하고 낮은 금속성 소리가 귓가를 간질였다. 레이는 달콤하고 나직하고 속삭이는 목소리로 말했다.

"눈을 감아보십시오."

라라의 말이 맞았다. 그의 목소리는 천상의 옥구슬이 굴러가는 소리였다. 찬희는 아까 라라가 앉았던 자리를 보았다. 그녀는 없었다. 어쩌면 라라가 아닐지도 모른다는 생각을 하면서 눈을 스르르 감았다.

"이 소리는 여러분들을 저 먼 무의식의 세상으로 안내합니다. 깊은 명상에 빠져들면서 오늘 있었던 속상한 감정을 씻어냅니다."

찬희는 레이의 달콤한 목소리와 함께 온몸에서 힘이 빠지면서 머릿속의 여러 생각과 감정이 뒤엉키다가 썰물 빠지듯이 사라지는 걸 깨달았다.

"자아, 백지처럼 하얀 머리로 눈을 뜨시죠."

찬희가 눈을 살포시 뜨는데, 눈앞에 펜듈럼이 빙그르르 돌아가고 있었다.

"시선을 고정하시고 펜듈럼의 움직임에 집중하세요. 손끝 발끝 머리 끝까지 온몸의 기운을 한 곳에 집중해 이 돌아가는 모양에 온 정신을 몰입하세요. 찬희 양의 의식은 이제 저 멀리 땅으로 가라앉고 그 안에 있던 무의식이 나오게 됩니다."

징-------- 징-------- 징-------- 징--------.

아까보다 웅장하고 낮은 싱잉볼 소리가 귀를 자극하면서 무의식으로 들어가는 듯했다.

"눈을 떠보십시오."

찬희는 눈을 뜨고 펜듈럼의 움직임에 집중했다. 시야가 흐릿해지면서 저 멀리 어린 시절의 찬희가 눈앞에 나타났다. 여자아이가 되바라졌다고 혼을 내는 아버지가 그 뒤로 보였다. 아버지의 얼굴은 안 보였다.

"당신의 잠재의식이 나타났나요."

찬희가 침묵하는데 레이가 질문을 바꾸었다.

"누가 보이나요?"

"아, 아버지……."

레이는 펜듈럼을 수직으로 떨어뜨렸다가 다시 위로 들어올렸다. 빙그르르 무한히 돌아가는 물체에 찬희는 점차 시선이 흔들렸다.

"아버지가 당신에게 무슨 말을 하죠?"

"혼, 혼내요."

"어떻게요?"

"여, 여자가 되바라졌다고……, 그것 보라고……, 여자는 공, 공부는 하지 말고 아버지…… 남편…… 아들 뒷바라지해야 한다고요……. 그게 여자의 일생이래요……."

"당신은 어떤 감정을 느끼나요?"

"슬, 슬퍼요……. 공부하고 싶거든요."

"당신은 왜 아버지를 본 걸까요. 깊은 무의식을 이끌어내도 될까요."

찬희는 싱잉볼과 레이의 부드러운 목소리에 정신이 홀려 말했다.

"네."

레이는 잠시 침묵하고 펜듈럼을 빙그르르 돌리면서 찬희에게 나직하고 조용하게 물었다.

"무엇이 보이나요?"

"엄마……, 엄마가 나를 치마폭에 감싸요……. 아, 아버지가 두려워요……."

"이제 당신의 지금 나이로 돌아가 봅시다."

싱잉볼 소리와 펜듈럼에 홀린 찬희가 입을 열었다.

"전……, 학비를 못 내서 휴학했어요. 친구들이 슬퍼해요."

찬희는 눈물을 흘렸다.

"취, 취직했지만 결국 돌아왔어요……. 가, 가족이 걱정돼요. 어찌 사는지……, 저를 용서할지……."

찬희는 눈앞에 주마등처럼 집을 뛰쳐나가 일본으로 어찌어찌 고학으로 유학을 가고, 친구들과 헤어져 탐정사무소에서 일하다가 사무소가 문을 닫자, 다시 조선으로 돌아와 길거리를 떠돌던 시기를 영화의 몽타주 장면처럼 보았다.

찬희가 눈을 뜨고 울었다.

"흐흑, 흐흑."

레이는 찬희를 안아주었다.

"당신은 아버지의 반대를 무릅쓰고 공부를 어렵게 했지만 결국 공부도 포기하고 지금은 방황하고 있군요."

레이는 무릎을 꿇고 찬희와 시선을 마주쳤다. 검은 동공. 그의 눈동자가 무척 새카맸다. 아름답고도 기이한 눈이었다.

"어서 집에 전화를 드리세요. 반드시 부모님이 받으실 겁니다."

찬희는 눈물을 멈추고 환하게 미소지었다. 우레와 같은 박수가 이어졌다.

공연이 끝나고 영운과 종로의 야시장을 잠시 거닐었다. 밤하늘에 환히 색색들이 구슬 전등이 줄지어 켜진 야시장은 아름다웠다.

찬희는 카페에 들어가 전화를 비용을 치르고 빌려 썼다. 시골 집에 전화를 걸었다. 어머니가 받았다.

"어, 엄마."

"찬희야!"

"엄마."

"너 어디야. 동경이니?"

"경성이에요. 돌아왔어요. 아, 아버지는요……?"

"네 걱정 많이 하셨다. 지금은 괜찮아."

"나, 나중에 뵈러 갈게요. 죄송해요."

"다 괜찮아, 너만 괜찮으면. 잘 지내야 한다."

"네, 엄마."

찬희는 눈물을 훔치면서 통화를 끝냈다.

카페를 나와 거리를 한참이고 걸었다. 영운이 나직하게 말을 꺼냈다.

"경성의 머리채 살인마, 어떻게 생각해요?"

"네?"

"탐정이라면서요. 아까 레이 박사도 그걸 화두로 삼아 강연을 시작할 정도로 경성을 떠들썩거리게 하는 인물이죠. 2월에는 신당정에서 여학생을 목졸라 죽이고 머리카락을 베어갔어요. 날카로운 단도일 거라 추정하죠. 3월에는 종로 뒷골목에서 간호사를 4월에는 황금정에서 공무일을 보는 사무직 여성을 죽이고 같은 방법으로 머리카락을 베어갔어요. 저는 같은 인물일 거라 추정하는데, 신문에는 연일 영국의 잭 더 리퍼가 경성에 나타났다고 떠들어대죠.

경시청에서 날고 기는 경부들이 뛰어다녀도 증거도 없어요. 모두 길거리에서 야밤에 벌어진 일이고 목격자도 없고, 실오라기 같은 증거도 발견 안 됐어요. 그리고 성범죄 없이 머리칼만 두피 가까이에서 베어간 게 특이하죠."

찬희는 직감적으로 말했다.

"당신도 그렇고 그 오 부장님도 그렇고, 땅 부지 보러 다니는 시공사 회사원들 아니죠?"

찬희가 날카롭게 물으면서 영운의 팔을 꽉 잡았다.

"우리 상담소에 무얼 캐러 온 겁니까? 내담자인 척 가장하고요."

영운이 피식 웃었다.

"오 부장님은 정말 성기능 부전으로 간 건 맞아요. 다만 아마 우리 일이 힘들어 스트레스로 그럴지도 모르죠. 내 신원을 알려 드릴 수 없지만, 한 가지는 확실해요. 찬희 씨와 비슷한 일을 하는 사람입니다. 믿으세요."

찬희는 눈을 크게 떴다.

"오늘 강연에 저를 따라온 것도 계획한 일이죠."

"맞습니다. 레이 박사는 주의를 요하는 인물이죠."

"무슨 연유인지는 모르지만, 머리채 살인마를 의심한다면, 레이 박사는 최근에 뉴욕서 건너왔으니 아니잖아요?"

"레이 박사는 이미 작년 말부터 들어와 미국을 오가면서 경성 제국대학 교수들과 연구를 하고 있었어요. 그리고 올해 2월부터 학생, 간호사, 사무직원이 살해당했어요. 같은 방식으로 정확하게 한 달씩 텀을 두고요. 간호사는 레이 박사와 연구를 하다 다른 병원으로 이직한 사람이라 레이 박사가 용의선상에 올랐죠."

찬희는 놀란 얼굴을 했다.

"그렇다면 레이 박사를 의심하고 따라붙은 건가요?"

"아직은 용의선상입니다. 그리고 지금 말한 이런 사정은 절대로 라라 박사나 선영 총무님께 말하면 안 됩니다. 비밀에 부쳐주시죠. 하여간 우리 오 부장님 상담 잘 해주십시오. 그럼 나는 들를 데가 있으니 이만."

영운은 명함을 한 장 건네며 혹시 연락할 일이 있으면 낮에는 회사로 하라고 했다. 그는 모자에 손을 얹어 인사를 하고 뒷골목으로 빠른 걸음으로 사라졌다. 찬희는 홀로 남겨져 천천히 걸어 공유 하우스 방향으로 향했다.

명함에는 '영인시공회사 송영운 과장'이라고 적히고 사무실 전화번호만 나와 있었다.

자정에 가까운 시각, 야경꾼들도 딱딱이를 치다가 사라졌고, 찬희는 고적한 길거리를 청계천 물소리를 들으면서 걸었다. 공유 하우스로 돌아가려다 아버지 생각에 마음이 허전해 개울로 잠시 방향을 틀었다. 청계천변 바위에 앉아 돌멩이를 던지면서 마음을 가다듬는데, 갑자기 싸한 생각이 들면서 등골이 서늘했다. 찬희는 일어났다. 그리고 삼청정 방향으로 길을 걸었다.

좁은 골목들, 찬희는 고개를 숙이고 옷을 여미면서 걷는데 봄밤의 찬 바람이 뺨을 훑고 온몸에 소름이 돋게 했다.

어디선가 자정을 알리는 종소리가 들렸다. 교회의 종소리가 크게 들리는데, 찬희가 걸음을 바삐 했다. 누군가 따라붙는 느낌이 들었다. 찬희는 일하면서 미행하는 법을 터득했다. 미행을 반

대로 당하면 어떨까 생각도 해봤는데 지금 그런 느낌이 쎄하게
들었다.

뒤를 돌아보는데, 검은 모자, 검은 재킷, 검은 바지에 구두를
신고 얼굴을 검은 마스크로 가린 남자가 다가왔다. 키가 크고
마른 체형이었다.

찬희는 몸을 움츠리면서 모른 척 앞을 보고 빠르게 걸었다.
이때 남자가 다가와 아주 가느다란 목소리로 물었다.

"도, 도와드릴까요."

찬희는 몸을 움찔거렸다. 그 남자가 말을 마치자마자 두 손으
로 찬희의 팔과 목을 각각 잡고 넘어뜨렸다. 남자는 찬희의 목
을 졸랐다.

"아악!"

찬희는 비명을 지르면서 남자의 바지춤을 발로 마구 차면서
온몸을 버둥댔다. 괴한은 놀랄 만한 힘으로 찬희를 덮치고, 찬희
는 목을 졸라오는 완력에 그만 정신을 잃을락 말락 했다.

남자가 왼손으로 찬희의 목을 잡고, 두 무릎으로 찬희를 옥죄
면서 오른손으로 무언가 빼서 찬희의 두피에 가까이 가져가 댔
다. 찬희는 차디찬 금속 촉감에 두 눈을 부릅떴다.

'이대로 죽을 수 없다.'

남자가 찬희의 머리칼을 베어내려는 순간, 찬희는 케틀벨 운
동으로 키운 허벅다리 힘으로 그를 밀쳐내고 그대로 몸을 으다

다다다닷 반동으로 일으켰다. 손바닥으로 남자의 가슴을 와락 밀쳤다. 남자가 뒤로 넘어지려다 다시 균형을 잡고 도망치려는 찬희의 머리카락을 잡고 덥석 베어냈다.

찬희는 그대로 도망을 쳤다. 전속력으로 한참 뛰었다. 더 이상 뛸 수 없자, 잠시 고개를 숙이고 손으로 무릎을 짚고, 심호흡을 했다.

"헉, 헉, 헉, 헉."

다시 일어나 바삐 걸었다. 남자가 따라오는 느낌이 없다.

찬희는 삼청정에 다다라서야 그대로 땅바닥에 무릎 꿇듯이 앉아서 한참을 헉헉댔다. 머리칼에 손을 댔다. 긴 머리가 잘려 목에 와닿았다.

찬희는 날카로운 칼날을 생각했다. 분명히 칼로 머리카락을 자르려면 엄청나게 날을 벼린 것이다.

누구일까. 소름이 온몸에 돋았다. 목 주위에 닿는 머리카락 끝이 날카롭게 느껴졌다. 죽음이 코앞에까지 왔다 갔다.

거리 곳곳을 망령처럼
떠도는 괴이한 기운

찬희는 기억이 안 날 정도로 황급히 공유 하우스로 들어가 머리를 스카프로 둘러싸서 맸다. 방에서 숨을 고르고 난 후, 라라의 방 상담소 문을 두드렸다.

"라라 박사, 나야 할 말이 있어."

라라가 하얀 롱 슬립에 민트색 가운을 여미면서 나왔다. 갈색 긴 머리가 찰랑거렸다.

"무슨 일이야?"

라라는 찬희의 혼이 나간 창백한 얼굴과 찢어진 옷을 보고 얼른 들였다. 손을 잡고 놀란 얼굴로 물었다.

"무슨 일이 있었지?"

"나, 그 머리채 살인마한테 오늘 당할 뻔했어."

찬희는 그제야 스카프를 풀어 머리를 보여주었다. 처참하게 끊긴 머리가 드러났다.

라라는 찬희에게 가운을 입히고 의자에 앉힌 후, 가위로 섬세하게 미용을 해주었다. 찬희는 서서히 차분한 단발머리로 스타일이 바뀌었다.

라라는 빗자루로 머리카락을 쓸어 담았다. 그리고 찬희에게 뜨거운 커피를 내려주었다. 찬희는 덜덜 떨던 손을 진정하면서 커피를 한 모금 마시고 입을 열었다.

조용히 말을 시작했다. 초대장으로 레이 박사의 강연장에 갔던 일, 하우스로 돌아오다 당할 뻔한 일들을 말했다. 하지만 영운과 간 건 쏙 뺐다. 그가 비밀스러운 일에 관련돼 있다는 걸 함부로 말할 수는 없었다. 라라를 본 것도 확실치 않아 말하지 않았다.

라라는 초조한 얼굴로 서랍을 열고 말보로를 잠시 태웠다. 찬희에게도 건네 둘이 조용히 피웠다.

창가로 들어오는 달빛과 책상 위에 켜둔 램프 불빛으로 라라의 얼굴은 꽤 관능적으로 보였다. 찬희는 이상하게 그런 모습이 야밤에 겪은 일과 균형이 맞다는 생각이 들었다. 그랑 기뇰처럼 공포와 탐미적인 분위기.

그 둘은 떼어낼 수 없는 감각의 흐름이다.

"레이는 나의 슈퍼비전으로서 내가 무한히 존경하던 박사였지. 그와 함께 연구소를 운영하고 심리상담 기법을 응용해서 내담자도 상담했어. 그들이 나아지는 걸 보면서 여러 논문으로 만들고 관련 실험도 진행했어. 그런데, 레이 주변의 일을 돕던 사람들이 실종됐어."

찬희의 눈이 커졌다.

"처음에는 우리 일을 돕던 여성 연구원, 그리고 연구소에 드나들던 제약회사 영업직 남자 직원, 그리고 나와 친한 의학부 동기 쥬디. 모두 젊은 나이의 탐스러운 긴 머리카락을 지닌 사람들이지."

찬희는 의미심장한 얼굴을 했다.

"난 그의 연구를 의심했지. 사실 그는 인간이 가지고 있는 페티시를 연구하고 있었어."

"페티시? 애호증?"

"응. 자세하게 말하자면 페티시즘. 인간의 복장과 신체에 성욕을 느끼는 증상. 범죄학 대가 롬브로소 교수도 페티시즘을 정의해 저술했어. 특정물에 대한 열광과 찬미는 역사가 오래됐어. 여성의 구두, 스타킹, 꽃과 편지, 혹은 손과 발, 모피와 비단 심지어 분변에 애착을 광적으로 가지는 생리학적 병리학적 집착광들은 정상적 섹스를 하지 않아. 특정한 것에 욕구를 과다하게 가지고 오르가즘을 느껴. 도자기 인형이나 보석, 돈에 집착하고 애착을 느끼는 사람도 있지. 지나치면 병적 현상으로 남을 해쳐

서라도 그 애착물을 쟁취하고 피해를 끼쳐."

"너와 레이 박사가 진행한 연구가 대체 뭐야?"

"우리는 여성의 머리카락에 과도하게 집착하는 사례자들을 만나 상담하면서 그들의 마음속으로 최면을 통해 깊숙하게 들어갔지. 그러다 역전이를 맞았어."

"역전이?"

"니체가 악의 심연을 들여다볼 때 주의하라고 했듯이 분석가가 피분석가에게서 느끼는 감정이 변화하는 걸 의미해. 프로이트가 발견한 건데, 내담자의 트라우마가 상담자의 무의식에 영향을 미쳐 그에게 투사하고 동조를 하도록 바뀌는 거야.

바로 체험자들의 머리카락 페티시에 레이 박사는 집중하면서 그도 심적 변화를 느끼는 듯했어. 그는 머리채를 사들이고 수집해 전시했지. 연구를 위한 거라지만 나는 이해가 안 됐어."

"말도 안 돼. 그렇다면 그가 머리채 살인마로 용의자가 될 수 있는 걸 무릅쓰고 강연회에서 살인마 퍼포먼스를 한다구?"

라라는 담배를 눌러 끄고 미소지었다.

"그의 천연덕스러움, 죄책감 없고, 사람들을 골리기 좋아하고 그런 데서 쾌감을 갖는 그 잔인한 근성에 나는 그를 떠났어. 잘 들여다봐. 그는 경찰들을 모아놓고 살인마의 심리를 범죄학적 관점에서 파헤쳐. 그 누구도 저 저명한 박사가 범죄자라고는 상상 못 해. 스스로 알리바이를 증명하는 꼴이야. 내가 이 구역의

최고 권위자이고 경찰과 이렇게 공조 수사를 하는데 누가 날 범인으로 오해하겠나, 하는 의도가 숨어 있을지 몰라."

찬희는 라라의 두 팔을 거세게 붙들고 직시했다.

"라라 박사! 정말 레이 박사가 범인이야? 말해봐."

라라는 고개를 서서히 저었다.

"아니. 뉴욕서도 실종자들은 나오지 않았어. 여기서도 살인마는 잡히지 않았어. 그런데 누구를 범인이라고 단정 지을 수 있을까? 다만 나는 그가 감정이 없는 걸 두려워해. 그는 한마디로 사이코패스적인 감정 상태야. 아니면 소시오패스일지도."

"사이코패스? 소시오패스? 대체 그게 뭐야?"

"사이코패스는 감정을 모르는 정신상태. 감정의 색맹. 죄책감이나 양심이 결여돼 있어. 충동적이고 두려움을 느끼지 못해서 어떤 일이라도 할 수 있어. 1920년대에 독일 박사 쿠르트 슈나이더가 '반사회적 인격장애'를 가진 사람을 자신의 책에서 사이코패스라 지칭했어. 또 다른 개념 소시오패스는 독일 정신생리학자 카를 비른바움이 개념을 정립했지. 소시오패스는 정상적 기질을 가지고도 유전이나 유년기 트라우마 등 요인으로 다른 사람의 고통에 둔감한 상태의 사람이야. 이 둘 사이를 오가는 사람이 바로 머리채 살인마가 아닐까 해."

찬희는 레이가 범인이라면 그는 분명히 소시오패스일 거라 확신했다. 소시오패스는 사회적으로 적응하는 정상 기질이지만 병리학적 무감각을 지녀서 그런 범행을 하는 것이다.

찬희는 곰곰이 생각했다.

'그렇다면 어젯밤에 레이 박사는 강연 중에 나를 체험자로 최면술을 걸고 나서 미행하다 덮친 것일까? 그리고 영운은 어디로 간 걸까?'

찬희는 영운이 같이 종로를 걷다가 그가 어디론가 사라진 것도 의심스러웠다. 대체 그는 어디로 간 것인가. 혹시, 그가 머리채 살인마일 가능성은 없을까?

찬희는 고개를 뒤흔들었다. 설마 그럴 리 없지만 단정할 수도 없었다. 조사 업무를 하면서 안 것인데, 사람은 겉모습이 아무리 단정하고 얌전하고 좋은 것처럼 보여도 그 한치 속은 짐작할 수 없다.

아주 잔인한 강간범이 너무도 순진하고 유약하게 생겨 놀랐던 적도 있다. 험상궂은 사람이 무척 친절하게 일을 처리하며, 정의의 입장에서 도움을 주기도 했다.

그리고 사무소 사장도 낮에는 사람들의 고충을 들어주고 약자를 돕지만, 밤에는 술고래가 되어서 이혼한 아내에게 원한을 쏟아냈다. 찬희에게 아내를 죽이고 싶다고 토로했다.

라라는 골몰하다 입을 열었다.

"사실 페티시가 아니면 무얼까 생각해본 적도 있어. 르네상스 시대에는 머리카락을 하나의 성스러운 물질로도 보았어."

찬희가 고개를 끄덕였다.

"아시아 어느 나라에서는 머리카락을 부처님께 올린다고 들었어."

"응, 레오나르도 다빈치 등 많은 화가들이 여인의 머리카락을 그릴 때 소용돌이치는 모습 하나하나를 섬세하게 표현하고, 무한히 반복하는 문양을 형상화시켰지. 왕실 여인들은 머리카락을 금발로 염색하고 성스러운 모습을 나타냈어. 아랍의 여인들은 가족과 친척 남자를 제외하고 머리카락을 보여줄 수 없었어. 이처럼 수많은 의미가 담긴 부위야."

찬희는 진지한 얼굴을 했다.

"단순한 페티시 관련 범죄가 아닐 수 있다는 거지?"

"오늘은 너무 늦었어. 헤어스타일은 이 정도로 정돈하고 나중에 미장원을 가도록 해."

찬희는 방으로 돌아와 잠을 청했다. 잠이 안 올 것 같았으나, 너무도 피로해 깊은 잠에 빠져들었다.

아침에 늦잠 자는 찬희를 선영이 노크를 해서 깨웠다.

"김찬희! 늦었어. 오늘은 오상래 씨가 오전 중에 상담 약속 잡았잖아."

"아, 알았어."

오상래는 회사를 뺄 수 있다며 시간을 바꾸었다.

찬희는 피곤한 몸을 일으키고 세수를 하고, 옷을 갈아입고 상

담소로 향했다. 문이 열려 있었다. 이미 라라가 오상래를 안락의
자에 앉혀 놓았다. 의자는 등받이를 젖히면 누울 수 있다.

"증세의 원인을 찾기 위해 과거로 회귀해야 합니다."

오상래는 마지못해 앉았지만 난처한 기색을 표했다.

"죄송하지만, 그건 안 됩니다. 회사 사정상 기밀이 많아 최면
상태에서 누설하면 큰 처벌을 받습니다. 안 될 것 같아요."

"흠, 어쩐다."

찬희가 들어와 살짝 묵례만 하고 주변에 의자를 가져와 앉
았다.

"이건 어떨까요. 명상하면서 묻는 말에 답을 하면 되지 않을
까요? 최면은 아니구요."

찬희는 어제 레이의 강연에서 보았던 장면을 떠올렸다. 싱잉
볼 소리와 함께 깊은 명상에 들어가면 최면이 아니더라도 효과
를 발휘할 수 있을지 몰랐다.

라라는 잠시 찬희를 보다 창가로 가서 발레리나 인형이 놓인
오르골을 들어 태엽을 감았다. 차이콥스키의 백조의 호수가 오
르골로 흘러나왔다. 오상래는 두 손을 배에 가지런히 대고 조용
히 음악을 감상했다.

라라가 나직하게 말했다.

"오늘 여기 오시기 전에 아내분의 얼굴을 보았나요?"

"네. 보았습니다."

"어떤 표정이던가요?"

"그냥 무상한 얼굴이요. 아침을 차리고 항상 그 얼굴로 있으면 저는 밥 먹고 조용히 나오죠."

"두 분이 결혼하게 된 계기는 무엇이죠?"

"집안 어른들끼리 오래전부터 사돈을 맺자고 약조해서서 결혼했죠. 아내도 저도 말이 없는 편입니다."

오상래는 주머니에서 하얀 레이스 손수건을 빼서 얼굴을 닦아냈다. 오늘은 날이 서늘한 편이었다. 찬희는 오상래의 주머니를 유심히 살폈다. 반대편 주머니에도 손수건이 들어있어 불룩했다. 그리고 그가 입고 온 재킷을 옷걸이로 가서 살펴보니 안 주머니에도 손수건이 있었다.

찬희는 라라의 귓가에 뭔가 속삭였다. 라라의 눈이 번득였다.

"눈을 감아도 될까요?"

"네, 오상래 씨, 지난번에 어머니가 달아주시던 레이스 손수건을 얘기했었죠."

라라가 상담일지를 급하게 살폈다. 오상래는 감은 눈이 실룩거렸다.

"네."

"손수건 이야기 다시 해보죠. 오늘은 날도 서늘하고, 땀도 안 나는데 얼굴을 왜 닦으세요?"

"그, 글쎄요, 버릇인가 보죠. 얼굴에 기름이나 피지가 끼기도 하잖아요."

"어릴 적에 어머니가 다려주신 손수건이 옷핀에 달린 채로 학교 가면 어떤 느낌이 들었나요?"

"아이들이 제가 통통하다고 놀렸는데, 손수건을 달고 가면 뭔가 그린 데서 해방되는 느낌이 들었어요."

"왜 해방되죠?"

"손수건은 순수하고 청결을 상징하니까요. 콧물도 소매로 닦는 더러운 아이들이 나보고 뚱뚱한 부타(豚, 일본어로 돼지)가 불결하니 어쩌니 놀리니까 기분 나빴어요. 근데 손수건을 만지면서 나는 전혀 안 그런 사람이라고 여겼어요."

"혹시 결벽증 같은 게 있으신지요? 손을 자주 씻으시나요?"

"그런 편인데, 오히려 화장실 갔다 와서 안 씻는 남자들에 비하면 양반 아닌가요? 이상하게 허허, 여기서는 말이 잘 나오네요. 평소 이런 말 절대로 못 해요."

찬희는 오르골이 멈추려 하자, 다시 태엽을 감아 돌렸다. 잔잔한 백조의 호수 음악이 서서히 고조되었다.

아름다운 선율이 상담소 안을 흘러 다니면서, 창가의 레이스 커튼, 옷걸이에 걸어둔 라라의 니트 재킷과 벨루어 코트 그리고 라라의 핑크빛 가운으로 감싸듯 돌았다. 미세한 공기의 흐름 속에 오르골 음악은 라라의 가운 안의 얇은 슬립형 드레스와 그 아래로 스며들면서 라라의 검은색 시스루 스타킹으로 내려갔다.

10센티가 넘는 높은 힐로 떨어져 내리면서 음악이 고조되었다.

라라가 여러 문답 끝에 한방 쾅, 거부할 수 없는 질문을 던졌다.

"오상래 씨, 당신은 손수건에 흥분하는 편이죠?"

오상래가 눈을 번쩍 떴다. 오르골 소리가 높은음으로 내달리는데, 오상래가 벌떡 일어나 손수건을 챙기려다 떨어뜨리고 라라가 몸을 숙여 주워주었다. 라라는 그윽한 눈으로 그를 보면서 다시 물었다.

"언제부터 손수건을 보고 흥분하게 된 거죠? 어머니가 하늘나라로 떠난 후부터요? 아니면 아이들에게 놀림을 받던 때부터요?"

오상래가 무너져서 안락의자에 쭈그리듯이 기대 눕는데, 오르골 소리가 절정에서 하강하면서 마쳤다.

긴 정적이 흘렀다.

오상래가 흑흑 흐느꼈다. 그는 손수건을 내려놓고 두 주먹으로 얼굴을 훔쳐 내렸다. 찬희는 순간 그가 안 됐다는 생각이 들었다.

라라가 진정시키면서 그를 상담 테이블 맞은편에 앉혔다. 선영은 종이를 바꿔 끼우면서 타자 소리를 요란하게 냈다. 오상래는 울음을 그치고 물을 마시면서 말했다.

"어, 어머니가 돌아가시고 나서부터입니다. 저의 괴이한 취미가 시작된 것은요. 어머니 상을 치르고 아버지는 한동안 방황하시고, 저는 일하는 아주머니가 차려 주는 식사를 하고 학교를 다녔어요. 너무도 헛헛하고 속상하고 슬픈 시절이었지요. 어머니의 피아노는 방치됐고, 제 손수건을 더는 다려줄 사람이 없었어요. 아주머니는 손수건을 다릴 생각두 안 하셨죠. 너무도 슬펐어요.

그때 몽정을 했는데, 꿈에 미지의 중년 여인이 나오고, 저에게 손수건을 내밀면 저는 여인의 손에 입을 맞추고 꽉 안겨서 포옹하고 키스하다 마침내 울다가 깼어요. 깰 때 극치의 쾌감을 느꼈는데 어김없이 몽정했죠. 아마 꿈에서 그 여인과 어떤 행위를 했을까요?"

라라는 오상래가 잠시 침묵하자 질문을 했다.

"사춘기 이후는 어떤 방식으로 여성들과 사귀었죠?"

"잘 사귈 수가 없었어요. 저는 여성들을 보면 성욕이 들지 않았어요. 꿈에서 어머니뻘 여인과 몽정을 하는 죄책감. 뚱뚱하다는 콤플렉스 그리고 아이들의 놀림. 성적 스트레스와 얼굴에 가득한 여드름에 저에 관심 없는 아버지, 모든 게 엉망이었죠. 누구 하나 말할 친구가 없었어요. 그리고 집안에 정해둔 혼처가 있어 다른 여성을 못 사귄다는 억압도 가득했죠……."

"그래도 이런 고민을 터놓을 상대가 한 사람은 있지 않았나요? 제 생각으로는 비교적 처한 상황과 어려움을 잘 설명하시니 처음 털어놓는 것은 아닌 것 같아서요."

오상래가 망설이다 답했다.

"저 말고도 이런 고민을 하는 사람이 있다는 건 압니다."

"그러시군요."

라라는 메모를 해나가며 다시 질문했지만, 오상래는 커피만 마시다 입술을 닫았다.

다시 정적. 찬희와 라라는 끈질기게 기다렸다.

선영의 타자 치는 소리가 정적을 메웠다. 찬희가 커피 주전자를 들어서 높다랗게 들고 프랑스 화가 프라고나르의 연인 그림이 그려진 잔에 따라주었다. 또르르르 물 흐르는 소리가 들리고 나서 오상래가 잔을 들어 입술을 적셨다.

그의 얼굴에 처음 보는 희열에 들뜬 표정이 서렸다.

"그래도 매력적으로 보이던 사람은 있었겠죠. 그런 일화를 말해봐요."

"아, 아름다웠어요. 처음 드는 느낌이었죠. 전차에 올라탄 여학생들이 있었어요. 날도 화창하고 그네들은 까르르르 활달하게 웃었어요. 난 고개를 푹 숙이고 영어 단어를 외웠어요. 여자들은 나에게 관심 없고 나도 관심을 주면 안 된다는 압박이 맘을 짓누르니까요. 근데 그중에 가장 단아한 여학생이 가방을 열어 무언가 찾다 손수건을 떨어뜨리고 다급하게 내렸어요. 저, 저는 그 손수건을 들어 창밖으로 휘날렸지만, 학생은 못 보고 갔어요. 그날 밤 화장품 냄새가 뒤섞인 그 손수건을 냄새 맡다가 자위를 했죠."

오상래는 고개를 푹 숙여 부끄러워했다. 찬희는 놀란 티를 내지 않았고, 라라는 당연하다는 표정으로 고개를 끄덕이며 수긍했다.

"자위행위를 했다고 부끄러워 말이요. 심리학적이나 정신과적이나 인간은 본능적 생리학적으로 마스터베이션(masturbation)을 합니다. 중세 유럽에서는 저열한 행위로 간주했지만, 최근에 정신의학에서는 전립선암의 예방이나 우울감을 해소시켜 준다고 보고 있어요. 그리고 독신은 범죄를 저지르지 않고 성적 욕구의 압박에서 벗어나게 합니다. 유아기 아동이 성기를 만지는 건 자연스러운 행위이듯 인간의 기본적 욕구 해소를 위한 행동입니다."

라라의 차분한 설명 후에 오상래가 말했다.

"다, 다행이군요. 요즘도 손수건으로 자위를 하는데 이상하게 죄책감에 휩싸였어요. 손수건이 없으면 일이 안 돼요. 항상 주변에 많아야 하죠. 아내가 다려주는 거로 안 되고 제가 사기도 하고, 백화점에 들리면 여러 개 사요. 매장의 데파트걸이 누구에게 선물할 거냐 물으면 저는 애인에게 준다고 거짓부렁을 말하죠. 저보고 바람둥이 아저씨라지만, 어떻게 합니까. 제가 레이스 손수건을 사용한다면 뒤에서 변태라고 욕할 텐데요."

라라가 정곡을 찔렀다.

"여자의 발에 탐닉하는 사람들은 점차 여자를 돈 주고 부탁해요. 힐을 신고 등에 올라타서 밟아달라고 하죠. 피투성이가 될 때까지. 속옷에 탐닉하는 사람들은 속옷을 훔쳐 수집해요. 심지어 저는 미국에서 200벌에 가까운 속옷을 훔친 입원환자도 상담해봤어요."

오상래가 조용해졌다가 질문을 했다.

"라라 박사님, 그럼 여인들의 손수건을 훔치는 것도 입원해서 치료받아야 할까요?"

오상래는 최근에 손수건에 집착하고 흥분을 느끼는 데서 그치지 않았다. 길 가다가 빨랫줄에 걸린 손수건도 훔치고, 동료 여직원의 서랍 안에서 손수건도 훔친다고 했다. 그리고 밤마다 아내와 관계 시 발기가 안 되지만, 아내가 잠들면 서재로 건너가 몰래 훔친 손수건을 꺼내 성기에 비빌 때는 발기가 잘 된다고 했다.

라라는 그날 상담을 거기에서 마치고 다시 약속을 잡았다. 상담소를 나가는 오상래의 얼굴이 무척이나 밝고 홀가분해 보였다. 누구에게도 털어놓을 수 없던 비밀이었던 것 같았다.

라라는 선영이 점심거리를 사러 나간 새 찬희와 의논했다.

"여성의 손수건에 애착을 느껴서 페티시 증세를 보이는데, 상담을 통한 지속적 치료가 필요해. 아내와 관계도 이 상태로라면 결혼생활을 유지 못 하고 일상도 흔들릴 거야."

"어머니의 죽음, 그리고 교우들과 형성된 관계가 손수건과 관련이 있을까?"

찬희는 자기 손수건을 꺼내 유심히 살피면서 물었다.

"아마도. 게다가 도착증은 가면 갈수록 절도에 그치지 않아. 나중에는 흥분한 나머지 손수건의 주인을 찾아 어떻게든 해보려는 마음이 드는 날도 있을 거야. 무의식에 억압된 신체적 열등감이나 어그러진 교우관계 그리고 유년의 어머니 죽음의 충격으로 손수건에 깃든 여러 감정이 오상래 내담자를 지배하고 있어. 치료하려면 여러 방법이 필요해."

"모든 손수건을 버리고, 다시 시작하는 건 어떨까? 금연하듯 담배를 확실하게 끊는 것처럼."

라라는 숨을 작게 내쉬었다.

"예전에 레이와 정신병원에서 상담 일을 꽤 했어. 임상 연구도 하면서. 자신의 동성애 성향을 치료하려고 입원한 유부남이 있었지. 레이는 충격 요법을 준다고 그 환자에게 최면을 걸고 복창하게 했어. '나는 동성을 보고 자위를 할 수 없고 원치 않는다, 동성의 사랑을 혐오한다, 어떤 남자도 매력이 전혀 없다, 이 병을 나아 아내를 행복하게 해주고 영원히 사랑할 것이다.' 이렇게 말하게 했지. 강압적으로 암시하고 최면술로 다짐하고 각서도 받고 선언하게 했어."

찬희는 묵묵히 들었다. 라라는 축음기에 소팽의 녹턴 1번을 틀었다.

"처음에는 낫는 것 같다고 했지. 퇴원하고 아내와 만족스럽게 성생활을 한댔고. 그런데 어느 날부터 이 환자가 외래로 안 오는 거야. 나중에 소식이 전해졌어. 아내와 겉으로 잘 사는 것처럼 포장했지만, 예전에 사귀다 헤어진 남성을 찾다가 그가 멀리 떠난 걸 알고 거리로 나가 마구잡이로 살다 자살했어."

찬희는 라라가 창가를 쓸쓸하게 내다보는 걸 보았다.

"억압을 또 다른 억압으로 억누르면 큰일이 일어난다는 걸 레이는 알았어. 그럼에도 한 사람을 정말 도우려는 마음이 아니라 자신의 논문을 위해 이용했어. 강압적 방법이 잘못됐다는 실험 사례를 만들기 위해, 한 사람을 파괴해 벼랑으로 몰아 떨어지게 했어."

찬희는 지난 강연에 보았던 그의 얼굴을 떠올렸다.

'수려한 얼굴에 감춰진 레이의 마음은 대체 무엇인가.'

사이코패스와 소시오패스의 경계라는 그는 정말 어떠한 사람인가. 그리고 라라와의 관계 또한 의문이었다.

"난, 그 일로 그에게 실망하고 경성으로 왔어. 의학부에 조교로 들어가 논문을 준비하다 너를 만난 거야. 상담소를 열어 어려운 상황의 내담자를 구하는 지금이 행복해."

"레이 박사는 처음부터 그런 사람이었던 거야?"

라라가 천천히 고개를 저었다.

"아니, 초창기에 레이와 나는 내담자를 도와 의미 있는 연구를 했지만, 점차 레이는 괴물이 되어갔어……. 역전이를 당해서일까. 아니면 원래 괴물의 심성이 있었는데 풀려난 것일까."

찬희는 예진에 교양과목 수업 중에 들은 밀이 떠올렸다.

인디언 전설 중에 이런 말이 있다. 사람 마음에는 선과 악, 두 마리 늑대가 있는데, 둘은 항상 싸운다고 한다. 둘 중 이기는 것은 결국 그 사람이 먹이를 주는 쪽이라는 말이다.

레이 박사는 악에게 먹이를 주게 된 것일까.

기묘한 도색 필름 상영회

오랜만에 김연주가 찾아왔다. 예약하고 찾아온 김연주는 바쁜 일을 해결했다면서 그간 미뤄둔 상담을 하겠다고 했다.

김연주는 라라와의 상담에서 치료가 효과가 있다고 했다. 야외에서 노출증은 거의 없어졌고 다만 집에서는 개인 공간에서 벌거벗고 다닌댔다. 라라는 그만하면 다행이라고 칭찬했다.

"그런데 박사님, 마사지기를 독점 수입해서 잡화점에서 여성 고객에 조심스레 판매하려던 계획은 완전히 접었어요."

"왜 그러시죠?"

"그게 저……. 아니 글쎄 우리 직원이 거래처 사장들을 모시고 영업하러 요정에 갔다는데, 그만 도색 필름 상영회라는 데에 사장들을 모시고 들어갔다나 봐요."

"도색 필름이요? 포르노 무비 말씀하시는 건가요?"

"젊은 여자 두 명이 남자 한 명과 그렇고 그런 관계를 적나라하게 보여주는 필름이더래요. 벽에 하얀 천을 걸고 영사기사가 나와서 상영을 20분 했다는데, 글쎄 그 필름에서 마사지기를 남자배우가 여자배우한테 시연하면서, 자극적으로 영상을 찍었다지 뭐예요. 아니나 다를까 미국 의료기 제작회사에서 마사지기를 더는 생산 안 하기로 했대요. 최근에 도색 필름에서 그 기구를 선정적으로 사용하는데 어느 점잖은 부인이 구매하겠느냐면서 생산을 중지했답니다. 대체 남자들이란 왜 그런대요? 조만간 미국 경찰들이 그런 영화 찍는 저질치들은 싹 다 잡아들이겠죠?"

김연주는 화를 내면서 제스처를 크게 취했다. 라라가 달래듯이 말했다.

"제가 생각하기에 포르노 역사는 무척 오래됐기에 합법적으로 발전할 가능성이 크다고 봅니다. 조선과 일본의 풍속화가가 그린 춘화, 서양화가가 그린 여신이나 목욕하는 여인의 누드화 그리고 에로틱한 삽화 모두 역사가 오래됐죠. 고대의 조각상도 그렇고요. 우리나라도 남성 성기 목각제품이 아직도 있어요. 요즘은 영상이 발명됐으니 앞으로 도색 필름으로 발전될 가능성이 있다고 보아요."

찬희도 일본은 참으로 성풍속이 개방되어 있다고 느낀 때가 한두 편이 아니었다. 고풍스러운 서점에도 춘화가 버젓이 팔리고 있었다. 에도시대의 우키요에에서 비롯된 춘화들은 동경 시민들의 호사품 중 하나였다.

"성인들의 문화를 너무 억눌러도 부작용이 있죠."

"대체 남자들은 왜 그럴까요? 정말 이해할 수가 없어요!"

라라는 미소지었다.

"직접 겪어보셨잖아요."

"네?"

"성적인 욕구를 이끌어내는 공격성을 내포한 호르몬이 남자는 여성의 수십 배 이상 많이 나온다고 임상에서 보여집니다. 그 공격성을 띤 호르몬이 일에 투영되면 성취욕을 느끼면서 최선을 다해 일을 완수하죠. 반면 도박이나 알코올 등에 중독성을 띠기도 합니다. 한마디로 호르몬 덕에 에펠탑도 엠파이어 스테이트 빌딩도 짓지만, 성중독으로 패가망신도 하죠."

찬희는 그런 케이스를 알게 모르게 봐온 터라 고개를 끄덕였다.

"산업으로 발전할 확률이 높다고 봅니다. 아마 종교나 관습, 법에 따라 나라마다 다르게 발전하겠지만요. 물론 성인들 한정이고, 아동들이나 청소년들에게는 금지해야겠죠."

"그, 그런가요? 하지만 덕분에 저는 중요하게 생각하던 투자 상품을 포기해야 했어요. 기분이 안 좋아요."

찬희가 보기에 김연주는 과다하게 흐르는 호르몬을 사업 투자와 사회생활에 매진하는 데 쏟는 것 같았다. 예전과 다르게 자신감 있는 말투와 태도로 확실히 달라 보였다.

"너무 괘념치 마세요. 더 좋은 상품 개발에 매진해보세요. 그림 확연하게 증세는 나아지신 거죠?"

김연주가 상담을 마치고 갔다. 찬희는 선영과 라라와 함께 김연주가 선물로 사온 도시락을 먹으면서 담화를 즐겼다.

"정말 도색 필름이 산업으로 발전될 가능성이 있는 거야?"

선영의 물음에 라라가 고개를 끄덕였다.

"근데 사실은 난 반대하는 입장이야. 고상하거나 품격있는 에로틱한 그림 수준이 아니라 아주 극악스러운 형태로 변질될 확률이 크지."

"극악스럽다니?"

라라는 초밥을 삼켜 넘기고 설명했다.

"미국에서 남자 사진기사와 사귀었던 여성의 누드 사진이 유출되어서 자해를 하고 조울증 증세로 병원에 입원한 사례가 있었어. 남자는 자신만 소장한다고 찍었지만, 돈을 받고 사진관에 팔아넘긴 거지. 이런 식으로 피해 입을 여성들이 생겨날 확률이 높아. 건전한 성이 아닌 왜곡된 성문화로 발전할 확률이 커. 하지만 지구상의 가장 오래된 산업 성매매처럼 끈질기게 합법과 불법 사이를 오가면서 살아남을 거야."

선영이 도시락 뚜껑을 덮으면서 웃었다.

"라라 박사는 나이보다 한 백 살은 더 먹었거나, 아니면 미래에서 온 사람 같아. 어찌 그렇게 돌아가는 이치를 짐작해?"

"연구하다 보면 작은 일에서 큰일로 발전하는 양상이 임상마다 비슷비슷하다는 걸 알게 돼. 그리고 조선이나 그리스 로마나 경성이나 성적인 문제로 일어나는 일화들이 비슷한 걸 보면 유추 가능하지. 어쩌면 내 짐작이 틀릴 수도 있고."

찬희도 고개를 끄덕이면서 말했다.

"산업 스파이로 오해받은 사람이 알고 보니 결백했던 경우도 있어. 누가 봐도 성실한 사원이 스파이였던 적도 있었지. 불륜 조사도 의처증, 의부증에서 시작된 사건도 많아. 정말 한 치도 짐작할 수 없었어. 그래도 경험치가 쌓이니 언젠가부터 외모가 아닌 태도나 진술을 분석해서 유추하는 게 가능은 해. 잘은 모르겠지만 라라 박사의 예지력이 절반은 맞을 수도 있단 뜻이지. 난 라라 박사의 미래 예측을 믿어."

라라가 미소지었다.

"나를 믿는다니 고마워. 누가 아폴론 신탁처럼 예지가 가능한 사람을 안 따라오겠어."

선영이 이를 갈면서 말했다.

"하여간 난 결혼 안 해. 어느 남자를 믿고 결혼하겠어. 시골에 아내 두고 바람나는 유부남이 한둘이야? 가부장제는 어떻고. 결혼하면 애 낳고 제사 지내다 시댁 귀신 되잖아. 라라 박사는 결혼할 거야?"

"흠, 에멀린 팽크허스트 여사가 영국 여성들의 투표권을 쟁취하는데 싸우고 시위를 해서 성공했어. 앞으로 여성 인권은 발전할 거지만, 내가 도울 수 있는 일부터 할 거야. 그 전에 결혼은 노우."

찬희는 에멀린 팽크허스트 여사가 앞장서서 1913년에 일어난 영국 여성들의 참정권 운동을 알고 있었다. 그들은 단체를 구성하고 공공시설에 불을 지르고 감옥에서 단식투쟁을 하면서 용감하게 여성 정치 참여권을 끌어냈다. 여사가 바닥까지 내려오는 긴 벨루어 케이프를 걸치고 시위대를 이끌고 버킹엄 궁으로 들어가려다 경찰에 체포되는 사진은 감동 그 자체였다. 여사는 체포되면서도 절대로 품위와 용기를 잃지 않고 당당한 모습이었다.

라라의 목소리가 찬희를 상념에서 끄집어냈다.

"하지만 결혼은 여성이 안전하게 섹스할 수 있는 유일한 제도이기도 하지. 태고 인류를 보더라도 남자는 밖으로 돌아다니면서 먹을 걸 구해오고, 여기저기 다른 부족 여성에게 씨를 뿌리고 다녔어. 여자는 둥지를 만들고 아이를 낳아 기르고. 아기는 나약한 존재이니 동굴에 머문 여성들이 키워낸 거지. 남자들도 정착하고 농사를 지으면서 여자들이 일군 집에 머무르고, 여자 뱃속 태아가 자기 아이인지 의심을 하면서 일부일처라는 결혼 개념을 문화로 만들었어."

찬희는 라라의 설명을 관심 깊게 들었다. 이상하게 결혼이라는 제도를 듣는데 영운의 얼굴이 떠올랐다. 왜 그랬을까. 의외였다. 찬희는 살짝 부끄러워 볼에 홍조가 올랐다.

라라는 설명을 이었다.

"남자는 자신이 구해온 음식을 자기 아이만 먹기를 원했고, 여자는 그에 맞춰 집안을 돌보았지. 결과적으로 여성의 사회생활 참여도가 낮은 건 신체 활동을 극대화한 사냥 같은 일에서 배제되어서야.

하지만 지금 경성을 봐. 간호나 사무직은 여성들 참여도가 높아. 앞으로 경제적 독립이 되면 결혼 안 하는 문화가 생길 거야. 성관계하는 일들은 줄어들겠지. 여성이 안정적으로 성관계를 할 환경이 갖춰지지 않으면 굳이 불안 요소를 만들지 않으니. 하지만 인간의 본성인 식욕, 수면욕, 성욕은 변하지 않아."

라라는 긴 설명을 마치고 주전자를 높게 들어 핸드드립 커피를 내렸다.

"자, 내담자를 받을 준비 하자. 오늘 오상래 씨 아내가 오시기로 했어."

찬희와 선영이 놀란 눈으로 보았다.

"성기능 장애 상담은 부부 상담이 기본이야. 오상래 씨도 동의했고, 내가 어제 늦게 통화해서 어렵사리 예약 잡은 거야. 근데 안 올 확률도 있겠지. 기다려보자."

예약 시간은 3시라고 했다. 15분이 지났지만, 오상래의 아내는 오지 않았다.

그날 저녁 오상래가 갑자기 온다고 했다. 6시가 넘어 도착한 오상래는 아내와 같이 들어왔다.

서른이 채 안 되어 보이는 여성이 들어왔다. 작은 체구에 얌전한 몸가짐에 발목까지 오는 한복을 입고 있었다. 이름은 하정연라고 했다.

하정연은 손수건을 꼭 쥐고 머리를 숙여 인사하고 라라의 책상 건너편에 앉았다.

라라는 책상에서 나와 테이블에 오상래와 하정연과 마주 앉았다. 라라는 베이지색의 레이스 드레스 위로 핑크빛 가운을 걸치고 하정연을 살펴보았다.

"아내가 혼자서는 도저히 못 오겠다고 해서 제가 퇴근 후 부랴부랴 같이 왔습니다."

"그러시군요. 하정연 씨. 같이 상담하시는 게 편하면 그렇게 하시겠어요?"

"네."

"부인이라고 불러드릴까요? 그게 편하시겠죠?"

"이름으로 불러주세요, 누군가 제 이름 부르는 거 처음이네요."

찬희는 여느 때처럼 그들 사이에 앉았고, 선영은 타이프를 칠 준비를 했다.

"두 분이 양가의 약속대로 결혼하신 지 8년이 넘었네요. 결혼 생활에 만족하시는지요."

"그게 무슨 의미인지."

"남편분이 상의하러 오시는 내용을 알고는 계시죠."

하정연이 볼이 붉어지면서 고개를 숙였다.

"괜찮습니다. 아이를 원하신다고요. 저희 상담소가 상담을 통해 적극 도와드릴게요."

오상래는 조용히 있었다.

"그간 오상래 씨 상담에 의하면 일단 두 분이 대화가 거의 없고, 둘 사이에서 말할 만한 이야기나 소재가 없다고 하셨어요. 그런가요?"

하정연은 볼멘소리를 냈다.

"어느 부부나 이렇게 살지요. 별다를 수 있나요."

라라는 긴장을 풀려는 뜻에서 브람스의 왈츠를 틀어주었다. 경쾌한 왈츠곡이 흘러나왔다.

라라는 그들이 작성한 상담일지를 들여다봤다.

"여학교를 다니셨네요. 무용 수업을 받으셨죠? 저희도 하숙집 사장님이 발레 수업을 저녁마다 가르쳐주세요."

하정연의 얼굴이 조금 밝아졌다.

"학창 시절 어떤 학생이었죠?"

"최승희 무용가를 존경했어요. 한번은 부민관에서 공연을 봤는데, 당당하게 무용하는 모습이 굉장히 아름다웠어요."

"그러시군요. 지금은 미국을 돌면서 순회공연을 한다는데요."

"네. 신문기사에서 봤어요. 저 사실 몸매가 드러나는 옷을 입은 키 큰 조선 여성이 무대를 활보한다는 게 멋졌어요."

최승희는 키가 160센티가 훌쩍 넘어 웬만한 동양인 남성보다도 크고 살집과 근육이 있는 건강한 체형으로 유명했다. 조선이나 일본이나 남성들도 160센티가 안 되는 사람이 허다했다.

오상래는 말이 많고 얼굴에 활기를 띤 아내를 오랜만에 보는 듯했다.

"그렇죠. 여기 찬희 탐정님이 최승희 씨와 키가 비슷해요. 일어나보세요."

찬희가 일어나 보았다.

"탐정으로서 보무도 당당하죠."

하정연이 배시시 웃었다.

"여성 탐정이라니 멋져요. 저, 저도 학교를 제대로 졸업했으면, 어쩌면 직업을 가졌을지 몰라요……."

학교를 중간에 관두고 결혼을 했다고 했다.

라라는 고민하다 입을 열었다.

"부부간에는 비밀을 공유해야 합니다."

라라는 오상래의 발기부전에는 어머니의 손수건으로 비롯된 페티시에 있다고 진단을 내렸다. 유년 시절의 아픔이 서린 물건에 과다하게 집착하고 거기서 희열을 느껴 여성과의 정상적 관계가 당분간 불가능하다고 했다. 하정연은 진지하게 들었다.

라라는 방법을 알려줄 테니 주목하라고 하고 잠시 뜸 들인 후 입을 열었다.

"두 분이 오늘부터 아이 시절로 돌아가보세요."

"네?"

"아이들처럼 장난도 치고 반말을 시작해보세요. 지금은 너무 격식을 차리고 대화 자체가 없는데, 반말을 해서 기분 나빠 싸우더라도 하세요. 그리고 이불 속에 주무실 때 옷을 다 벗고 주무세요. 아이로 돌아가는 겁니다. 다음 상담일까지 7일간 그렇게 하십시오."

이게 뭔 소리? 찬희는 귀를 의심했다.

"이건 서양에서 부부 문제 개선 솔루션의 한 방법으로 알려드리는 겁니다. 많은 부부가 효과를 보았습니다."

"아니, 어떻게 그렇게 하겠습니까?"

오상래의 말에 라라는 단호하게 답했다.

"바람만 핀다고 나쁜 남편이 되는 게 아닙니다. 성욕은 인간의 기본적인 욕구입니다. 부부관계를 못 하는 장애가 있는데

8년이나 방치하고 조용히 살다가 지금 오신 것도 아내분에게 충분히 잘못한 겁니다. 조선에도 이런 문제는 이혼의 주요 사유가 됐다는 것만 아십시오."

"저, 병원을 나름대로 다녀봤고 방치만 한 것은 아닙니다."

"그러니까 저도 적극적으로 오상래 내담자분의 정성을 생각해 도움을 주는 겁니다. 제 말대로 하세요."

오상래가 진지하게 수긍하는 듯 고개를 끄덕였다. 라라는 하정연에게도 그렇게 하겠다는 다짐을 받았다.

"대신 중요한 것은 그렇게 주무시되 손을 잡거나 서로 포옹하거나 얼굴을 마주 보는 정도는 가능하지만 절대로 부부관계를 해서는 안 됩니다. 아이들처럼 스킨십은 가능하지만, 성적인 행동은 금지입니다. 그리고 이에 관해 한 분이 저에게 매일 연락해주십시오. 일을 완수했는지요."

"저어기 손수건을 쥐고 있어도 될까요."

오상래의 말에 라라가 잠시 생각하다 답했다.

"불안하다면 그렇게 하십시오. 다만 손수건을 보고 성적인 느낌이 든다면 손수건을 던져버리라고 말씀드립니다. 아이들처럼 벌거벗고 주무시되 성적인 행동은 금물입니다. 그리고 그렇게 하기 전에 일단 부끄러울 테니 꼭 자기 전 1시간은 어떤 대화라도 나누세요. 직장이나 시장 보러 갔다 온 일이나 어떤 일이라도 대화하세요. 양가 이야기나 아이를 갖는 문제나 발기부전 문제 등은 삼가하구요. 웃기는 일은 무슨 일이라도 좋은 대화 소재입니다."

라라는 상담을 마치고 둘을 내보냈다. 밤이 늦었다. 비가 주룩주룩 왔다.

라라가 일지를 정리하는 중, 찬희는 부부가 택시를 타고 돌아가는 뒷모습을 보고 걱정스럽다는 듯 물었다.

"라라 박사. 정말 효과를 볼 수 있을까?"

"나도 확신을 못하겠지만 지금 의학 기술로 성기능을 고쳐줄 약은 없어. 비뇨기과에서 음경의 보형물 수술을 연구 중이지만 장담 못 해. 하지만 내가 제시한 방법은 효과 본 부부를 봤거든. 일단 믿어보는 거야."

"정말 조선에도 발기부전이 주요 이혼 사유였어?"

"후후, 남성의 성기능 장애를 사또에게 고하는 청원 문서를 본 적 있어. 욕구가 몇 년간이나 채워지지 않았다면 이혼 사유가 될 수 있지. 기다려보자구."

6일이 지났다. 다른 내담자들과 상담을 하며 시일이 지났는데, 오후에 하정연이 갑자기 찾아왔다. 손에는 자그마한 보퉁이가 들려 있었다.

찬희는 뜨끔했다. 집을 나왔는가 싶었다. 하정연이 라라와 마주 앉아 찬희가 건넨 커피를 마시자마자 펑펑 울었다.

"박, 박사님……."

라라는 잠시 침묵했다. 며칠간 오상래가 잠들기 전에 이야기를 나누고 나체로 같이 잤다는 결과만 전화로 알렸는데 어제는 아무 연락도 없었다.

"그이와 관계를 할 수 있었어요."

긴장했던 찬희와 선영의 표정이 풀렸고, 라라는 알 수 없는 표정으로 무연하게 응수했다.

하정연은 첫날은 자기 전에 긴장된 채 직장에서 점심에 무얼 먹었는지 물어봤다고 했다. 자신도 시장에 가서 장 보고 동네 아주머니들과 이러구러 수다 떤 얘기를 남편에게 들려주었다.

하정연은 남편이 먼저 벌거벗고 이불로 들어가고 불을 끄고 나서야 자신이 옷 벗고 들어갔다고 했다. 잠도 안 오고 긴장돼서 유년 시절 어머니가 해주신 요리나 학교 무용 수업 등 시시콜콜한 이야기만 나누다 잤댔다.

둘째 날도 별다른 이야기는 없고 라라에 관해 궁금하지 않냐는 등의 대화를 하다 동시에 뒤돌아 벌거벗고 이불 속으로 들어갔다고 했다.

이불 속에서 남편이 손을 만지면서 그간 고생하지 않았느냐 아이를 낳을 수 있다면 교육자를 시키자느니, 무용수로 만들자느니 대화를 했다. 그리고 교육 자금은 어떻게 저축하고 있다는 그런 이야기를 했다고 했다.

셋째 날은 둘이 이야기를 2시간이 넘게 끊어지지 않고 말한 후에 이불 속에 벌거벗고 들었는데, 남편이 천천히 하정연을 안아주고 나서 고생했다 고맙다는 말을 했댔다. 그날 남편은 이불 속에서 자신이 뚱뚱하다고 놀림받은 이야기, 더럽다고 오해받은 이야기를 했고 하정연은 그의 배를 만지면서 보기 흉하지 않고 피부도 좋다고 칭찬했다. 하정연은 남편이 과거 이야기를 한 건 처음이라고 했다.

그다음 날도 이야기를 2시간 넘게 나누고 나서 앞으로 아이가 생기면 방을 만들어주려 어떻게 왕십리 등의 신주택 단지로 이사 계획도 세워봤다고 했다. 그리고 그날 밤 남편이 하정연에게 키스를 하고 엉엉 울었다는 것이다. 미안하다고 고백을 하고 못난 자신을 용서해달라고 했다. 하정연도 울면서 남편의 눈물을 손으로 닦아주었다.

그리고 그다음 날 절대로 성적인 행동을 해서는 안 된다는 금기를 깨고 둘이서 관계를 했는데 남편의 성기능이 제대로 발휘했다는 것이다. 하정연은 그다음 날도 연거푸 관계를 하고 나서 상담소로 부리나케 달려온 것이다. 금기를 깼는데 괜찮냐고 물으러 온 거였다. 하정연은 기쁨과 두려운 표정이 교차했다.

라라는 하정연의 손을 꽉 잡아주고 괜찮다고 말해주면서 앞으로 상담을 2주에 한 번이라도 하면서 점차 과정을 말해달라고 했다. 그리고 과거의 아픔을 부부간에 공유하고 벌거벗은 모습으로 숨길 것 없이 대면하라고 했다.

늘 부부는 가장 가까운 사이임을 확인하고 미래를 이야기하는 긍정적 발전을 공유하라고 했다. 라라는 손수건에 대해서도 둘이서 긍정적으로 수집하고 남편에게 어울리는 손수건을 골라 선물하고 아침마다 챙겨주면서 부정적 이미지로 당장 멀리하지 말라고 당부했다. 상대방의 차이를 이해해주면서 좁혀가서 부부간에 서로의 세계를 인정해준 후에 공유할 미래 계획을 의논하라고 했다.

"중요한 건 아내가 관계할 때 기분이 좋은 걸 표현하고, 남편에게 고맙다 사랑한다는 말을 자주 해주세요. 남편과 취미 생활을 공유해서 대화를 자주 나누고요."

하정연은 고개를 끄덕이면서 가져온 보퉁이를 열었다. 사무실에서 먹을 강정이나 밑반찬 등을 싸온 거였다. 감사하다고 거듭 말하면서 앞으로도 상담을 받겠다고 했다.

찬희는 뿌듯했다. 라라의 얼굴에 떠오른 미소를 놓치지 않았다. 아주 기분 좋을 때 혹은 고된 일을 끝마쳤을 때의 뿌듯한 표정이었다.

"내일부터는 의학부 조교로서 시험 감독을 해서 며칠간 내담자 상담은 미루도록 해줘."

선영과 찬희는 웃으면서 고개를 끄덕였다.

일주일 후, 오전 중에 내담자 한 명을 받기로 하고 기다리는 중이었다. 아직 시간이 남아 커피를 마시며 대화를 나누다 찬희가 의아하다는 듯 물었다.

"오상래 씨 케이스만 하더라도 왜 페티시가 어머니가 매달아준 손수건에서 시작된 거지?"

선영도 고개를 끄덕이면서 수긍했다.

"라라 박사, 나도 궁금해."

라라는 잔을 내려놓고 머리카락을 매만지면서 말했다.

"모피나 비단, 머릿결에 대한 찬미나 부드러운 촉감, 아름다움으로 페티시를 갖게 되지. 그런데 그렇게 되기까지 하루아침에 만들어지는 게 아니라 과정이 있어. 사례를 말해볼게. 30세 정도의 한 남자 입원환자는 집안에 드나들던 가정교사와 관계를 맺었어. 가정교사가 신던 가죽 반장화에 매료됐어. 그 후부터는 반장화를 사서 침대 밑에 두고 에로틱한 상상에 빠지고 유곽에서 여성에게 장화를 신기고 섹스하려 했지."

선영과 찬희는 조용히 경청했다. 선영이 침 넘기는 소리에 찬희는 조금 웃었다. 라라는 고개를 젓고 진지하게 말했다.

"결과는 노우. 못 했어. 부인과 친밀한 관계 형성도 실패. 병원에 자의로 입원해 치료를 받았지만, 치료 경과가 나아지지 않았어. 나중에 재입원을 원해 들어왔는데, 구두를 만지면서 그 쾌감으로 발기만 할 수 있지 정상적 관계는 불가능했고, 병원에서도 본인의 성적 체험담을 집요하게 말로 분출하는 데 집중했지. 그 환자는 이제 뾰족한 힐을 신은 여자가 자신의 등에 올라와 발길질을 해대야 쾌감을 얻을 수 있대. 그 환자는 성적인 경험을 자랑하고 싶어 입원한 거 같았어."

"그럼 오상래 씨는 사례가 아주 좋은 거네?"

"응, 오상래 씨는 본인과 배우자의 의지와 인내력으로 조금씩 발전한 거야. 앞으로도 본인들 하기에 달렸어."

"그렇구나. 그 환자는 어떻게 됐어?"

"나중 전해들으니, 유곽에서 재산 탕진을 할 수밖에 없었지. 일시적 상담치료로 나아진 정도고 본인이 고치려는 의지가 적어 나아지지 않았어."

찬희가 진지하게 물었다.

"페티시 환자가 단지 물건에 애착을 갖는 거라면 남에게 피해를 주는 건 아니잖아?"

라라는 천천히 담뱃대를 입으로 가져갔다.

"동전처럼 양면이 있지. 모피나 비단은 참 부드러운 결에 아름다워 보이지. 반면 그걸 쟁취하고자 할 때 추함으로 변해. 모피를 얻기 위해 산채로 껍질이 벗겨지는 동물, 그리고 비단을 짜내기 위해 무수히 희생되는 애벌레들. 난 머리채 살인마는 아름다운 머릿결을 가진 사람을 갈구하고자 하는데, 소유가 불가능하니 죽이는 게 아닌가 싶어."

찬희는 고개를 갸웃하다 뭔가 생각났다는 듯 말했다.

"예전에 이상한 의뢰인을 봤어. 평범한 20대 남자인데, 자신은 다리를 다쳐서 저는 여자에게 관심 있다는 거야. 다리를 다친 여성이 길을 지나가면 호의를 베풀어 사귀다가도 그 여성이 다리가 나으면 관심이 없어진대. 우리에게 다리가 아예 없는 여인을 구해달라는데, 사장이 딱 거절하고 돌려보냈지."

선영이 놀라 되물었다.

"정말? 말도 안 돼!"

"사실이야."

찬희의 말에 라라가 이어 덧붙였다.

"그런 사람들이 도착증에 무서운 일을 저지르기 전에 상담을 통한 행동교정에 들어가는 게 중요해."

"정말 이상하구나. 왜 일반적인 모습과 관계에서는 애정을 못 느끼지?"

라라가 한숨 쉬었다.

"사람은 겉모습으로 판단이 불가능해. 생김이 각각 다른 만큼 성적 취향도 다르지. 그리스 신의 아름다운 누드만큼 괴상하거나 고어가 다분한 그랑 기뇰 공포극을 즐겨. 관객석에서 나는 저 공포와 괴리되어 있다고 여겨. 일상의 안온함에 감사하면서."

찬희는 주의 깊게 들었다.

"당장 나는 가난하고 대접을 못 받지만, 저 상황보다는 낫다고 생각해. 그런 걸 즐기다가 역전이 현상으로 기이한 요소가 아름다움으로 전도되면 그 사람의 사상이 바뀌지."

라라는 서가에서 책을 하나 꺼내 들었다.

"이 이레즈미 문신에 관한 내용을 봐."

야쿠자들이 등에 가득히 용이나 사천왕 문신 등을 했다. 여성들도 전신에 잉어나 꽃 문신, 뱀 문신을 한 사진도 있었다.

선영이 인상을 찡그렸다.

"아팠겠다."

"점차 그 아픔에 중독되는 사람들 봤어."

찬희는 유학 당시 한 학생이 빚을 내서 문신하다 파산하는 걸 보았다.

"고통은 어느덧 아름다움이 되어서 사람들을 자극해. 그 경계가 어디인지는 모르지. 다만 남에게 범죄 피해를 주는 머리채 살인을 자행하는 사람은 반드시 재판정에 세워야 해. 성적 도착으로 남에게 고통을 주는 건 안 돼."

찬희가 커피를 마저 마시는데 노크 소리가 들렸다. 재연과 20대 여성이 상담소 안으로 들어왔다. 여성은 활달하게 보이는 노란색 쉬폰 원피스를 입고 있었는데 치맛단과 소매의 하얀색 레이스가 돋보였다. 쇼트커트에 화사한 원피스가 돋보였다. 넓은 챙 모자를 벗고 얼굴을 드러내는데, 화사한 옷차림과 달리

일굴과 눈에 아픔이 서려 있었다. 찬희는 그간 의뢰인들이나 내 담자를 통해 사람의 얼굴에 실린 고뇌를 읽을 수 있었다.

내담자의 이름은 임연지, 나이는 22세라고 했다. 커피 향이 은은하게 나는 상담소 안에서 선영이 치는 타자기 소리가 주기 적으로 들렸다.

임연지는 라라와 간단한 대화만 나누었다. 라라는 늘 내담자 와 라포를 형성하는 과정에 시간을 투자했다. 눈꼬리가 깊고 귀 여운 입술의 임연지는 직업이 병원의 안내원이라고 했다.

"보통 프런트에서 진료과를 안내해드리고, 수납과 예약도 받 고요."

어느 병원에서 근무하는지는 밝히지 않았다.

"제가 2년 전에 한 남자를 만나게 됐어요."

타자기 소리가 빨라졌다. 선영이 본격적으로 상담을 기록한다.

"그분은 깔끔한 슈트가 어울리는 신사였는데, 병원 프런트에 서 첨 만났어요. 미쓰코시 백화점 옥상 정원 카페에서 커피 한 잔하겠어요. 데이트를 몇 번 했는데, 만난 지 30일 되는 날에 저 에게 손목시계를 선물해주었죠."

손목시계는 거의 유럽 수입품이라 꽤 비쌌다.

"저는 약혼 시계라 생각했는데, 사실 그는 유부남이었어요."

중혼이 예전보다 없어지는 추세지만, 찬희의 외삼촌도 큰아 버지도 아내를 두고 첩을 들였다. 큰댁에 가면 큰어머니와 둘째 부인인 작은어머니는 사이가 냉랭했다.

"도시살이가 고달파서 그분을 계속 만난 게 잘못이겠지요. 임신했지만, 그분은 아버님이 편찮으셔서 시골 본가로 돌아갔어요. 연락이 끊겼어요. 뒤늦게 배가 불러온 채로 찾아갔지만 이사 갔더군요. 임신한 몸으로 방법을 찾다가 동료 간호사가 귀띔을 해줘서 낙태할 병원을 찾아갔어요."

찬희는 가슴이 아팠다. 라라는 내담자의 떨리는 손을 다가가 부드럽게 만지며 진정시켰다. 라라의 얼굴에는 내담자의 고통이 와닿는 듯 슬픔이 어려 있었다.

"좀 쉬었다 할까요. 힘드시면 그러시죠."

"축음기네요. 제가 좋아하는 음악을 부탁드려도 될까요?"

라라는 임연지가 틀어달라는 베토벤의 월광 소나타 음반을 걸었다. 조용히 애달픈 선율이 흘러나와 커피 향과 함께 상담소 안을 흘러다녔다.

"전 부인과 병원에서 밤중에 수술을 받았지요. 소문이 나면 안 되니까요. 저 같은 여자가 그날 밤 몇 명 기다리고 있었어요. 분만대를 보셨나요?"

찬희는 작게 숨을 내쉬었다. 예전에 병원 보조원 일을 해봤다. 분만실에서 나오는 폐기물들을 처리하는 일이었다. 분만대는 나무 의자에 두 발을 올리는 다리 받침대가 있고 끈이 매달려 있다. 산부가 고통에 움직일까봐 다리를 분만대에 묶는 장치

였는데, 보기만 해도 공포에 젖었다. 분만대 아래에는 양동이가 있고 산모가 흘린 피로 가득했다. 찬희는 그 일을 한 달 하다 그만두었다. 돈은 많이 주었지만, 산모가 느꼈을 고통이 연상되어 힘들었다.

임연지가 침묵 후 다시 이어나갔다.

"제가 허약 체질이라고 판단해서 의사 선생님은 마취 없이 수술하겠다고 하셨어요. 저는 술도 못 마셔서 맨정신에 받았어요. 7개월이 넘어서 일단은 태아를 사산하게 한다고 했어요."

임연지는 당시를 떠올리는 듯 두려운 얼굴로 말을 이었다.

"두 다리를…… 벌려 분만대 위에 묶고 드러누워 수치심에 죽는 줄 알았어요. 그래도 수술을 잘 받았지만 아이 잃은 죄책감이…… 죽고만 싶었어요."

임연지의 이야기는 거기서 끊겼다.

"몸조리하느라 시계도 팔아 생활비로 하고, 병원도 잠시 쉬고 그랬어요."

라라는 임연지를 잘 다독였다.

"어릴 적 살던 산골 마을에 화적에게 강간당한 동네 언니가 낙태하느라 산파랑 아주머니들이 모여서 진땀 뺐다던 이야기가 생각났어요……. 동네 아주머니들이 전설처럼 그 이야기를 들려주었어요. 그 언니가 낙태 중에 죽자, 그대로 묻으면 우부메(産女, 일본 여자 귀신)로 나타난대서 태아를 분리해서 매장했대요."

찬희는 우부메 유령을 잘 알았다. 아기를 안고 나타나는 유령으로 지나가는 무사에게 머릴 빗을 수 있게 아이를 안아달라고 부탁한다고 했다. 무사가 흔쾌히 아이를 받아주자, 우부메는 무척 고마워하면서 무사가 출세할 거라 예언하고 사라졌다. 무사는 훗날 출세했다고 전설은 끝을 맺는다.

우부메가 나타나는 걸 방지하려고 산모가 죽으면 배를 갈라 태아를 빼서 묻는다고 했다.

"그런데, 나중에 일본 경찰들이 수술에 관련된 사람을 재판 받게 했어요. 마을은 한동안 시끄러웠대요. 모두 죽은 그 언니 행실을 탓했어요."

"화적에게 강간을 당한 거라면서요?"

찬희가 되물었다.

"강간범은 도망갔지만, 남은 여자 행실을 문제 삼는 건 어제 오늘 일도 아니잖아요."

입을 닫은 임연지 대신 라라가 말했다. 임연지가 커피를 마시다가 울었다.

"흑흑, 문제는 제가 그때 낙태한 일로 지금 벌 받는 거 같아요."

임연지는 잠시 멈췄고, 라라와 찬희는 집중했다. 선영은 타자를 잠시 쉬는데 임연지가 한숨 쉬었다.

"후우, 3개월 전 즈음에 결혼할 남자가 생겼는데……, 밤마다 그를 죽이는 꿈을 꿔요."

찬희의 눈이 크게 떴다.

"꿈에 그를 제 머리카락으로 목을 졸라매서 숨 막히게 하죠. 또 어느 날은 그를 분만대 위에 묶어두고, 고환을 제거하는…… 수술을 해요. 제가 메스를…… 의사에게 줘요. 그는 피를 흘리면서…… 죽어가요. 어떤 날은 제 손에…… 메스가 들려 있어요. 저는 그의 배에 메스를 꽂고 죽 그어 내려요……."

라라가 날카로운 눈빛을 하고 물었다.

"꿈에서 죽이기 전에는 무엇을 하죠? 다른 일은 없나요."

"매, 매번 우리는 성관계를 맺어요. 애정을 주고받다 절정의 순간에서 갑자기 머리카락이 길게 늘어져 있고 그걸로 감아 고통을 주다 죽여요……. 아니면 또 그와 껴안고 진땀을 흘리는데 절정의 순간에서 제 손에 메스가 쥐어져요. 그래서 그의 배를 가르죠."

"가르면 피가 임연지 씨의 몸에 묻나요?"

임연지는 고개를 저었다.

"아뇨. 안 그래요. 그의 배에서 태아가 나오죠. 갓난아기. 살아있는 아기요. 마구 울어요."

임연지는 거기서 말을 멈췄다. 그리고 눈물을 뚝뚝 흘렸다.

"제, 제가 결혼할 수 있을까요……. 흑흑."

라라는 다정하고 안정된 목소리로 말했다.

"꿈은 꿈일 뿐입니다. 예지몽은 없어요. 프로이트가 그렇게 분석했고 세계적으로 강한 영향을 끼친 학설입니다. 꿈은 본인의 욕망이나 불안, 불만과 공포, 염려를 보여주는 단편입니다. 절대로 미래를 예언하는 게 아니죠. 상담을 꾸준히 받으면 꿈도 달라져요. 걱정 마세요. 그리고 정 부담스러우면 결혼을 좀 미루세요. 결혼과 출산에 관한 두려움이 꿈으로 나타나는 걸지 모릅니다. 그 죄책감을 자꾸 상대방에게 투사해서 없애려는지 몰라요. 상담을 통해 이겨내 보도록 해요. 적극적으로 도울게요."

임연지가 돌아가고, 잠시 침묵이 흘렀다. 곡은 어느덧 월광 3악장으로 흘러갔다. 강렬한 피아노 소리가 상담소 안을 찢어발기듯 탁타 튀어나왔다. 선영은 타자기를 치면서 일지를 정리하고, 찬희는 생각 중이었다. 라라는 의학서를 뒤져보았다.

어느덧 곡이 끝나고 음반이 튀는 소리가 탁탁 났다. 라라는 음반을 바꾸었다. 베토벤의 비창 소나타였다. 굉장히 강한 음악이 다시 귓가를 자극했다. 라라는 생각에 빠졌고, 찬희는 잠시 복도로 나왔다.

방금 들은 임연지의 상담 내용이 지난번에 당한 사건과 오버랩되면서 일을 해나갈 수 있을지 겁이 덜컥 들었다. 내담자의 사연도 충격이고, 자신도 아직 누군가 뒤에 다가서면 겁이 덜컥 났다.

라라가 슬며시 찬희 뒤로 다가왔다. 찬희는 향수 냄새로 알아차렸다. 백합향이 시트러스 향과 섞여 있는 냄새다.

"나도 처음에 인생의 회한을 상담하며 다 겪은 것 같았어. 굉장한 스트레스야. 감정이입되고. 내담자랑 같이 울고, 그런데 돕다 보면 엄청난 보람이 해일처럼 밀려들어. 다만 그 전에 내담자에게 전이돼 고통과 슬픔에 멍하지. 걱정 마. 찬희 너 혼자 겪게 안 돼. 나를 믿어."

"라라 박사. 프로이트 책 좀 읽을 수 있는 거 하나 건네봐. 강연회 때 받은 레이 박사 책과 비교해보게."

"한글로 된 건 없고, 영어로 된 거 있어."

"읽어보고 나도 공부할게."

"알았어."

찬희는 상담소로 들어가 프로이트가 쓴 《꿈의 해석》을 받았다. 찬희는 그날 밤을 새워 책을 읽어나갔다.

미스터리한
꿈의 해몽

임연지는 일주일 있다가 다시 방문했다. 근황과 일상에 관한 이야기는 점차 깊어졌다. 임연지는 자연스레 꿈 이야기를 했다.

"라라 박사님, 좀 특이한 꿈을 꾸었어요."

찬희의 귀가 번쩍 뜨였다.

"말씀해보세요."

라라는 음반을 슈만의 트로이메라이로 바꾸었다. 임연지는 편안한 안락의자에 눕듯이 등을 기대었다. 라라는 팬들럼을 손에 들고 빙그르르 돌려보았다.

"아주아주 아름다운 숲속에 제가 홀로 조용히 걷고 있어요. 새들이 지저귀는 소리, 연못에 뛰노는 물고기, 그리고 바람이 따뜻하게 온몸을 휘감아 돌면서 청명한 공기에 몸과 마음이 활짝 녈려요."

임연지는 천천히 눈을 감았다.

"그, 그런데 누군가 다가와요. 얼굴을 볼 수 없는 사람."

"남자인가요?"

"네. 맞아요. 키가 크고 체구가 듬직하고 너른 어깨. 제 이상형 사람이어요. 저는 아주 조금씩 다가가요. 그가 멈췄어요. 그런데……."

잠시 침묵.

"라라 박사님, 좀 부끄러워요."

"괜찮아요. 말해봐요."

"우린 둘 다 벌거벗었어요. 얼굴도 모르는 남자가 제 얼굴을 쓰다듬고 가볍게 키스해요. 그리고 돌아서요. 저는 아쉬웠어요. 그래서 그 남자의 어깨에 기대요."

곡은 슈만의 로망스로 바뀌었다. 잔잔한 선율 위로 임연지의 말이 나긋나긋하게 이어져 나갔다.

"꿈, 꿈결 같아요. 남자와 저는 키스하고, 서로 가슴을 쓰다듬으며 포옹을 하고 그가 나의 눈물을 닦아요. 내 아픔, 고통 그리고 상처를 치유해요."

선영이 잠시 타이핑을 멈추고 눈을 감고 들었다가 이내 다시 타이핑을 했다.

"그의 얼굴은 안 보이지만, 그가 나를 진심으로 사랑한다는 걸 알아요. 꿈결인 걸 몰라요. 새와 물 흐르는 소리……, 그리고 비, 비가 와요, 소낙비가 우리 둘이 함께 움직이는 나신을 모두 촉촉이 적셔요. 덥고 습하고, 그리고 아름답고 따뜻한 감정을 교감해요. 우린 비에 젖은 머릿결을 느끼면서 한 몸이 되어요……."

잠시 음악만이 고요히 흘렀다. 그러다 임연지가 입을 열었다.

"남, 남자가 내 몸속에 자신의 성기를 깊숙이 넣어요. 아주 깊게 사랑하는 마음으로, 내 몸을 진심으로 안아줘요. 예뻐해요. 나도 충만함을 느껴요. 우리는 잉어가 되어 거센 물살을 헤쳐나가면서 유영해요. 하늘을 바다를 연못을 떠다녀요. 공기를 가르면서 움직여요. 쾌감, 아, 헤어나와야 하는데……."

"남자의 얼굴이 보이나요?"

"네, 네!"

임연지가 갑자기 목소리를 거세게 높였다.

"남자는 바로 그 남자예요. 나를 버린 남자. 본처에게 돌아간 남자. 남자가 고통스러워해요. 피를 흘려요. 저는 아래를 내다봐요. 피가 질척거려요! 오 마이 갓! 제 몸속에서 나온 이빨이 남자의 성기를 거세게 물어뜯어 그의 성기가 절단됐어요! 까아아악!"

라라가 음악을 멈추고 찬희는 분노하면서 발작하는 임연지의 두 팔을 잡고 달랬다.

182

"정신 차려요. 진정해요, 임연지 씨."

라라가 찬희를 말리면서 부드럽게 임연지를 다독이고 진정시켰다. 그리고 선영이 가져다준 따뜻한 물을 마시게 했다.

"흐흑, 나 때문에 그는 죽은 거겠죠? 꿈, 꿈에서 그는 완전히 죽었어요. 실제로도 죽었을까요?"

라라는 임연지가 연극성 인격장애가 있는지 잠시 혼란스러웠다. 인격장애라면 병원의 적극적 치료가 필요했다. 자신의 행동을 과장되게 해서 사람들의 시선을 끌고 그걸 즐긴다. 자신이 중심에 있지 않으면 불안하고, 감정을 극대화하고 과장한다.

라라는 임연지가 진정되자, 차분하게 말했다.

"좀 진정되셨나요?"

그녀는 빙그레 웃으면서 손수건으로 얼굴의 땀을 닦아냈다.

"괜찮아요. 마음이 편해요. 제가 그 남자를 잊지 못해 죽이는 꿈을 꾼 거겠죠? 제 질 속에 이빨이 생기다니, 생각만 해도 흉측해요. 공포영화 주인공이 된 느낌이어요."

라라가 심각한 어조로 말했다.

"'바기나 덴타타(vagina dentata)'라는 전문용어가 있어요. 성교를 하는 동안 남자의 성기를 이빨을 가진 여성 성기가 깨물고 상처를 입힌다는 의미를 지니죠. 세계적으로 여러 부족의 문화권에 나오고, 민속학자들이나 정신분석학자들이 오래도록 연구해왔어요. 신경증, 히스테리와 관련도 있고 남자들에게는 거세

공포증으로 보는 환상이기도 해요."

찬희가 임연지를 의심스럽다는 듯 지켜보았다.

"어머, 그, 그래요?"

임연지가 부끄러워하면서 고개를 숙였다.

찬희가 물었다.

"저어, 그때 낙태 수술을 받은 병원이 어디죠?"

임연지가 눈을 둥그렇게 떴다.

"왜 물어보시죠?"

"제가 아는 동창생이 고민 중이어서요."

"그 병원은 문을 닫았어요. 낙태 수술을 하다 의료사고를 당한 환자가 고소했거든요."

"그래요? 어디에 위치한 병원이죠?"

"글, 글쎄요. 종로던가?"

임연지는 말끝을 흐리고 입을 다물었다. 라라가 걱정하는 투로 물었다.

"의료사고로 고소당한 병원이라니 걱정되네요. 수술 후에 괜찮으셨어요? 감염 후 합병증은 굉장히 무서운 질병입니다. 조심하셔야 해요."

"아뇨, 전 말짱해요. 저는 입위(立位)자세로 출산했는데 괜찮았어요. 그 자세가 가장 출산도 쉽고, 감염도 덜 되잖아요."

찬희가 조금 이상하다는 눈빛을 보였다. 임연지가 가고 나서 찬희는 파나마모자를 푹 눌러쓰고 재킷을 차려입었다.

"라라 박사. 난 오후 상담에서 빼 줘. 조사할 게 있어."

찬희는 다급하게 공유 하우스를 나가서 일을 보았다.

그날 저녁 상담소로 돌아온 찬희는 라라에게 어서 임연지를 불러달라고 했다. 한시가 시급하다고 했다. 라라는 임연지 전화 번호로 전화를 걸어 상담소로 와 달라고 했다.

밤, 선영은 퇴근하고, 램프 등만이 고요히 타는 가운데, 라라와 찬희는 임연지와 마주 앉아 이야기를 나누었다.

"박사님 왜 부르신 거죠? 밤의 상담소는 참 고즈넉하네요. 운치 있는 것 같고. 호호, 해골이 하나도 안 무서워요."

라라가 심각한 어투로 말했다.

"김찬희 탐정님이 아주 중요한 포인트를 짚어냈어요. 이제 진실을 말해주시죠. 그 이빨 달린 질은 꿈에서 보기가 쉬운 게 아니죠. 책이나 수업에서 들은 심리학적 현상을 임연지 씨가 일 부러 지어서 얘기한 거라 판단했습니다."

임연지가 코웃음을 쳤다.

"그래서 이 밤에 상담소로 불러놓고 하고 싶은 말이 뭐죠? 전 프로이트 책을 본 적도 없다구요! 지금 그걸 말이라고 해요?"

"그렇겠죠. 모든 건 뒤에 있는 누군가가 써준 대본을 그냥 외운 것에 불과하니까."

임연지가 놀란 눈을 했다.

"왜 머리를 짧게 자른 거죠? 넉 달 전에 찍은 사진에는 긴 머리던데."

임연지가 당황했다.

"그, 그기야, 인하다 보니 머리 감는 것도 수고로워 그랬어요. 그게 왜 궁금하죠?"

"왜냐면 머리채 살인마는 탐스러운 머릿결을 탐내니까요. 누구에게 그 머리카락을 주었어요? 아님 돈에 팔고 나서 여기 우리 앞에서 거짓 환자 행세를 하는 건가요? 수술받은 병원을 어서 대봐요! 내 말이 거짓이라면!"

임연지가 부들부들 떨다가 책상을 쾅 치면서 일어났다.

"라라 박사님, 앞으로 다시는 상담하러 안 올 거예요. 환자 비밀 가지고 거짓이라고 윽박지르는 이런 데를 누가 오겠어요? 당신들 자격증 없지? 내가 다 알아봐서 보건국에 신고할 거야!"

찬희가 임연지 앞을 가로막았다.

"난 당신 말이 거짓이라는 걸 입위로 애를 낳았다는 데서 캐치했어! 입위라구? 쭈구리고 낳았다구? 당신이 첨에 말한 수술 장면은 바로 분만대 위에 다리가 받침대로 묶였다구 분명히 말했다고. 누워서 앙와위(仰臥位) 자세로 낳았다고 했다구! 근데 나중에 입위라 말했다구! 왜 거짓을 말한 거지? 모든 게 거짓인가?"

임연지가 얼굴이 새파랗게 질려서 입을 다물었다. 눈에 공포가 어렸다. 라라가 찬희의 말을 거들었다.

"분만대 위에서 의사가 손을 써서 가장 출산하기 쉬운 자세는 앙와위입니다. 하지만, 입위 자세를 출산에 용이하다고 보는 의사도 있죠. 그러나 회음부 열상을 방지하고 부인과 의사가 관찰이 용이해 앙와위를 택합니다. 당신은 의학을 공부했죠?"

임연지가 부들부들 떨면서 그들을 번갈아 노려보았다.

"레이 박사와 무슨 관계야? 당신 대체 누구야!"

찬희가 대차게 찔러보았다.

"아니 대체 무슨 말을 하는 거죠? 제 말을 못 믿어요?"

라라가 차분하게 말했다.

"그 외에도 이상한 점이 있었어요. 누구나 꿈을 꾸면 그 사람의 슈퍼에고가 자기검열을 통해 꿈을 억누르게 되죠. 단번에 결혼 상대자에게 분노와 원망을 통해 성적 에너지가 갑자기 살인 의지로 바뀐다? 당신은 평범한 여성이었는데, 급작스레 살인 의지를 표출하기는 힘들었을 겁니다. 그런데 연속해서 꾼다 해서 무척 의아했죠. 하지만 전 일단 믿었어요. 믿어야 내게 마음을 열어놓으니까. 거짓을 말한 사람은 예전부터 있었지만 일단 첨에는 믿어요."

잠시 침묵 후에 임연지가 웃었다.

"레이 박사의 조수입니다. 그는 저의 슈퍼비전이죠. 이제 난 다시 여길 못 오겠군요. 들통이 났으니. 박사가 할 말이 있을 겁니다."

임연지는 핸드백을 열어서 명함을 책상에 건넸다. 레이의 명함이었다. 찬희가 들어보니 그 뒤에 시간과 장소가 적혔다. 임연지가 비웃는 얼굴을 하고 말했다.

"난 솔직히 제 이름 듣고 알아차렸을 거라 생각했어요."

"네?"

"임연지, 본명은 비밀이지만 제 이름은 '이면지'로 들리지 않나요? 발음상으로. 종이의 뒷면. 그게 바로 저의 정체성이죠. 레이 박사의 일을 숨어서 돕는 사람입니다. 나 오기 전에는 라라 씨가 했다던데요. 후후."

라라가 차분하게 물었다.

"레이를 어디서 만났죠?"

"그가 경성에 연 심리과학연구소에서 만났죠. 머리를 잘라달라고 했어요. 머리카락은 여러 연구에 쓰일 데가 있다고. 어때요? 잘 어울려요?"

임연지가 나가고 나서, 어둠 속에 라라는 무척 슬픈 얼굴로 앉아 있었다.

찬희가 말했다.

"임연지가 낙태할 만한 몇몇 병원에 탐문하러 다녔어. 사실인지 확인해보려구. 낙태술을 할 만한 산부인과는 경성에 몇 안 되잖아. 그중 한 병원에서 그녀가 근무했다는 걸 알아냈지. 벽에 우수 사원에 그녀 사진이 아직도 걸려 있어 우연히 알아차린 거야. 사진에 긴 머리여서 아까 다그쳐본 거구."

"레이는 나를 떠보려고 보낸 거야. 나를 목표로 삼은 이상 너에게도 위협이 갈 수 있어."

"내가 레이 박사의 강연을 듣던 날 밤, 죽을 뻔한 거 혹시 그자의 짓일까?"

라라는 어둠 속에 심각한 얼굴로 앉아 있었다. 램프 등이 기름이 거의 닳아 약해지자, 연기가 피어오르면서 피식 꺼졌다.

찬희는 갑작스러운 칠흑이 찾아오자 순간 섬찟했다.

경성부청 뒷골목
담벼락의 낙서

찬희는 임연지가 주고 간 명함에 적힌 시간과 장소를 외워두
었다. 라라는 찬희에게 같이 가자는 말은 안 했다.

라라는 일시대로 종로 화신 백화점 커피숍에 7시에 나와 있
었다. 찬희는 커피숍 구석에 앉아 신문을 펴서 얼굴을 가리고
있었다.

베이지 트렌치코트의 라라는 청초해 보였다. 한 신사가 말을
걸었지만, 라라는 부드럽게 거절하면서 손가락의 반지를 보였
다. 라라는 길거리에 다닐 때면 반지를 껴서 유부녀라고 했다.
그럴 수밖에 없는 게 눈에 띄는 외모는 다양한 사내의 관심을
끌었다.

라라 앞에 키가 크고 아마 재킷에 파나마모자를 쓴, 하얀 슬

랙스의 남자가 예의를 갖추고 앉았다. 찬희가 언뜻 신문지 사이로 보았는데 레이가 맞는 것 같았다. 그들은 커피 한 잔을 마시고 일어섰다. 라라의 얼굴이 진지하면서 경직되었다.

찬희가 종로 야시장을 걷는 그들을 몰래 미행하면서 유심히 보았다. 레이가 분명 맞았다. 그들은 한참을 걸어 조선철도호텔로 들어갔다. 찬희가 시간을 두고 들어갔는데 이미 그들이 사라졌다. 1층의 로비 등을 서성였지만 찾을 수 없었다.

찬희는 프런트로 가서 갈색 유니폼을 입은 남자 직원에게 남자 목소리를 흉내 내 물었다.

"안녕하십니까? 저는 심리과학연구소 레이 박사님을 찾아왔는데요. 삼중 제약회사에서 나왔습니다."

직원이 머뭇거리다 되물었다.

"음, 박사님이 특별하게 손님이 오실 거란 말씀은 없었는데요? 메모를 남겨드릴까요?"

찬희는 멋쩍게 웃으면서 답했다.

"사실 약속을 안 잡고 왔습니다. 워낙 바쁘신 분이라서요. 잘 알겠습니다. 여기 로비에서 기다려보죠. 나오실 때까지요."

찬희는 몸을 돌려 나가려다 구석에서 직원이 메모지에 적는 걸 보았다. '407호 삼중 제약회사 직원 방문'이라고 적었다. 그리고 407호 열쇠 보관 서랍에 넣었다.

찬희는 즉시 비상계단으로 4층까지 단숨에 올라가, 407호 앞에 서서, 모자를 푹 눌러쓰고 벨을 눌렀다. 왼손으로 주머니 속의 삼단봉을 꽉 쥐었다.

지잉, 지잉 벨이 울리자 안에서 중저음의 목소리가 났다.

"누구십니까?"

"룸서비스입니다."

문이 열리고 키가 작고 마른 체구의 젊은 남자가 나왔다. 남자는 하얀 가운을 입고 룸 안에서 어떤 사람들과 같이 있었다. 손에 든 서류와 연필로 보아서 면담을 하던 중 같았다.

"무슨 일이시죠?"

"죄송합니다, 사실 룸서비스가 아니라 레이 박사님을 뵈러 온 제약회사 영업사원입니다."

"아, 박사님은 나가셨는데요. 메모를 남길까요?"

"괜찮습니다, 나중에 다시 오죠."

찬희는 얼른 모자를 눌러쓰고 계단으로 향했다.

라라와 레이는 어디로 간 것인지 묘연했다. 공유 하우스로 돌아오는 길에 찬희는 기분이 언짢았다. 라라가 위기에 처해 있으면 완력으로라도 구출하려 했는데, 오히려 마주칠 수조차 없었다. 한편으로 혹시 납치된 게 아닐까 걱정도 되었다.

공유 하우스에 돌아와 라라의 방 상담소를 노크하니 그녀가 와 있었다. 외출복 차림 그대로였다.

"무슨 일이야?"

라라는 진지한 얼굴이었고 피곤해 보였다. 찬희는 침묵했다.

"좀 피곤해. 일 없으면 돌아가 줘."

"그게 저……."

찬희는 곧바로 말을 못 하고, 머뭇거리다 서운한 얼굴로 말을 뱉었다.

"라라. 네가 레이 박사와 함께 조선철도호텔로 들어간 걸 봤어. 함부로 둘이서 만나다 위험에 빠질 수 있어. 나한테 말도 없이 그럴 수는 없는 일이야!"

찬희가 분개하자, 라라가 싸늘한 미소를 지었다.

"미행한 거야?"

"니가 믿을 수 있게 행동했어야지!"

"왜? 내가 레이 박사와 그렇고 그런 짜고 치는 사이인데 너를 이용해 먹는 그런 거처럼 보였어?"

"뭐라고? 그딴 저열한 소리는 뭐야? 우리는 지금 임연지를 연극까지 준비해 보낸 그 레이 박사한테 머리채 살인마 용의점을 두고 있어. 게다가 난 죽을 뻔한 경험도 있다구!"

라라는 찬희의 재킷을 슬쩍 손으로 쓸어내리면서 고혹적으로 말했다.

"찬희 너 나에게 애정하는 마음이 있는 거야?"

찬희가 당황하는 목소리로 말했다.

"무슨 소리를 하는 거야? 난 이성애자라구."

라라는 고개를 저었다.

"본인의 진정한 성적 정체성은 정확하게 몰라. 어느 시기에 너가 동성을 좋아하게 되거나 그럴 수 있다구."

찬희는 고개를 저었다.

"지금 그딴 얘기가 아니잖아. 니가 우리를 농락하는 거냐 그 소리를 묻는 거라구! 만약에 레이 박사와 짜고서 선영이와 나를 배신하고 속이거나, 떠날 거라면 지금 시원하게 말해!"

찬희가 거세게 반발했다. 라라는 찬희와 시선을 맞추었다.

"난, 진실을 캐기 위해 누구와도 손을 잡아. 날 의심하지 마."

"그럼 너가 레이 박사를 캐기 위해 만난 거라구? 단순히? 그 날 부민관 강연도 나한테는 안 갈 것처럼 하고 몰래 온 것도 그런 의도였어?"

라라는 한숨 쉬었다.

"니가 그 강연회 가서 레이를 본 것과 같은 거야. 호기심과 의심. 그리고 더 나가 진실을 캐서 범인을 찾으려는 노력. 너와 나도 같아. 그리고 그와 난 오래된 동료 정도가 아니야. 사제 사이를 넘는 인생을 한 시기 같이 보낸 열혈 동지이자, 서로의 비전을 공유한 연구자 사이야. 내 인생의 첫 멘토이기도 해. 너와의 관계보다 역사가 깊어. 그러니 쓸데없는 오해는 마."

라라는 찬희의 재킷 깃을 잘 매만져주고 뒤로 물러나 트렌치 코트를 벗고 모자와 함께 옷걸이에 걸어두었다.

"그 말 믿어도 되는 거지?"

"우후, 난 왜 그 말이 연인을 질투하는 것처럼 들릴까?"

"웃기는 소리 마. 논점 흐리지 말라구."

"너 송영운 관심 있지."

찬희가 뜨끔했다. 그를 요즘 생각하고 밤에 자기 전에 떠올리는 건 종종 있었다. 라라가 눈치챈 걸까.

"김찬희, 지금 니 얼굴 거울로 봐. 단순히 그 이름을 올리기만 했는데 왜 이리 얼굴이 빨개지고 당황하지? 애정망상이라도 하는 건가? 하지만 착각 마. 내 보기에 송영운은 너에게 관심 없어. 우리가 무슨 일을 하는지 캐보려고 떠보는 거야. 그래서 붙어다니는 거구. 그의 정체가 뭔지 궁금해. 그를 조심해."

찬희는 라라의 진짜 의도를 듣기 위해 가만히 있었다.

"송영운이 그날 너가 머리채 살인마에게 죽을 뻔했던 날 왜 먼저 어디론가 갔을까?"

찬희가 놀랐다.

"놀랄 것 없어. 난 그날 너희 둘을 뒤에서 지켜보다 미행했어. 송영운과 니가 헤어지는 걸 보고 나서 나는 재빨리 하우스로 돌아왔고. 뒤늦게 너에게서 그날 당했던 사건을 들었어. 혹시 송영운이 일부러 너와 헤어지고 다시 쫓아와 덮친 건 아닐지 골몰해봤어. 증거는 없지만."

찬희는 혼란스러웠다. 저런 말을 던지는 라라도 레이도 송영운도 모두 범인 같았다. 여자가 머리채 살인마일 가능성도 배제하지 못한다.

"그럼, 라라 너의 정체는 뭐야? 단순히 박사 학위 따려고 준비하다가 상담소를 열어 내담자들을 돕는 데 보람을 느낀다? 나도 니가 미심쩍어. 모든 게 흔들린다구. 니 정체는 대체 뭐야?"

라라는 희미한 미소를 지었다.

"니가 아는 그게 나야. 김찬희."

찬희는 라라의 속내를 자신은 한 치도 모르겠다는 걸 직감했다. 라라가 잠시 찬희에게 슬픈 미소를 지어 보였다.

"다른 이야기를 하자. 언제 임연지가 사기를 치는 건지 눈치챈 거야? 추리를 듣고 싶은데."

"밤에 프로이트 책을 읽고서 알아차렸어. 내담자로 온 임연지는 특이하고 황당한 내용의 꿈을 우리에게 이야기했는데 부자연스러웠어. 교과서적인 꿈을 해답으로 제시하는 그 과정이. 조금도 스스럼없이 대본을 외듯이 차분하게. 본인이 겪은 일들과 결혼 상대자에 대한 살인을 무슨 공식 외우듯이 줄줄 말했어."

라라가 고개를 슬쩍 끄덕였다.

"프로이트 책을 읽으니 임연지가 했던 혹할 만한 이야기들이 거기서 나온 것처럼 보였어. 라라 너는 내담자들에게 동화돼서 그들의 말에 빨려 들어가지. 그게 너의 상담기법이야. 감정이입

196

을 하되 역전이는 막자고 생각을 하지.

하지만 나는 객관적 자리에서 그 모든 걸 들어. 너와 내담자 사이. 즉 임연지와 너 사이의 제 삼자, 객관적 입장에서 그녀 말들이 가식적이었어. 괴상망측한 살인자가 되는 꿈을 결과로 만들기 위해 이야기를 엮은 듯 보였어."

"예리한데?"

"라라 박사, 탐정이 범인이 흘린 단서를 주워 추리를 설명하면서 소설이 끝나듯이 프로이트도 내담자들이 흘린 꿈의 단편들을 주워 정신분석이라는 해몽을 해주잖아. 난 임연지의 과다한 말이 누군가 정신분석 입장에서 써준 거라 간파했어."

라라가 찬희의 말을 듣고 고개를 끄덕였다.

"역시 김찬희, 넌 내가 제대로 봤어. 대단해."

"너와 레이 박사, 단순히 스승 제자 아니지? 연인이었던 거야?"

라라는 고개를 저었다.

"아니, 내 생명의 은인. 나를 줄기차게 괴롭히던 심인성 병을 치유해준 사람이야. 나를 고통의 수렁에서 꺼내주고 상담기술을 전수해 나보다 더 어려운 사람을 도우라던 사람이었어."

라라는 과거를 돌아보았다. 한국인 아버지와 미국인 어머니 사이에 혼혈로 태어난 라라는 학교에서 따돌림과 인종차별을 받았고, 그로 인해 집 밖으로 나가지 않았다. 학교에 다니지 못하고, 마음의 병 대인기피증과 불안증을 심하게 앓았던 그녀는 집으로 찾아오던 일본인 상담심리학자 이자와 레이에게 마음을 터놓게 되었다. 그는 보드게임을 가져와서 질문 하나하나에 라라가 답하게 하는 등 세심하게 상담을 진척시켰다.

조금씩 마음을 터놓은 라라는 그의 격려에 힘입어 의학부에 입학하고 최우수성적을 갱신하면서 초단기 코스로 졸업했다. 그리고 정신병원에서 임상을 진행하면서 석사과정을 이수했다. 하지만 레이는 점차 수많은 성도착증 환자들을 치료해가면서 이상하게 변해갔다. 환자들과 내담자들을 자신의 연구에 이용하면서 함부로 위험한 심리 실험을 진행해 내면을 파괴했다.

라라는 그가 원래 악의 심연을 가지고 있었는지 의아했다. 그의 수려한 외모에 가려서 그의 마음을 못 읽게 된 건 아닐까.

그리고 레이는 빌헬름 라이히라는 프로이트 학파 사람과 교류하면서 크게 변했다. 오스트리아 정신분석학자 라이히는 내담자의 심리적 저항과 억압을 제거해서 그의 무의식의 표출을 중시했는데, 성적 에너지가 우주의 에너지가 되어 인간의 삶을 도울 수 있다는 연구에 천착했다.

레이는 라이히와 교류하면서 인간을 억압하는 모든 굴레를 벗을 때 인간이 사회에서 해방되고 자유를 만끽할 수 있고, 인간 삶과 문화는 한 단계 앞서 나갈 수 있다고 주장했다. 그는 라이히를 앞서 나가는 연구 이론을 논문으로 쓰고 있었다.

라라는 그 옆에서 모든 실험을 지켜보았다. 피실험자의 무의식을 극대하헤시 성도착증을 더 활발하게 해도 좋다고 격려해 그들이 범죄를 저지르는 것도 관찰했다.

라라는 더 지켜볼 수 없었다. 피실험자 중 세 명이 구치소에 갔고, 두 명이 심적 부조화를 견디다 못해 스스로 목숨을 끊었다. 그리고 주변인 세 명은 실종된 상태이다.

라라는 그 충격으로 경성으로 들어왔다. 무조건 레이와 떨어져 있기 위해 언어가 통하는 나라로 들어왔는데, 그가 이곳에 있다. 나중에 알아보니 라라가 이곳에 온 뒤로 몇 주 지나 따라온 것이다.

찬희가 라라를 기억에서 끄집어냈다.

"너 레이 박사 다시 만날 거야? 아니 대처할 능력이나 있는 거야? 너는 상대가 안 될 괴물이야?"

"걱정 마. 나도 이제 지지 않아. 아까는 만나서 내 앞을 가로막지 말라고 주의와 경고를 했어. 그리고 또다시 불법적 잔인한 실험을 자행해서 사람을 희생시키면 모든 걸 학회와 언론사에 밝힐 거라 했어."

"앞으로 나한테 말해. 그 괴물을 만날 거라면."

"아니, 샤프롱(보호자)은 사양하겠어."

"레이 박사의 실체는 대체 뭐야? 왜 경성에 들어온 거야?"

라라는 고개를 저었다.

"그건 나도 정확하게 모르겠어. 하지만 하나는 확실해. 그는 자기가 가지지 못하면 모조리 부수지. 사람 하나를 잃게 되면 그걸 갖지 못할 바에야 무조건 없애버려. 사람을 자신의 사상을 세상에 펼치기 위한 수단으로 여겨. 환자를 돕는 게 아니야. 파괴하고 갈 데까지 간 다음 그걸 관찰해서 논문으로 발표하고 학설을 세워.

그는 심리 실험이란 명분에 그의 실험도구에 불과하던 환자들은 모두 모래처럼 허공에서 바수어져 내렸어. 목숨을 건져도 사람 노릇을 못하고 괴로움에 허덕여."

라라는 침묵하면서 상념으로 빠졌고, 찬희는 지켜보기만 했다.

며칠 후, 라라는 오랜만에 온 오상래와 상담을 마쳤다. 그는 부부관계가 호전되고 있고 임신을 위해 노력한다고 했다.

라라는 오상래가 일어나 돌아가기 전에 문득 생각났다는 듯 물어보았다.

"그런데, 저에게 상담하기 전에 손수건 페티시를 가졌다는 심리적 압박을 어떻게 해소하신 건가요? 예전에 상담 중에 이런 고민을 가진 사람이 있다는 걸 안다고 말씀하셨죠. 일지에 타이핑되어 있어요. 다른 누군가와 손수건에 대한 환상을 공유한 겁니까?"

"그거야, 저 혼자 몰래 손수건을 가지고 좋아한 겁니다. 하지만 저어⋯⋯."

오상래의 표정이 굳었다. 찬희가 날카롭게 지적했다.

"누군가 이런 도착증을 인정하고 괜찮다고 한 사람이 있었죠?"

정곡을 찔린 오상래가 고개를 끄덕였다.

"임금님 귀는 당나귀 귀라고 말하면 죽습니다. 저는 사실 하는 일이 정보 관련된 일이라 직무도 누설 못 합니다. 선배 한 분이 그러다 알츠하이머 증세를 보이는 것도 봤죠. 저는 직무상 비밀에, 도착증에 죽을 것 같았어요. 숨 막혀서요. 송영운 과장도 발기부전만 알지, 손수건 페티시는 몰랐습니다.

그런데 어느 날 신문에 특이한 광고를 봤어요. 자신은 남에게 은밀한 비밀을 지닌 남자인데 소통하고 싶으면, 경성부청 뒷골목에 99번지 집 담벼락 밑에 일시와 장소를 써놓을 테니 찾아오라구요. 저는 기사를 보고 이거다 싶어 일단은 가봤습니다. 저 같은 사람인 느낌이 들었으니까요."

"신문은 무슨 신문이었죠?"

"조선중앙일보던가 기억은 안 납니다만, 그런 특이한 광고는 신문 곳곳에 종종 실려요."

찬희는 고개를 끄덕였다. 신문에 광고료만 내면 80대의 노인이 20대의 아름답고 참한 신붓감을 구한다는 기사도 실어준다. 그리고 그런 기사를 보고 오갈 데 없는 처지의 여성들이 연락을 하기도 했다.

"그래서 가보셨나요?"

오상래는 고개를 끄덕였다.

"그 집은 쉽게 찾을 수 있었어요. 경성부청 바로 뒷골목의 집이었으니까요. 밤중에 가서 잘 안 보였지만, 담벼락을 랜턴 불빛에 비춰 낙서를 찾았는데, 종로의 송월관, 금요일 11시라고 적혀 있더군요."

찬희가 다급하게 물었다.

"거기는 저도 오가다 봤어요. 꽤 큰 요정이던데요. 권번 기생들을 고용해 노래를 부르게 하고 요리도 대접하는 곳 맞죠?"

오상래가 고개를 끄덕였다.

"유명한 가수가 출연한대서 이름난 곳인데, 뒤로 무엇을 하는지 모르겠어요. 어차피 그 요정에 갈 만한 돈도 없어 안 갔습니다. 그리고 서로 교류하고 아픔을 나눈다지만, 나 혼자로도 벅찬데 나 같은 사람을 여럿 본다는 게 싫었습니다. 결국 안 갔죠."

오상래가 돌아가고, 찬희와 라라는 신문사 사무실을 몇 곳 돌아서 과거 신문을 모아놓은 자료철을 뒤졌으나 그런 광고는 찾을 수 없었다. 신문사를 나오자 어느덧 해가 져 어두컴컴했다.

"라라 박사. 내가 송월관에 잠입해볼게. 금요일 밤 11시에 정기적으로 한다면 금요일 밤에 가봐서 떠볼 수도 있을 거야."

라라가 고개를 저었다.

"위험할지 몰라."

"남장하년 모자를 벗기 전엔 내가 여자인지 절대로 몰라. 게 다가 지금은 그놈의 머리채 살인마에게 잡혀 머리까지 다 잡아 뜯겼어. 모자를 벗어도 긴가민가할걸? 후후. 내가 경성 남자들 과 어깨를 나란히 하는 키에 딴딴한 체구잖아."

"찬희 니가 위험한 건 싫어."

"탐정에게 결혼은 불가하지만, 위험은 친구로 둬야 하지. 앞 으로도 죽 그럴 거야. 레이 박사에게 정공법으로 맞서기 전에, 살인마에게 당하기 전에 우리가 먼저 캐서 치고 나가야 해!"

찬희는 주먹을 쥐고 고개를 끄덕이고 라라도 시선을 맞추고 수긍했다.

금요일 밤이다. 색색들이 연등으로 입구를 밝힌 송월관은 모 자를 눌러쓰고 양복을 입은 회사원 남성부터, 한복에 두루마기 를 입은 노년 남성, 화려한 양장을 차려입은 기생과 같이 온 중 년 남성, 한눈에 보아도 야쿠자 같은 일본 전통의상의 덩치 큰 남성들이 차례로 들어섰다. 그들은 나비넥타이를 맨 스물은 되 었을 법한 남자에게 '보이'라고 부르면서 안내를 부탁했다. 보 이는 그들에게 안쪽으로 길을 정중히 안내했다.

11시가 조금 넘어 송월관 앞에 인력거가 도착했다. 회색 펠트 로 만든 이태리 고급 중절모에 금단추가 달린 넉넉한 더블 브레 스티드 재킷을 입은 남자가 내려섰다. 풍모가 멋들어진 것으로 보아 꽤나 거드름 피우게 생긴 인상이었다. 남자는 턱수염을 쓰다듬으면서 헛기침을 하고, 손에 잡히는 1원 지폐를 보이의 주머니 춤에 꽂았다.

"늦으셨습니다."

신사가 들어서자, 나비넥타이를 맨 다른 접객 보이가 나와 손으로 공손히 정원 안쪽으로 안내한다. 노송과 꽃나무들이 우거진 정원을 지나, 뒷마당 별채로 들어가자, 어두컴컴한 가운데 벽에 걸린 하얀 비단 스크린에 영화 영상이 흘러나온다.

사내들은 기생을 끼고 보기도 하고, 다른 사내는 술을 마시면서 본다. 영상에서 남자와 여자가 너른 풀밭에서 성관계를 맺는 장면이 적나라하게 나온다. 숨소리가 잦아들면서 고요와 침묵이 가득하다. 어색하고 들뜬 영상에서 나오는 신음과 열기와 땀냄새가 가득하다. 한 신사는 기생의 저고리 속으로 손을 넣어 더듬기도 한다.

새로 들어온 신사는 보이의 안내에 맨 뒤에서 영화를 본다. 영화 상영이 끝나고 다들 자리를 정리하고 돌아가려는데, 보이가 사내들에게 종이를 나누어준다.

'영상을 더 보고 싶거나 신문에 난 광고에 관심이 있으신 분들은 나중에 연락을 개인적으로 드릴 터이니 나오십시오.'

이런 문구가 적혀 있고 일시, 장소는 추후 주소와 전화번호를 보이에게 주면 알려준다고 했다. 사내들 몇은 종이를 버렸고, 몇은 보이에게 건넸다. 보이는 영사기를 돌리던 영사 기사에게 종이를 건넸다. 맨 마지막으로 들어와 보았던 사내가 중절모를 푹 눌러쓰고 영사 기사에게 전화번호를 적은 종이를 건넸다.

그는 찬희였다. 남장이 들통나지 않게 조심하면서 요정의 뒷마당으로 빠져나갔다.

다음날, 찬희는 영운에게 사무실로 영상에 관해 언급하는 전화가 걸려오면 알려달라고 했다. 공유 하우스나 상담소는 혹시 번호가 들킬지 몰라 감추고 영운에게 예전에 받아둔 명함을 이용한 것이다.

그날부터 찬희는 상담소 일이 끝나면 영운의 방에 가서 전화가 걸려왔는지 물었다.

"아니오, 오늘도 안 걸려왔어요. 외근을 나가면 사무직 직원이 메모해주는데 못 받았어요. 대체 어디 전화를 기다리죠?"

"말할 수 없어요."

"위험하다면 당장 관둬요. 직감적으로 뭔가 느낌이 드는데 관둬요."

"영운 씨는 직무에서 위험한 일을 맡으면 하지 않아요? 그냥 관두나요?"

영운은 말이 없었다. 다만 뒤로 돌아서 홍차를 따라 찬희 앞에 건넸다. 자그마한 방에 책상과 서가가 있고, 각종 건축과 시공 관련 책들로 꽂혀 있다. 그리고 책상 위에는 여러 권의 노트와 필기구, 그리고 수첩 등이 있었다.

"물론 일을 하죠. 위험해도."

"영운 씨, 나도 일을 해야만 하죠. 위험해도."

찬희는 책상 위에 놓인 스노우볼 오르골을 들어보았다.

"예쁘네요."

"미국에서 머물 때, 힘들 때마다 태엽을 감고 눈 감고 음악을 들었어요. 봐봐요."

영운이 오르골 태엽을 감자, 흰 눈이 볼 안에서 날리면서 고적한 노래가 흘러나왔다.

"노래 좋네요."

영운이 미소지었다.

"엘가의 '사랑의 인사'라는 곡이죠."

찬희가 스노우볼을 빨려 들어갈 듯이 보았다. 노래가 중간에 잠시 끊겼다가 다시 나왔다.

"어릴 적에 아버지가 선물로 준 거라 오래돼서 그래요."

영운의 눈에는 기억 조각이 희미하게 맺혔다.

"좋은 추억이 있나 봐요?"

"네. 열 살 생일 선물로 받은 건데, 아버지는 원체 건강하시지 않아 병석에 계실 때가 많았죠. 어머니가 유학생들 상대로 하숙집을 하시면서 살았어요."

"그러셨군요."

"그때 하두 일을 많이 하고 반찬을 만들어 지금은 식사 제공은 절대 안 하시죠. 후후."

"저도 누군가 희생으로 성공하는 거 싫어요. 우리 엄마도 아버지 내조하느라 고생 많이 하셔서요."

"조선 여자들의 삶이 앞으로 바뀌겠죠. 제가 어릴 적 살던 독일이나, 유학 간 미국이나 모두 여성들이 여기와는 달라요. 거기서도 불평등을 개선하려고 참정권 요구 등 여성운동을 하지만, 조선보다는 여성의 인권이 인정을 받죠."

찬희는 영운과 이런 대화가 무척 즐거웠다.

영운이 진지한 표정을 지으면서 말했다.

"칼 말이죠. 분명히 찬희 씨 머리카락을 칼날로 베었다고 했죠?"

찬희는 일전에 영운에게 그날 당했던 일을 슬쩍 떠보듯 털어놓았었다. 영운은 자신은 머리채 살인마를 캔다고 답해 찬희는 놀랐었다.

찬희는 공포심 어린 눈으로 고개를 끄덕였다.

"가위가 아니라 칼이라면, 굉장히 날이 잘 벼린 걸 거예요. 일반적인 주방용 칼로는 어림없죠."

"그렇다면 알아볼 데가 있을까요?"

"일단 칼날이 그 정도로 예리하다면 무사들이 쓰는 일본도를 생각하기 쉬운데요."

찬희가 고개를 끄덕였다. 영운의 말이 이어졌다.

"그런 긴 칼이라면 경찰들이 샅샅이 알아봤겠죠."

"영운 씨, 순식간에 당했지만 일본도처럼 긴 칼은 아니었어요."

"청계천에 도검을 수입해다 파는 상인들이 있어요. 알아볼게요. 흔적이 있을지 몰라요. 특별하게 주문했다든지 하는. 단검이나 중간 길이 칼도 있으니까요."

"고마워요. 영운 씨."

"가만있을 수는 없죠. 사실 그날 나와 헤어진 이후로 그렇게 됐다는 게 미안해요. 무엇보다 우리를 미행했다는 가정에 찬희 씨가 괴한의 목표가 된 거라면 여기도 안전하지만은 않아요."

찬희가 결연한 얼굴을 했다.

"그래도 무턱대고 피할 수는 없어요. 최선의 방어가 공격이죠. 저는 일단은 맞서 볼 겁니다."

찬희는 주먹을 쥐고 영운과 시선을 마주쳤다. 영운은 긍정으로 고개를 끄덕였다.

찬희는 진지하게 질문했다.

"영운 씨는 왜 경성의 살인마를 찾으려는 거죠? 경찰인가요? 그것만 말해줘요."

"경찰은 아니지만, 좋습니다. 첨언하자면, 레이 박사의 연구소에서 일하던 여성이 두 번째 피해자입니다. 다른 병원으로 이

직한 지 얼마 안 돼 변을 당했죠. 그래서 단서를 잡아 조사 중이
죠, 확실한 것은 없어요. 여기까지만 말할게요."

영운과 찬희는 거기서 말을 마쳤다.

경성 곳곳에 페티시 살인마가 남긴 흔적

며칠 후 영운은 찬희를 저녁에 불러냈다. 회사 일이 끝났다면서 같이 청계천에 가서 칼을 알아보러 가자는 것이었다.

그들은 몇몇 칼 전문 수입상을 찾아가 봤는데, 고객들이 워낙 많고 백화점이나 잡화점에도 납품을 해서 일일이 알아볼 수 없다는 답이 들려왔다. 다만 머리카락을 벨 정도로 날카롭고 예리한 칼날은 아마 장인들이 제작한 15센티 이상 중간 길이의 단검일 확률이 높다고 했다. 소득 없이 마지막 날붙이 가게를 나섰다. 청계천 물소리가 요란하게 귀를 간질였다.

"그때 이후로 사무실로 전화가 걸려오지 않았어요. 무슨 일이었던 거죠?"

찬희는 요정에서 상영한 비밀 상영회를 말해주고, 거기까지 찾아가게 된 담벼락 낙서와 신문 광고를 말했다. 이야기를 주고받다가 종로 거리의 카페에 들어갔다. 한옥을 개조해 만든 카페는 커피 외에 와인과 치즈도 팔고 있었다. 테이블마다 촛불이 켜져 있어 운치가 있었다.

"모든 걸 말해주시죠. 이제는 저도 적극적으로 돕겠습니다."

찬희는 망설이다 상담소를 찾아온 레이의 하수인 임연지에 대해서도 말했다.

"그렇다면 레이 박사와 라라는 그날 호텔에서 만나 무슨 말인가 했었을 수 있다는 거죠?"

찬희는 고개를 끄덕였다.

"지금은 의심스러워요, 모든 게."

영운은 찬희의 손을 잡고 안심시켰다.

"분명히 찬희 씨를 다시 위험에 빠트릴 수도 있습니다. 조심해요."

"알아요. 그래서 이렇게 먼저 범인을 찾고 레이 박사가 범인인지 확인해야 하죠. 그리고 라라는 레이 박사에게 경고만 했다는데 일단은 믿어야겠죠."

"좋습니다. 일단 라라 박사는 믿어봅시다."

찬희는 촛불을 망연히 보다 영운을 직시했다. 둘의 눈과 눈이 마주쳤다.

찬희는 잠시 시선을 아래로 내리고 작게 말했다.

"그쪽은요? 영운 씨도 정확한 직업이나 소속도 모르고, 사장님조차 영운 씨 진짜 친어머니인지, 공유 하우스도 무슨 꿍꿍이가 있어 열고서 우릴 받은 건지도 의문스러워요."

영운은 입가에 미소를 슬쩍 지었다.

"나중에 말씀드리겠지만, 제 비밀 직무가 찬희 씨에게 해가 되는 일은 아닐 겁니다. 그리고 거미줄을 쳐놓고 찬희 씨를 기다리기에는 뭔가 흑막이랄까 알맹이가 없는 거 아니겠습니까?"

찬희는 영운의 말에서 쿡 하고 웃음이 터졌다.

"네?"

"그렇잖아요. 찬희 씨가 무슨 정보요원이나 엄청난 재력가거나 그런 것도 아니고요. 후후."

"그, 그건 그렇죠. 하하. 그러길 바라셨나요?"

"아, 비가 오네요."

깊은 이야기를 하는 사이, 비가 사부작사부작 내렸다. 카페 정원에 핀 봄꽃들을 빗방울이 딱딱 때렸다. 꽃잎들이 비와 섞여 떨어지는데 아름다웠다. 꽃잎들이 파르르 파르르 떨렸다.

찬희는 정원의 비가 오는 풍경을 보며 무심코 커피잔을 잡으려다 영운과 손이 부딪혔다.

살짝 놀라서 손을 거두려는데 그의 집게손가락을 스르르 스쳤다. 몸을 슬며시 떨면서 움찔거리는데, 영운이 찬희의 손을 은근하게 잡았다.

"마음 놓아요. 힘든 일 있으면 말하고요. 제가 돕겠어요."

찬희가 망설이는데, 영운이 손을 슬며시 놓았다. 그리고 진지하게 덧붙였다.

"걱정 말아요. 사심보다는 저의 일과도 연관 있어 그래요. 저는 레이 박사 쪽을 캐고 있겠습니다. 자, 일어나죠."

영운의 차에 타고 공유 하우스로 돌아오는 길에 찬희는 손잡이를 돌려서 창을 열었다. 오른손을 밖으로 빼서 비를 손바닥에 맞게 했다. 부슬부슬 내리는 비가 뜨뜻미지근했다.

영운의 옆모습을 보니, 작게 휘파람을 불기 시작했다. 아까 카페에서 흐르던 루이 암스트롱의 재즈 음악이었다.

"이 노래 좋죠. 미국에서 머물 때 종종 듣던 'I'll Walk Alone'이란 곡인데 제 상황과 비슷한 점도 많고요."

찬희는 묵묵히 그의 휘파람을 들었다. 새삼 그가 멋지다는 생각이 들었다.

어느덧 공유 하우스에 도착해 찬희는 영운과 헤어져 방으로 들어갔다. 창밖으로 차를 뒷마당에 대는 영운이 보였다. 달이 고즈넉하게 떠 있었다.

상담소에는 아침부터 감색 세일러복을 입은 여학생 두 명이 앉아 눈물을 흘릴 듯 말 듯 하고 있었다.

라라는 그들의 사랑을 반대하는 주변의 이야기를 듣고 감정이입 하는 얼굴로 사연을 한참 들었다. 선영은 타이핑을 하면서, 찬희는 나름대로 상담 내용을 분석하면서 들었다.

찬희도 학교 다니던 시절, 후배 학생 등의 연서를 줄곧 받았다. 선배의 세심한 마음 씀씀이나, 담대한 행동이 멋지다고 하던 후배들이었다. 학교에 가면 책상 서랍 안에 편지와 꽃이나 쿠키, 초콜릿 등의 선물이 곱게 리본으로 포장돼 들어 있었다. 찬희는 고마웠지만 그들의 마음을 우정이나 존경으로 밖에는 받아들이지 않았다.

유학 당시에는 지역신문 기자와 만나 짧은 사랑을 했다. 연애였을까? 아님 짝사랑이었을까? 그는 한국 청년으로 조선 유학생을 독자로 하는 신문사 기자 직업 외에 암암리에 독립운동을 했다. 찬희도 그를 도와 지하의 비밀 인쇄소에서 독립운동의 취지와 활동을 알리는 전단을 찍었다.

그는 활달하고 호쾌한 사람이었다. 찬희는 마음이 많이 끌렸지만, 그와 깊은 감정으로 변하지 않았다. 그는 독립운동을 사명으로서 목숨 걸고 했고, 동지와 연애하다 낭패를 보는 경우를 주변에서 많이 봤댔다. 찬희는 그에게 주려던 진심 어린 연서와 선물을 감추고 마음을 표현하지 못했다.

내담자 중 한 명이 찬희가 기억에서 나오게 했다.

"저는 연화와 같이 결혼하지 못하면 끝에는 죽음을 택할 거여요."

214

머리 긴 학생이 기어이 울음을 터뜨렸다. 단발머리 학생이 손수건으로 눈물을 닦아주었다.

라라는 담담하게 말했다.

"다양한 문화를 존중하는 미국과 유럽에서도 아직은 동성연애를 도착증의 하나로 보고 있어요. 현실로는 그래요. 남자나 여자나 많은 핍박을 받고 있죠, 하지만 수많은 사례를 임상에서 논문에서 관찰되는데, 더 많은 연구가 필요해요. 지금 경성에서는 여학생들끼리의 선후배 간의 애정을 플라토닉한, 학창 시절의 하나의 이벤트 정도로 보죠.

근데 저는 그거와 별개로 생각을 했으면 좋겠어요. 둘이서 정말 결혼도 하고 한집에서 오래도록 살 생각이 있나요?"

학생들은 고개를 끄덕였다.

"한 분씩 물어볼게요. 남학생과 연애를 한 적은 없는지요. 남몰래 연모하는 짝사랑도요."

라라는 일지를 적어갔다. 머리 긴 학생이 입을 열었다.

"저어, 사실 학교 입학 전에 집 안에 머물던 친척 오빠를 짝사랑했어요. 시골서 올라와 경성에서 대학 다니던 오빠인데 남몰래 오래 좋아했어요."

단발머리 학생이 약간 시기하는 얼굴을 하자, 머리 긴 학생은 그녀 손을 잡고 다독였다.

"다 지난 일이야. 그런데, 무슨 상관이죠? 그런 건 어릴 적 철

없던 시절 이야기잖아요? 지금은 연화를 진지하게 사랑한다
고요."

라라는 잔잔한 미소를 띠었다.

"아직 두 분은 스물도 안 된 나이죠. 성적 정체성은 완성이란
게 없어요. 세가 미국에서 상담했던 한 중년 남성은 결혼해 아
이를 세 명 두었지만, 뒤늦게 40세에 동성연애를 갈망해서 찾아
왔어요. 퇴근하고 밤마다 위험한 유흥가 뒷골목에서 남자 상대
자를 찾다가 소매치기도 당하고, 직장에 비밀이 들통날 지경에
이르러 아내 손을 잡고 찾아왔죠."

내담자들은 걱정스러운 얼굴이 되었다.

"제 생각에는 두 분이 지금은 담담한 감정으로 만나는 걸 추
천해요. 주변의 반대 시선에 사로잡히면, 솔직하게 로미오와 줄
리엣처럼 순애보 감상에 젖어서 더 집착해요. 어떤 관계의 사랑
이든가 열정과 집착이 강해지고, 아픔과 갈망이 진해지면 더 빠
른 끝맺음을 하게 돼요. 괴로우면 절대 그릇된 생각이나 행동에
빠지면 안 되고, 여길 찾아와 비밀을 터놓아요."

"저어, 사실 연화와 죽으려고도 했었어요."

긴 머리 학생이 말하자, 라라는 고개를 저었다.

"그래서 절대로 끝에 몰리거나 둘이서 고립되는 일은 없어야
죠. 조금은 시간을 가지고 대화를 많이 나누어요. 당장은 죽을
것 같지만, 꼭 그렇지는 않아요. 위대한 사랑이란 건 없어요. 조

216

금씩 봄비처럼 온몸에 젖어 드는 잔잔한 사랑이 진짜 사랑이죠. 그걸 인생을 겪으면서 깨닫기에는 시간이 많이 걸려요.

당장은 어떻게 안 되면 극단적 선택을 택하려 하니 제가 미리 알려드리는 겁니다. 많은 사랑들은 성급하게 갈망하면서 시작되지만, 조금씩 천천히 발맞춰서 나아가는 게 좋아요. 마치 경쾌한 왈츠를 추듯이."

라라가 환하게 말하자 그들의 얼굴은 밝아졌다. 죽을 것처럼 하고 들어왔던 학생들 표정이 환해졌다.

"왈츠 같은 아름다운 사랑이 길어질수록 인생은 성숙하고, 사랑은 깊어가죠. 혹시 헤어져 애틋한 관계가 돼도, 먼 훗날 만나도 어색하지 않고 아름답게 기억될 겁니다. 확실한 건 모든 사랑은 전차 정거장 같은 거죠. 그 정거장을 지나쳐야 다른 곳에 도달하니까. 지금 이 사랑이 영원할 것 같고 죽을 것 같지만 조금은 여유를 가져요. 죽고 싶다는 생각을 일절 하지 말고."

선영이 타이핑을 중단하고 일어나 축음기에 왈츠를 틀었다.

학생들이 풋 웃었다. 화사한 표정이 돌아오면서 선영은 두 팔을 가볍게 들고 왈츠를 추면서 찬희에게 다가와 춤을 청했다. 상담소 안에 경쾌하고 유머러스한 분위기가 감돌면서 학생들은 까르르르 웃었다.

그들의 원래 나이 열일곱으로 돌아왔다. 얼마나 억눌리고 무거운 분위기에 시달렸는지 그 마음이 짐작되었다. 라라는 부모님과 동반 상담을 받을 건지도 물어보고, 그들에게 조금 더 천천히 사랑을 성장시키고, 종래에 정말로 둘 사이의 애정과 신뢰가 확실하다면 그때 진정한 사랑 관계로 발전해도 된다고 상담했다.

미성년이라 특별히 무료 상담을 해주겠다면서 라라는 일정을 잡아보라고 했다. 학생들이 웃으면서 손을 꼭 잡고 돌아갔고, 찬희가 선영과 일지를 복기하면서 정리하는데, 라라가 다가왔다.

"어제 영운 씨와 늦게 들어오는 거 봤어."

선영은 놀란 눈으로 찬희를 보았다.

"뭐야? 하우스 사장님 아들하고 사귀는 거야?"

"아냐. 그런 거 전혀. 그냥 상담소 일 관련해 물어볼 게 있어서."

선영이 말했다.

"찬희 탐정. 상담소 일은 우리랑 말해. 혹시 좋아하는 거 아냐? 설마. 남자의 사랑을 믿지 말라고."

찬희가 불쾌한 기색을 보이자, 라라가 덧붙였다.

"위대한 사랑도 없지만, 영원한 사랑도 없어. 현혹되는 걸 항상 경계해."

찬희는 대차게 말했다.

"사랑에 대한 그런 부정적인 감정이야말로 우리 상담소에서 가장 경계해야 하는 것 아냐?"

선영이 찬희의 팔을 잡고 말렸다.

"찬희야."

"사랑이 없다면 고민상담소도 존재치 못할 테니까. 죄다 사랑이나 부부나 연인 간 관계에 대해 묻고 고민을 토로하잖아."

"그건 맞아, 찬희 탐정. 하지만 우리는 객관적 중립자가 돼야해. 우리가 연인 관계에 빠져들면 내담자 입장에서 객관적으로 솔루션을 주는 게 아니라 더 사랑에 빠져보라고, 얼마나 달콤한지 아냐고 하는 식으로 재촉하게 돼. 왜냐고? 사랑에 빠지면 당장 온갖 호르몬들이 흘러나와 마약이나 도박할 때 나오는 호르몬보다도 강력한 쾌감과 행복감을 느껴. 그런데 그건 길어봐야 3개월. 그 3개월 이후 버림받으면, 사랑에 강하게 빠졌던 만큼이나 죽음을 갈망해. 그래서 우리가 객관적이고 냉담해져야 상담을 제대로 하는 거야."

찬희가 라라를 직시했다.

"넌, 왜 레이 박사를 못 잊는 거야. 그래서 그런 거야? 죽을 만큼 강렬하니까?"

선영이 놀란 눈을 감추고 입을 손으로 막았다.

"아니, 겪어 봐서 아는 거야. 그리고 지난번 만나고 나서 별일 없었어. 선영 총무 앞에서도 확실히 말해둘게. 레이는 미국으로 돌아가서 연구를 하자고 했지만 내가 일언지하 거절하고 날 막지 말랬어. 게다 단도직입적으로 물었어. 머리채 살인마가 당신이냐고."

찬희의 시선이 떨렸다. 선영도 놀라 압도되었다.

"그는 절대 아니라고 했어."

찬희가 라라의 두 팔을 잡았다. 강하게.

"너도 믿어? 그 말?"

라라는 긍정도 부정도 하지 않았다.

"자, 자. 이제 브런치를 먹으러 가자구. 학생들이 일찍부터 들이닥쳐서 모두 아침도 걸렀잖아. 어서 가자. 저 앞에 토스트를 파는 데가 생겼는데 아주 맛있대."

선영의 중재에 싸움이 끝났다.

"샌드위치 남작 알지? 샌드위치의 시조새. 그 샌드위치를 기름에 지진 게 토스트라는데 먹으러 가자."

찬희도 마음을 진정하면서 답했다.

"아, 동경에서는 프란치 토스토라고 팔던 게 있었어. 백화점 뒷골목 노점인데 식품부에서 일하던 보조 요리사가 나와 팔고 있었어. 후후."

"자자, 어서 새로운 음식을 먹어 미각을 일깨우자고요. 분위기 쇄신하자. 라라 박사, 상담소 식대로 좀 비싼 거 먹죠."

선영이 찬희와 라라를 다독이면서 환기를 시켰다. 라라도 굳은 얼굴을 풀고 따라갔다.

며칠이 지나 찬희가 영운에게 재차 확인했지만 영운의 사무실로 전화는 오지 않았다. 금요일 밤 찬희가 송월관에 가봤지만, 문 앞에 보이들이나 방문객들은 없었다. 도색 필름 상영회도 열리지 않는 모양이었다.

찬희는 내담자가 없고, 라라가 의학부 연구로 자리를 비운 시간에 선영과 살인에 관한 집중적 조사와 연구를 했다. 아직 다른 살인은 기사화된 게 없었다. 뭔가, 눈치채고 꼬리를 끊고 도망간 것은 아닌가 의심되었다.

신문에 모은 자료들을 선영과 찬희가 나누어 살폈다. 머리채 살인마의 범행에 관한 기사를 선영과 찬희가 신문사와 잡지사 그리고 도서관 자료실을 나눠서 돌아 등사해온 것이다.

찬희는 기사들을 꼼꼼히 살피다가 벽에 걸린 칠판에 적어보았다.

2월 17일	신당정	피해자 이나주	여전 여학생
3월 17일	종로	피해자 민서영	간호사
4월 14일	황금정	피해자 김서진	사무직 여성

찬희가 칠판을 가리키면서 나직하게 말했다.

"정확하게 한 달 간격. 범행 시각은 법의학부 의견으로 밤 10시에서 새벽 4시경 사이. 그리고 피해자는 모두 20대 여성. 범행요일은 수요일. 내가 당한 날은 5월 19일 수요일 밤 12시경."

"이거 뭐야. 비슷한 간격으로 비슷한 시간에 비슷한 범행 방법인데? 수법이 같아."

선영이 타이핑하면서 말했다.

"그렇다면 레이 박사가 그날 강연을 잡은 건 우연일까? 자신의 알리바이 증명을 위해? 아니면 그 강연에 머리채 살인마가 참석을 했던 걸까? 어느 것도 가능성을 열어두자."

이때 문이 열리고 라라가 들어섰다.

"레이 박사가 진짜 범인이라면?"

찬희가 라라 말에 곰곰이 생각했다.

"아직은 증거가 없어. 강연 후에 사람들이 밀려들어 질문도 하고 그랬을 테고 학계 인사도 만났을 텐데, 나랑 영운 씨를 미행한다? 그것도 이상하잖아?"

"이상할 거 없어. 내가 의학부 교수님을 통해 알아본 결과, 레이 박사는 강연 후에 몸 상태를 핑계 대고 저녁 만찬에 불참했대. 그래서 참석한 의사들이 불편해했다는 거야."

"좋았어. 알리바이 부재로군!"

선영이 고개를 끄덕이면서 '레이 박사의 알리바이 부재'라고 쳤다.

"그렇다면 이 기사들을 종합해 보건대, 첫 사건 학생은 늦게 늘어간 이유가 다른 친구와 만나서 놀다 들어갔다는 거야. 그런데 〈별건곤〉 기사가 묘해. 잡지 특성상 가십거리에 집중하기는 하는데, 여기 보면 친구가 여전 친구인데 둘이 보통 친구가 아니라 이성적 느낌의 관계라고 증언하는 익명의 친구 말이 실려 있어."

라라가 기사를 들어서 보고 뭔가 생각했다. 선영이 이어 말했다.

"그 여학생들은 미인 동성연애자 같다고 하면서 잡지 기사는 선정적으로 실렸고, 두 번째 사건 피해자는 성형수술을 받고 병원에서 회복하다 늦게 들어가다 변을 당한 거래."

"무슨 수술을 받았던 거지?"

"코를 높이는 미용수술인 융비술을 받았다는데. 여기 매일신보에 병원 이름이 나와 있어."

라라가 주의 깊게 듣다 질문했다.

"세 번째 피해자는 특이사항이 어떻게 되지? 그리고 왜 늦게 들어가다 변을 당한 거야?"

찬희가 진지하게 답했다.

"그날 사무를 보다 늦었다는데?"

"난 좀 다른 시각의 기사를 읽었어. 이것도 가십을 싣기 좋아하는 신문 매체인데."

찬희가 선영이 건넨 기사를 읽었다.

"4월 14일 변을 당한 사무직 여성 김서진은 기실 사무직은 계약에 불과한 비상근직원이고, 밤에는 황금정에 위치한 카페에서 여급으로 일하고 있었다는 소문도 있다."

찬희가 눈을 크게 떴다.

"피해자들 다니던 학교나 일했던 병원, 그리고 수술받은 병원과 카페를 알아보자. 여기 이름이 나와 있으니 찾아가 볼 수 있어. 외부 탐문은 니외 라라가 맡을게. 병원 쪽은 라라가 훤하니까."

"응, 난 자료를 모두 정리해 타이핑 해둘게. 언제고 누가 필요해서 보면 정리가 일목요연하게 되어 있어야 좋지."

"물론이지, 고마워. 선영 총무."

성형외과는 종로 2정목에 위치했다. 라라와 찬희는 신축 건물 2층으로 올라갔다. '경성 미인 의원'이라는 간판에 '최고 미인으로 만들어드립니다'라는 팻말도 붙어 있었다. 문을 열고 들어가니, 파스텔 톤으로 예쁘게 꾸민 내부가 보였다.

"안녕하세요, 예약하셨는지요?"

간호사 말에 라라가 답했다.

"지나가다 들러봤어요."

마침 손님이 없어 찬희와 라라는 원장실로 안내되었다. 금테 안경을 끼고 날카롭게 생긴 중년 남성이 앉아 있었다.

"어떤 부분을 고치고 싶어 오셨습니까? 아, 머리가 참으로 곱게 염색되었군요. 오엽주 원장 미장원에서 했나요? 그분 손님

승에 제 단골이 많습니다."

라라가 고개를 저었다.

"제 머리카락이에요."

"아, 외국인 부모님을 두셨군요. 두상이나 이목구비가 아마, 부모님 중 한 분이 백인이실 거 같은데요."

"저, 수술받았던 환자에 관해 물어보러 왔는데요."

원장이 갑자기 인상을 슬쩍 찡그렸다.

"네? 무슨 일로? 소개받고 오신 건가요?"

"그건 아니고 3월 17일 종로 뒷골목에서 변을 당한 민서영 씨에 관해서 물어보려고 합니다."

원장이 경계했다.

"경찰들이 수차례 찾아와서 조사 끝났는데, 누구시죠?"

"저는 탐정입니다. 유가족 의뢰로 이 사건을 조사 중입니다."

찬희는 실제 신문사를 통해 전화번호를 받아 유가족에게 허락을 받았다. 탐정으로서 기본 절차였다. 구두로 위임장을 받아 적어놓은 것이다.

원장은 이맛살을 찌푸렸다.

"별거 없습니다. 그날 콧날 융비술을 받았습니다. 다른 병원 간호사더라구요. 그래서 제가 위험할 수도 있다, 출혈이나 마취 부분이, 그랬더니 흔쾌히 하겠다 했습니다. 사실 멀쩡한 얼굴을 왜 뜯어고치느냐 선입견들이 많겠지만, 전혀요. 전쟁에 부상을 입은 군인들에게 하던 수술이 이제는 일반 여성들도 하게 됐죠. 이유는 아시잖습니까? 사형수도 미녀라고 덧붙여야 기자들이 달라붙고 합니다. 외모지상주의가 어제오늘 일도 아니잖아요?"

라라가 캐물었다.

"그럼, 편견을 가진 사람들도 있다는 말이죠?"

"아, 그럼요. 병원에 허영심 가득한 수술을 조장하지 말라는 둥, 원장이 돌팔이라는 둥 하는 전화나 투서도 오고……. 아주 지긋지긋합니다."

원장은 찬희를 턱짓했다.

"여자가 남장하면 보통 색안경 끼고 볼 텐데요?"

찬희가 조심스레 고개를 끄덕였다.

"쓸데없는 편견들이죠. 저는 환자분들에게 의술로 자신감을 드립니다. 그날도 환자분이 수술 후에 체력 보전하려고 병원에서 영양 주사도 맞고 쉬었다 갔습니다."

"그럼 야간진료를 보신 건가요?"

"아니오, 당직 간호사가 환자 용태를 살폈죠. 입원시키려 했지만, 민서영 환자분이 진료비가 많이 나온대서 당일 퇴원으로 했구요. 요즘 할리우드 영화가 인기 끌면서 서양 여성들처럼 눈이 크고 코가 오뚝한 수술이 유행이죠."

"그 간호사 잠깐 만나볼 수 있을까요?"

원장은 진료 대기실의 간호사가 그 간호사라며 만나보고 돌아가 달라고 부탁했다. 라라와 찬희는 간호사에게 잠깐 대화를 청했다.

잠시 후, 키가 크고 늘씬한 간호사가 탕비실에서 기다리는 찬희 일행 앞에 들어와 앉았다. 눈이 크고, 코가 오뚝해서 서구형 미인 같은 느낌이 들었다. 프런트에 있던 간호사가 아니었다.

가슴에 '오라영'이라고 이름 적혀 있었다.

"원장님이 말씀 나누라 해서 왔는데, 무슨 일이시죠?"

"3월 17일 콧날 융비술을 받고 병원에서 안정 취하다 돌아간 민서영 환자 관련해 알아보려고 왔어요. 우리는 탐정입니다."

라라가 먼저 질문했다.

"환자분에게 특별하게 이상한 기색은 없었나요?"

"아뇨, 빈혈 증세가 원래 있댔어요. 저는 용태를 11시까지 보다 퇴원하는 걸 보고 갔죠."

"성형수술이 일반적인 건 아니잖아요? 민서영 씨가 받으려던 이유는 있나요?"

"직업이 병원 간호사라더군요. 요즘 성형술 이용해 외모의 힘을 키우는 신여성들이 꽤 있잖아요. 오엽주 원장님도 쌍꺼풀 수술받아 인기몰이하고요. 저도 했는데 전혀 티 안 나죠?"

"그날 돌아가다 병원에서 멀지 않은 골목에서 변을 당했어요. 어디 들른다든가 누구를 만난다든가 하는 말은 안 했나요?"

오라영 간호사는 팔짱을 끼고 시선을 잠깐 위로 올려 무언가 생각 중이었다.

"경찰에게 말을 했던 것 같은데요. 수술 전에는 환자분에게 금식하라고 해요. 수술받으신 다음 배고프다면서 길거리에서 파는 어묵이라도 먹는다고 했어요. 제 생각에 11시가 넘은 시간이라 문 연 데기 별로 없을 거 같았어요. 전차도 끊긴 시간에 집 있는 동묘까지 걷는다 했구요."

"동묘요?"

"네. 그런데 병원서 얼마 가지 못해 변을 당해 어쩌나 놀랐던지, 우리 병원 간호사들도 이제 종로에서 구경하다 늦게 가지 않아요. 참 근데, 이 말이 기억나네요. 단순 미용보다는 얼굴을 다르게 해서 사람들이 못 알아보도록 하고 싶다나, 잠깐 그런 말 했던 거 같아요."

"네? 자세히 말씀해주세요."

오라영은 고개를 저었다.

"그냥 얼굴을 바꿔 못 알아보게 한단 말만 했었는데, 돈 꾸고 도망가려는 건가 싶었죠. 그나저나 그놈의 살인자, 정말 두려워요."

오라영은 소름 끼친다는 듯 자신의 길게 튼 머리를 만졌다.

"아니, 머리카락이 좋으면 가발이나 살 일이지, 왜 사람을 죽이고 가져간대요?"

"가발이라."

찬희가 잠시 뭔가 생각했다. 간호사와 면담을 끝내고 병원을 나오면서 찬희가 제안했다.

"라라 박사. 가발 가게를 한번 가볼래?"

"가발 가게?"

"응. 머리채 살인마라니, 원래 머리카락을 좋아하다가 이제는 산 사람의 머리카락을 노릴 수도 있는 거잖아."

"가발 가게라면 백화점에 있어?"

"나, 화신 백화점 2층에 있는 큰 가발 가게 기억나. 가보자. 근데 말이지, 지난번에 영운 씨와 나눈 말 중에 레이 박사와 같이 일했던 간호사가 피해자라고 했었거든."

"뭐? 찬희 탐정, 그 중요한 말을 왜 이제야 해. 사실 아까 얼굴을 못 알아보게 하고 싶어 수술받았단 말이 걸려."

"그렇다면 레이 박사에게서 도망치려던 거였을까?"

"민서영 간호사를 알아보니 다른 병원으로 옮긴 지 얼마 안 돼 죽었어. 뭔가 내막이 있어."

찬희와 라라는 깊게 생각하면서 걷다 보니 어느덧 백화점 입구였다.

화신 백화점은 직원이 500명에 이를 정도의 큰 백화점으로 종로 한복판에 지하 1층, 지상 6층의 거대한 위용을 자랑했다. 연건평 2000평이 넘는 두 동으로 이루어진 백화점으로 에스컬레이터도 설치돼 최신식 시설을 자랑했다. 화신 백화점은 미쓰코시 백화점보다 더 크고 화려했다. 조선 자본으로 세워진 백화점으로 이름을 떨쳤다.

백화점에서 일하는 데파트걸은 '잇(it) 걸'로 선망의 대상이었다. '잇 걸'은 1927년 미국 영화 'It'에서 클라라 바우가 백화점 판매원으로 나의 매력으로 성공하는 모습을 보여준 신여성을 뜻하는 말이다. 데파트걸이 인기라고는 하지만, 사실은 아주 적은 월급을 시골 부모에게 보내거나, 남성 고객들의 희롱의 대상이 되기도 하는 험한 직업이었다.

라라와 찬희는 백화점에 들어가 2층의 가발 가게로 바로 갔다.

서양 드레스와 액세서리를 파는 가게 옆으로 가발 가게가 있었다. 긴 머리채를 굽실굽실 펌을 해서 마네킹에 걸어놓은 가발들이 여러 개 있었다. 벽에 틀어 올린 머리, 단발머리, 남성용 가발이나 노인을 위한 새치 가림 가발도 있었다. 한복을 입고, 머리 쪽을 진 중년 여자가 나와 맞았다.

"어서 오세요. 손님. 어떤 스타일의 가발을 찾으시나요?"

찬희는 가발을 보는 척했고, 여자는 라라에게 다가갔다.

"참 탐스러운 갈색머리를 지니셨군요. 긴 머리 함부로 자르면 후회해요. 이 스타일 어떠세요? 프랑스에서 수입한 지 얼마 안 됐는데, 조선 여자의 모발과 거의 같죠."

"어? 가발을 수입해온 건가요? 제가 아는 분은 머리카락을 방물장수한테 팔던데요?"

230

찬희가 끼어들자, 여자는 깜짝 놀랐다.

"어맛, 여성분이셨군요. 보통 중국이나 우리나라에서 머리카락을 수출해 가발 공장에서 가공해 다시 역수입해 와요. 그래서 가격이 좀 있죠. 하지만 관리만 잘하면 평생 쓸 수 있답니다."

여자는 찬희에게는 긴 구불거리는 가발을, 라라에게 단발을 권해 둘이서 썼다. 거울을 보니 분위기가 사뭇 달라졌다. 잘 어울렸다. 찬희와 라라는 포즈를 취해보았다.

"아까 놀라셨잖아요? 보통 남성 고객은 없겠죠?"

"그럼요, 보석이야 선물할 요량으로 남성도 오지만, 가발을 선물할 남성은 드물겠죠. 참 그래도 탈모이신 분들이 남성용 가발 사러 오세요. 한국분보다는 서양분들이 많죠."

"그렇군요. 혹시, 남성분 중에 긴 머리 가발을 구경하러 오는 분은 없나요?"

여자가 잠시 이맛살을 찌푸리다 조용히 말했다.

"왜 그런 게 궁금하시죠?"

찬희는 그제야 사정을 밝혔다.

"아, 그 사건 정말 잘 알죠. 형사들이 왔었어요. 지금 말씀드린 것만 말했는데요. 사실 이 말은 영업부 주임님이 말하지 말래서 안 했는데요. 가발이 도난당한 적 있거든요."

"네?"

"그게, 긴 머리 가발인데, 여기 맨 앞 마네킹에 씌워놓았는데

문 닫을 때 보니 가발이 사라졌어요."

"언제 적 일이죠?"

"몇 달 됐죠. 돈 없는 학생이 훔쳐갔나 생각해요. 후우, 제 월급으로 변상했어요. 기분 나쁜 일이죠."

라라가 물었다.

"백화점에 사람이 많지 않아 훔치기도 쉽지 않았을 텐데요?"

"주말에 붐빌 때는 정신 없죠. 일요일이었거든요. 이 말까지는 안 하려고 했는데요, 정말 이상한 일도 있었어요."

찬희와 라라가 집중했다. 직원은 가발을 변상한 일이 떠올랐는지 흥분해 말투가 빨라졌다.

"첨 말하는 건데요. 도난 전에 어떤 남루한 차림새의 30대 남자가 긴 머리들을 잘 관리하려면 어떻게 하나 물었거든요. 왜 그러냐 했더니 누이가 머리를 잘라서 팔려고 하는데 깨끗하게 관리해야 한다더군요. 이상하죠? 하여간 빨리 보내려 했어요."

찬희는 의미심장하다는 듯 들었다.

"왜 조선풍속기생 화보집에 나오는 권번 출신 장연홍이 선전하는 일제 비누 있잖아요. 백분이 누구의 살에도 잘 맞도록 화장이 눈부시게 해드릴게요~, 그 광고 문구요."

"네. 있죠. 잘 압니다."

찬희가 맞장구치자 직원이 신나게 말했다.

"그 비싼 일제 비누 겸 샴푸를 옆 매장서 사가랬는데 과연 사갔을까요? 그 비싼 거 여기 누구도 못 사는데요."

그때 손님이 와서 찬희와 라라는 나왔다. 옆의 화장품매장으로 들어갔다. 화장을 곱게 한 20대 여성이 나와 맞이했다.

"어서 오세요, 손님."

찬희는 혹시 30대 남루한 차림새의 남자가 비누를 사간 적이 있는지 물으니, 직원이 최근에 근무해 잘 모르겠지만 그런 손님은 없었다고 했다.

비누 하나에 5원이 넘게 가격을 매긴 거로 봐서, 찬희는 그 비싼 걸 사갔을지 모를 남자는 분명 이유가 있겠다 싶었다. 마침 다른 직원이 식사를 끝내고 와서 다시 물었지만 모른다고 했다.

백화점을 나선 찬희와 라라는 첫 번째 피해자가 다니는 학교 방향으로 택시를 잡아탔다.

"찬희 탐정 어떻게 생각해? 가발 가게 직원의 말? 가발 도난은 누가 범인일까?"

"뭐, 진짜 돈이 필요한 사람이 훔쳤을 수 있겠지. 백화점은 품위를 생각해 신고 못 했고. 그것보다 머리 관리 비법을 물으러 온 남자는 어때? 머리를 팔 정도로 가난한데, 관리법을 묻는다?"

라라는 잠시 생각해보다 말했다.

"범인이 베어간 피해자들의 머리카락을 잘 관리하려고 물어보러 온 것이라면?"

찬희가 놀란 눈으로 보았다.

"그런데 왜 백화점까지 와서 물었지?"

"주변에 여자 가족이 없다면 몰랐을 수 있지."

"하지만 화장품 가게에는 안 왔잖아."

"직원이 바뀌었고, 그리고 도난사건이라면 밝히지도 않아."

택시 안에서 잠시 침묵했다. 찬희는 밖을 내다보았다. 담쟁이 가지가 올라간 벽돌 담장이 보였다. 이나주 피해자가 다녔던 학교에 도착했다. 고보 학생과 전문과정 학생들이 같이 다니는 학교는 마침 수업 중이라 조용했다.

기숙사를 찾아 캠퍼스 맨 뒤로 이정표를 보고 올라갔다. 야트막한 산을 뒤로 회색 벽돌로 지어진 영국풍 아담한 건물이 나왔다. 경비원에게 학생의 친척이라 둘러대고 사감 선생님을 뵈러 왔다고 하니 안내했다. 소리가 나는 나무판자 복도를 지나 2층의 끝에 사무실로 들어갔다.

"사감 선생님, 손님들이 왔습니다."

경비원이 안내하고 돌아갔다. 나비안경에 발목까지 오는 짙은 녹색의 개량 한복을 입은 사감은 놀란 눈으로 일어섰다.

"어디서 오신 거죠?"

라라가 머뭇거리는데, 찬희가 다급하게 다가서면서 두 손을 잡았다.

"부탁드립니다. 유가족에게 의뢰를 받았습니다."

사감이 안경을 올리면서 곤란해했다.

"경찰들은 다녀갔습니다."

"개인적 의뢰로 조사 중인 조사원입니다."

솔직히 말하면 이 학교 학생 가족의 의뢰는 아니지만, 찬희는 방법이 없어 밀고 나갔다.

"아이고, 부모님 속이 말이 아니시겠죠. 그렇게 공부 잘하던 재원을 잃고 저희도 마음이 너무 안 좋습니다."

"그날 학생들이 놀다가 늦게 들어오다 변을 당했다고 들었습니다."

찬희가 차분하게 말했다.

"기숙사 통금 시각을 어겼다고 생각했죠. 걱정되었지만, 학생들 점호를 일일이 하느라 잊고 있다가 새벽녘에 경찰서에서 다급한 연락을 받았어요. 어찌나 놀랐던지요. 그날 같이 다니다가 집안에 일이 있어 고향에 간 단짝 친구는 정말 충격이 컸구요."

"그 친구분을 만날 수 있을까요? 기숙사에 머물고 있나요?"

"아니오. 지금은 휴학 중입니다. 영주 본가에 있어요. 부모님이 소식을 접하고 일단 휴학을 시켰어요."

"그럼 그날 그 친구는 영주에 급하게 내려갔단 말인가요?"

"네. 할아버지가 돌아가실 것 같다는 연락을 받고, 준비하다가 이나주 학생과 식당에서 밥도 먹고 카페에서 커피 마시고 그랬대요. 그러고 나서 친구는 친척 오빠와 고향에 갔어요. 이나주

학생만 기숙사로 돌아오다 변을 당했죠."

"기숙사 오는 길이 고적하던데 근처에서 변을 당한 거죠?"

"네. 전차에서 내려 학교를 찾아오다 한적한 골목에서 변을 당했죠. 통금 시간이 괜히 있겠어요? 다 저희들 안위 생각해 만든 건데 이런 일이……, 후우."

"세간에 잡지 같은 데서는 둘이서 특별한 사이였다는데, 사실입니까?"

찬희가 대차게 물었다.

사감이 고개를 저었다.

"망인을 능욕하는 기사죠. 전혀요. 게다가 설사 그랬다 한들 자매애나 우정입니다. 흠흠. 누누이 학생들에게 말하죠. 지금 공부해야지 다른 데 눈 돌리면 까딱 직업도 못 찾고 혼기 놓친다구요. 그러면 사회에서 잉여 미혼자로 보니 조심하라구요."

사감은 강경하게 말했다.

"아시잖아요. 경성에서 미혼자가 어떤 시선을 받는지요. 저도 친척들로부터 결혼 낙오자라느니 심신 결여자라느니 매도당했어요. 직업이 있어도 그런데, 미취업 미혼자는 편견으로 나락에 떨어집니다. 누누이 당부하니 그런 일 없습니다!"

사감이 시선을 돌리고, 불안한 얼굴로 아니라고 극구 우기는 데는 석연찮은 구석이 있었다.

"그런 더러운 시선과 선정적인 보도는 우리 학생들과 절대로 연관 있어서는 안 됩니다. 이만 돌아들 가주시죠. 부모님들께 학교에서 무척이나 애석해한다고 전해주시기 바랍니다."

"같이 있었다던 학생 연락처나 주소를 알 수 있을까요?"

사감은 고개를 저으면서 강력하게 거절했다. 사감이 일어서는 바람에 찬희와 라라도 나올 수밖에 없었다.

학교를 나와 근처의 전차 정류장으로 걸어가면서 찬희가 물었다.

"라라 박사, 단지 이 세 사건은 여성들이 머리가 길어서 타깃이 된 걸로 보여?"

라라는 고개를 저었다.

"모르겠어. 일단 성범죄 심리는 범행이 용이한 시간과 장소에 피해자가 있어서 벌어진다는 거야. 어두운 밤, 호젓한 길거리, 젊은 여성이 홀로 걷는 걸 포착해 저지른 거지."

"한 달의 간격을 두고 목표 대상인 여성을 물색하고 지켜보다가 저질렀다는 생각은 안 들어?"

"찬희 탐정, 왜 그런 생각이 들지?"

"세 번째 사건 피해자의 주변 사람도 찾아가야겠지만, 일단 성형술을 받은 여성, 동성연애를 의심받은 여학생, 카페 여급. 세 피해자 모두 차별받는 사람들이야. 성형수술 자체를 허영심 수술로 본다잖아. 그리고 동성연애. 우정으로 포장해도 어떤 사람들은 불편해해. 카페 여급이라. 우리 사회에서 가장 천대받고 남자들이 함부로 대하는 직업이야."

라라는 고개를 저었다.

"여급이라서 당한 게 아니라, 주간의 직업 사무직으로 당한 거라면?"

"그럴 가능성도 배제 못 해. 하지만 유흥업 종사자들이 위기에 처할 확률이 높은 건 사실이야."

"단정은 일러. 가보자. 세 번째 피해자 김서진이 일했던 카페로."

라라와 찬희는 부지런히 서둘러 전차에 올라타고 황금정 쪽으로 향했다. 밤, 황금정 뒷골목 카페들이 즐비한 가운데, 술에 취한 은행원들이나 증권사 직원들 그리고 회사원들이 휘청거리면서 카페 문 앞에서 들어가려 했다.

카페에서는 낮에 커피도 팔고 밤에는 여급들이 술 대작도 해주면서 유흥도 즐길 수 있었다. 라라가 잡지 기사에서 알아낸 카페 이름은 '유리'였다. 백합꽃을 가리키는 일본어 단어였다. 유리 문에는 백합 문양이 그려 있었다.

안으로 들어가자, 하얀 레이스 드레스를 입은 여성들이 좌석에 앉았고, 그 옆에 모던보이들이 술을 마시고 있었다. 클래식이 흐르는데 고급 앤티크 가구들이 서양 귀족의 방을 연상시켰다. 여성들은 귓가에 백합 문양의 핀을 꽂거나 하얀색의 헤어밴드를 했다.

"어서 오시죠."

기모노를 입은 중년 여성이 반갑게 맞이했다. 찬희와 라라를 남녀 연인으로 착각한 모양이었다.

"실례지만, 김서진 씨에 대해 말씀 나눌 수 있을까요."

사장이 잠시 이맛살을 찡그렸다.

"곤란한데요. 지금 이렇게 손님들 계시는데요. 내일 오시죠."

찬희가 강경하게 나갔다.

"다른 피해자가 나오지 않게 속히 알아봐야 합니다. 저는 김찬희 탐정입니다."

"그럼 내실로 드시죠."

카페 안으로 들어가니 간이식탁을 놓은 방이 나왔다. 사장은 의자를 권하고 물을 따라 찬희 앞에 놓았다.

"물어보시죠."

"김서진 양이 낮에는 사무직 일을 하고, 저녁에서 여기서 일했다는데, 어떤 일을 했죠?"

"여기서는 유키코라고 불렀죠. 유키코가 집안에 환자가 있어서 열심히 돈 벌어야 됐댔어요. 손님들하고 술 마시고 테이블당 보너스를 받았죠."

"손님들하고 카페를 나가서 밖에서 만나기도 했습니까?"

"저는 그러지 말라고 하는데, 돈이 급한 애들은 밖에서 데이트하면서 돈을 따로 받아요. 그러면 손님들이 카페에 안 오고 자꾸 밖으로 부르니까 그러지 말라고 하죠. 손님들이 연애하면 질투심에 큰일을 벌여요. 카페에 다른 남자와 있는 거 보고 칼 들고 죽이네 살리네 하는 남자 여럿 봐왔어요. 근데 유키코는 없었던 것 같아요."

"그렇다면 그날 밤에 일을 끝내고 집으로 가다 변을 당했는데, 집이 이 근방인가요?"

"청계천이라던데, 정확하게는 몰라요. 카페에서 일 마치고 돈을 가지고 갔는데, 희한한 게 돈은 그대로 있었대요."

"돈이 그대로 있었다……."

"강도는 아니란 거겠죠."

사장이 이어서 말했다.

"아마도 유키코 친한 손님들 중에 의심이 갈만한 사람들 조사했다던데, 못 잡은 걸 보면 아니었나 봐요. 일 벌어지고 손님이 없다가 최근에 조금 괜찮아졌어요. 그러니 다시는 오지 마세요. 부탁드려요."

사장은 정중하게 고개 숙였다.

"알겠습니다. 그날 퇴근하면서 같이 나간 손님은 없었나요?"

"전혀요."

"혹은 특이한 점은 없었나요? 기억해보세요."

라라가 말을 덧붙였다.

"그날을 떠올려보세요. 날씨는 어땠는지, 저녁 식사로 무얼 먹었는지, 직원은 누구누구가 출근했는지 손님은 누가 왔는지 세세하게 조금씩 떠올려보세요."

라라는 기억을 연상해서 떠올릴 수 있게 일상의 여러 조각을 불러주었다.

"어, 뭐가 있더라. 저녁으로는 어묵 우동을 먹었고, 그리고 하나코, 사에코, 마리, 선화가 출근했고 유키코는 조금 늦게 왔어요. 지각비를 빼고 정산받고 퇴근하는데, 아! 사진을 찍는데서 다음날 조금 늦게 오는 걸 지각으로 치지 말라고 신신당부했어요."

"사진이요?"

"네, 가게 근처에 있는 경성 시민 사진관에 들른다고, 사진을 예쁘게 찍어서 시골 계시는 부모님한테 편지하고 같이 보낸댔어요. 그게 기억나요."

"경성 시민 사진관이요? 어디에 있죠?"

"이 근처에 새로 생긴 데인데, 반년쯤 됐으려나? 사진을 잘 찍어서 우리 카페 애들이 여럿 다녀왔어요. 사진관 봉투가 어디 있는데……. 여기 있다."

사장은 봉투를 테이블 서랍에서 찾아 건넸다. 봉투에 '경성 시민 사진관'이라 적혔고, 그 안에서 젊은 여자들의 단체 사진이 나왔다.

"얘가 유키코. 안됐죠. 참 착하고 집에 꼬박꼬박 돈 부치던 아이였는데."

맨 앞줄에 김서진이 미소짓고 있었다. 하얀 원피스 아래로 긴 다리가 늘씬했다. 피해자 사진에 찬희가 움찔했다. 신문에는 얼굴 사진만 있었는데, 이렇게 동료와 찍은 사진으로 보니 생전 모습이 실감이 났다. 가슴이 아렸다.

라라와 찬희는 카페를 나오면서 사진관 쪽으로 발길을 옮겼다. 사장이 자세하게 약도를 그려 가르쳐 주었다.

헤르만 네케의 춤곡 크시코스의 우편마차가 길거리에서 울렸다. 찬희와 라라는 발 빠르게 명치정(명동) 쪽으로 이동했다.

은행들과 종합상사 등의 큰 건물들 사이 골목 안으로 3층 잿빛 벽돌 건물이 나왔다. 신축 건물은 1층에 '경성 시민 사진관' 간판이 걸려 있었다. 밤늦게도 영업을 하는지 불이 켜있다.

경성만 하더라도 등록된 사진사 수가 300여 명에 이르고 전국적으로 2000명에 가까운 사진사들이 활동하고 있었다. 졸업이나 수학여행 등을 기록하는 사진 유행이 있었고, 이에 맞춰 사진사들이 고가의 수입 카메라 등 장비나, 전문 스튜디오를 차리고 영업을 했다. 권번 소속 가수나 기녀들은 멋지게 차려입고 사진을 찍어 사진첩으로 만들어 홍보에 활용했다.

찬희와 라라가 안에 들어가 보니 남학생들 여럿이서 우정 사진을 찍고 있었다. 교복 망토와 교모를 비스듬히 쓰거나, 어깨동무하고 찍었다. 학생들끼리 졸업 전에 우정 사진을 찍는 게 유행했다.

팡! 팡! 플래시 터지는 소리가 요란했고, 사진사는 은판을 바꿔 끼우면서 여러 장을 찍었다. 학생들은 사진사의 주문에 포즈를 다양하게 바꾸었다.

"오늘은 영업이 끝났는데요."

30대 여성이 다가와 라라에게 말했다.

"사진을 찍으러 온 건 아닌데……."

라라가 말하는데 찬희가 가로막았다.

"둘 다 직장 다니느라 시간이 없어서요. 부탁드립니다. 저희가 남들 시선 때문에 낮에는 찍으러 오기 힘듭니다."

직원은 찬희의 남장 모습과 라라를 번갈아 보다 고개를 끄덕였다.

"사정이 있으시군요. 우정 사진을 찍으시려면 일단 거울을 보시고 용모부터 가다듬으세요."

찬희와 라라는 병풍으로 가린 탈의실에 가서 환한 조명 아래 거울에 얼굴을 가까이 댔다.

"무슨 사진을 찍자구?"

"여기는 피해자들과 상관없어. 우리가 유가족 의뢰라고 해봤자 상대 안 해주면 그만이야."

라라는 알겠다는 듯이 찬희의 단발을 잘 매만져주었다. 그리고 브러시로 머리카락을 빗었다. 라라는 트렌치코트를 벗자, 고혹적인 자태가 드러났다. 직원이 다가왔다.

"이 의상들을 입으시려면 대여료만 추가로 지불하시면 됩니다."

직원은 여러 슈트와 서양 드레스, 한복이 걸린 긴 일자형 옷걸이를 가리켰다. 라라는 하얀색 진주와 비즈가 장식된 드레스를 꺼내 들었다. 서양의 칵테일 파티 드레스였다.

"기왕이면 제대로 흉내 내자."

라라는 탈의실에서 비즈가 달린 드레스로 갈아입고, 머리에는 깃털이 달린 화관을 쓰고 나왔다. 목에는 타조 깃털 목도리를 길게 둘렀다.

찬희는 턱시도를 입었다. 그리고 실크 해트를 쓰고 팔에는 마호가니 지팡이를 걸쳤다. 누가 보아도 그럴 듯한 신사와 숙녀였다. 할리우드 뮤지컬 영화에 나오는 쇼걸과 남자 무용수 같았다.

30대 중반의 사진사가 그들을 스튜디오 중앙에 세웠다.

"우정 사진을 찍으신다구요. 일단 다정하게 보이도록 포즈를 취해보세요."

찬희와 라라는 팔짱을 끼기도 하고, 소품을 이용해 여러 포즈를 유머러스하게 취했다. 사진사가 권하는 대로 볼에 키스하는 포즈도 취했다.

사진을 다 찍고 비용을 치르고 찾는 날짜를 받았다. 여성 직원에게 찬희가 진지하게 물었다.

"제 친구인데, 김서진이라고 4월 15일에 여기서 사진을 찍고 갔는지 알 수 있을까요? 사정이 있어 저한테 돈을 맡기고 사진을 찾아달라고 했거든요."

직원은 예약과 촬영날짜 장부를 뒤졌지만, 그날 김서진이란 사람은 찍은 적 없고 예약 장부에도 이름이 없다고 했다. 라라가 다시 물었다.

"유키코나 유리 카페로 이름을 남겼을 수도 있어요. 4월 15일 아니더라도 그즈음 날짜로 찾아볼 수 있을까요? 급한 일이거든요. 사진 인화값은 드릴게요."

직원이 잠시 후 말했다.

"그 이름으로도 없는데요?"

"그럼 혹시, 사진을 찍고도 안 찾아간 사람이 있나요? 사진을 보면 우리가 얼굴을 알 수 있는데."

직원이 사진사와 의논하더니 뒤에서 종이상자를 들고나와 보여주었다.

"한번 찾아보세요."

라라와 찬희는 상자 속에 고객들이 안 찾아간 사진들을 뒤졌다. 김서진은 없었다. 신문기사 사진과 방금 유리 카페에서 보고 온 김서진을 떠올려보았지만 없었다.

상자를 닫으려는데 라라가 외쳤다.

"잠깐!"

라라는 떨리는 손으로 사진을 하나 집어 들었다.

"이 사진. 이나주야. 첫 번째 피해자."

라라가 건네는 사진에는 교복을 입고 단정하게 우정 사진을 찍는 이나주와 친구가 보였다. 그들은 팔짱을 끼고 다정하게 서로 머리를 기대고 찍었다. 깊게 키스하는 사진도 있었다.

"이나주가 친구와 여기를 다녀갔고 김서진도 다녀갈 거란 말을 했어. 공통점이 나오는데?"

찬희가 라라의 말에 고개를 끄덕였다.

"이 사진입니다. 이거 찾아가도 되지요?"

사진사는 찬희에게서 돈을 받고 사진을 건넸다. 찍은 날짜는 2월 17일 이나주가 죽은 날이었다.

"이나주라고 적혔는데 아까는 다른 분 말씀하시지 않았어요?"

직원이 이상하다는 듯 물었다. 찬희가 천연덕스럽게 둘러댔다.

"이 옆에 애가 유키코거든요. 하하. 나주와 유키코 사진이죠. 이나주 이름으로 맡겼나보다."

라라가 물었다.

"사진사 분은 저분 혼자신가요?"

직원이 고개를 저었다.

"아뇨. 두 분 더 계세요. 견습으로 배우는 분들이신데, 휴일에 오시거나, 직장이 쉬는 날에 와서 사진도 배우고 실습으로 찍죠. 두 분은 사장님 근무하시는 날 잘 오셨어요. 진짜 기술은 우리 사장님이 좋으시거든요. 견습 사진사가 찍으면 원래 비용에서 빼드려요."

사진관 사장과 찬희, 라라는 조금 이야기를 나누어보았다. 헌팅캡을 쓴 사장이 이나주가 적힌 봉투를 보더니 한마디했다.

"그건 제가 찍은 사진은 아니네요. 전 제가 찍은 사진 봉투에 제 이름 이니셜을 새기거든요. KSU라고요. 기수웅이 제 이름입니다. 그나저나 오늘 두 분 정말 사진 잘 찍혔어요."

찬희가 물었다.

"그럼 이 사진은 누가 찍은 건가요?"

"제가 수요일에는 주로 출장을 나가는데, 그 시간에 나오던 분이 야간에 지켰어요."

"그분 지금도 나오시나요?"

"아니요, 최근에 바쁘다면서 쉬게 됐어요."

"그게 언제부터인데요?"

사장이 찬희를 경계했다.

"아하, 별건 아니고. 제 친구가 너무 잘 나와서요. 견습 사진사라도 비용이 저렴하면 와서 찍어보려구요."

"하여튼 한 달 됐나? 조금 쉬고 싶다고 해서요. 정민홍 씨 관둔 지 그쯤 되죠?"

"네. 그럴걸요. 여기 거스름돈이요."

찬희와 라라는 사진 봉투를 들고 사진관을 나섰다.

"정민홍……. 한 달 전에 관두었다. 어떻게 생각해?"

"한 달 전이라면, 네가 공격당하기 전이잖아."

"그렇지, 그리고 김서진이 이 사진관에 들른댔는데 오지 못했지. 퇴근하던 전날 밤에 죽었으니."

"관뒀다는 견습 사진사를 의심하는 거야?"

"이 사진관에서 이나주가 사진을 찍고 안 찾아갔고, 늦었나 오겠다는 사람도 죽었다. 뭔가 관련은 있을 것 같은데. 김서진은 이미 카페 여급들과 사진 찍은 적이 있었고. 카페에서 단체 사진 봤잖아."

"그럼 찬희 탐정, 두 번째 피해자는? 민서영 사진은 없었어."

찬희가 고개를 끄덕였다.

"그건 그래. 예전 장부에라도 민서영 이름이 있나 내일이라도 전화로 물어봐야겠어. 그건 일일이 못 살폈어."

라라가 고개를 끄덕였다.

레이 박사의
심리과학연구소

커튼이 쳐져 있고 붉은빛 조명이 나직하게 켜진 방안, 보라색의 융단이 깔린 의자에 수려하게 생긴 미남자가 앉아 있다. 그는 짙은 눈썹에 혜안을 가진 통찰하는 눈으로 내담자를 보고 있다. 그의 손에 백금색으로 빛나는 추가 들려 있다.

레이는 펜듈럼을 흔들면서 나긋나긋하고 부드러운 목소리로 말했다.

"마음이 어떻게 달라지셨는지 구체적으로 말씀하실 수 있나요?"

레이의 앞에 놓인 하얀색 안락의자에 누워 실크 이불을 배까지 덮고 손에 쥔 남자가 실눈을 뜨고 천장을 보면서 천천히 답했다.

"사람에 대한 분노가 가시고, 그리고 환상을 덜 보게 되었습니다."

남자의 목소리는 가늘고 작았다.

"당신은 어릴 적 어머니의 냉대와 학대로 사람에 대한 분노로 가득했죠. 부정적 생각으로 망상 속에서 가학적인 일을 했습니다. 하지만 저의 상담과 치료 과정을 잘 따라와, 점차 억눌린 무의식이 현실로 뛰쳐나오려는 걸 제어하게 되었습니다. 환상이나 꿈에서 무의식이 꿈틀거리면서 사람에게 가학 행동을 하고 싶던 마음이 약해진 겁니다."

안락의자의 남자가 점차 정신을 또렷하게 하면서 몸을 일으켰다. 30대의 남자는 갸름한 턱에 이마를 덮은 머리가 유약한 인상을 풍겼다. 그는 작업복 점퍼 단추를 채우면서 똑바로 등을 세우고 앉았다. 레이는 부드러운 미소를 지었지만, 남자는 바닥에 시선을 두고 쳐다보지 않았다.

"귤을 떠올리면 입에 시다는 생각이 들죠. 인간의 뇌는 상상과 현실을 구분하는 게 쉬운 일은 아니죠. 가짜 귤, 단어만 듣고도 착각해요. 인간도 파블로프의 개와 다를 바 없죠. 이성의 힘이 대단하다지만 무의식의 지배를 받고 행동합니다. 무의식을 다룰 줄 알면 어떤 위대한 일도 수행할 수 있고, 과격한 행동도 막을 수 있습니다."

"알겠습니다. 박사님 말대로 행동을 교정하고 과제를 수행하겠습니다."

레이는 책상 뒤에 놓인 약장에서 약을 꺼내 봉투에 넣어 건 넸다.

"오늘부터는 약 복용량을 늘리겠습니다. 다음 주 이 시간에 와주십시오."

남자는 아무 말 없이 레이가 건네는 약 봉투를 들고 나갔다.

그날 오후 찬희는 사진관과 전화 통화를 끊고 의아해했다.

"민서영은 고객 명단에 없대. 그리고 이제 불편하니 그만 문 의해달라는데?"

찬희의 말에 라라는 고개를 끄덕였다.

"그렇다면 민서영은 흔적이 없으니 사진관과 관계가 없는 거 아닐까?"

"라라 박사, 확실히 사진관 연관해 공통점을 조사해보고 관 련 없으면 그때 밀어둬도 돼."

"좋았어. 그리고 레이 박사 연구소 드나드는 사람들 중에 피 해자와 연관된 게 있을지 조사해야 돼."

찬희가 놀란 얼굴을 했다.

"혹시 피해자가 레이 박사 연구소에 내담자로 방문했을 걸 가정해보는 거야?"

라라는 고개를 끄덕였다.

"동성애를 의심받는 학생, 카페에서 밤에 일하는 사무직 여직원. 스트레스를 받을 수 있잖아? 두 번째 피해자는 레이 박사 연구소에서 관둔 사람이고."

"레이 박사는 상담료가 우리보다 훨씬 비싸지 않을까? 그 비용을 학생이 냈다고?"

라라는 고개를 저었다.

"아니. 레이는 심리 실험 대상자를 무료로 모집도 해, 그리고 마음대로 정신을 요리해놓고 실험을 하고 논문의 재료로 써."

찬희가 의미심장한 눈을 했다.

"좋았어. 너는 레이 박사와 마주치는 게 위험해. 이미 그에게 종속되었던 과거가 있어. 내가 가볼게."

선영이 뒤에서 일지를 정리하다 말했다.

"차라리 내가 가보는 건 어떨까?"

라라는 고개를 저었다.

"모두 안 돼. 임연지가 여기 와서 우리 얼굴을 다 봤는데. 우리를 가지고 웃음거리로 만들걸."

선영이 말했다.

"차라리 이 정보를 경찰서에 넘겨. 심증이 있다고 말이지."

찬희가 고개를 저었다.

"아직 증거가 없어. 이런 사실을 경찰서에 들고 가도 꿈쩍도 안 할 거야. 강연 날에 레이 박사를 숭배하는 경찰 간부들이 얼마나 많았는데."

이때 열려 있던 문에서 스삭 스치는 소리가 나서 모두 문을 쳐다보았다. 김연주가 활짝 웃으면서 그제야 인기척을 냈다.

"여러분들이 하두 열심히 상의하기에 그만 엿들었지 뭐예요. 대체 무슨 일을 하는데 그렇게 고민하는 거죠? 내가 도울 일은 없어요?"

찬희는 잠시 고민하다 김연주에게 레이에 대해 들어봤는지 물었다. 그리고 강연회 초대장을 찾아와 보여주었다. 김연주가 눈을 크게 뜨면서 박수를 딱! 쳤다.

"어머! 이 남자 제가 소속된 상공회 부인회에서 꽤 유명해요. 부인회 회식을 가졌는데, 미국에서 온 유명 심리학자가 엄청난 미남에 신경증 치료를 잘한댔어요. 부회장님이 이 연구소에서 상담받고 펑펑 울었던 얘기도 했는데요. 과거 트라우마를 최면 술로 치유한다나요? 호호, 저도 가보고 싶었지만, 의리를 지키고 싶어 이리로 계속 다녔죠."

찬희가 김연주의 두 손을 꽉 잡았다.

"사모님, 저희 한 번만 도와주세요."

"아니, 뭘 어떻게 도와드릴지……."

며칠 후, 김연주는 레이의 심리과학연구소에 상담 예정 시간에 도착해 기다렸다. 프런트의 임연지는 김연주에게 인적사항을 적게 했다. 김연주는 상공회 부인회 추천으로 왔다고 적었다.

서류를 다 적고 상담실로 들여보냈다.

일상적 대화나 직업, 사는 곳 그리고 가족관계 이야기가 오가고, 레이가 상담을 진행하다 물었다.

"그럼, 남편분이 형을 받은 후, 회사 일에 적극적으로 뛰어들었는데, 가석방 이야기가 흘러나오니까, 그게 오히려 두렵다는 말씀이시죠?"

김연주는 불안한 얼굴로 끄덕거렸다.

"네. 사실 남편이 형무소 들어가고, 정말 힘들었거든요. 회사 일도 실수할까 무서웠고, 세간에서 남편 없는 여자를 어떻게 볼까 이유 없는 두려움도 있었구요. 그런데 회사 일을 직접 참여해보니, 자신감도 생기고 보람도 느꼈어요."

"남편분이 돌아와 예전의 가부장적인 분위기와 내조 잘하는 부인 역할로 돌아가는 게 불편하다는 말씀이시죠?"

"네, 그렇습니다. 제가 나쁜 아내일까요? 남편이 가석방으로 풀릴지 모른다는데, 불안하고 싫은 감정이 들어요."

레이는 펜듈럼을 들어서 추처럼 오가게 했다. 펜듈럼을 돌리다가 급하게 멈추기도 했다. 펜듈럼은 관성으로 동그라미를 그리면서 돌았다. 김연주는 의식이 나른해졌다.

"자동차가 급정거하면 몸이 앞으로 확 쏠리죠. 이 펜듈럼도 돌리다가 멈추어도 계속 돌아가죠. 관성의 법칙은 물리 운동에만 적용되는 게 아닙니다. 사람의 마음이나 행동에도 적용되죠.

사람은 안정화되어서 습관처럼 모든 행동이 일정한 체계를 갖춰야 편합니다. 통제 범위에서 일할 때 행복하죠."

김연주는 조용히 경청했다.

"도파민이 분출되는 사람은 뭔가 새로운 돌파구를 찾아야 행복하지만, 일반적 사람은 그렇지 않습니다. 안정과 일상과 통제와 예상 가능한 걸 추구합니다. 나이가 들수록 더요. 그런데 부인은 남편 없는 생활에 적응해 일로써 자아정체성을 찾아가는 시기에 다시 남편의 등장으로 그게 흔들릴까 불안한 겁니다. 다시 미숙한 나로 돌아갈까 걱정되지요."

김연주는 눈가에 눈물이 어렸다.

"걱정 말아요. 잘 적응할 겁니다. 생활력 강한 분인데요. 부인의 자신감 있는 표정과 행동, 말에서 느껴져요. 충고하고 싶은 건 정말 본인이 원하는 게 뭔지 살피시고, 가석방 후 남편과 긍정적 방향으로 상의를 충분히 하세요."

"그렇게 하면 괜찮을까요?"

"네. 말 안 하고 억울해하고 울화가 맺히는 것보다 말하고 개선하는 게 맞죠. 분명 잘하실 겁니다. 오늘은 이만하죠. 일주일 후 같은 시간에 오세요. 혹시 불안하시면 제가 약을 지어드리려하는데 괜찮을까요?"

레이는 부드러운 시선과 청아한 목소리로 말했다. 김연주는 활짝 웃었다.

"네. 부탁드려요. 담번 시간은 제가 스케줄 보고 다시 연락드릴게요."

"알겠습니다."

그 순간 임연지가 들어와 레이에게 작게 속삭이듯 말했다.

"잠시만 기다려주십시오."

레이가 나가자마자 김연주는 안락의자 옆에 있는 서가에 꽂힌 환자 진료 차트에서 이나주, 김서진의 이름을 가나다 순서에서 각각 찾았다. 이름이 파일 바깥에 적혀 있어 찾기가 쉬웠지만, 찾는 이름은 한 명도 발견하지 못했다.

김연주는 밖에서 들어오는 기색이 나자 얼른 앉았다.

"죄송합니다, 부인. 다급하게 찾는 전화가 와서요."

레이는 하얀 가운을 매만지며 자리에 앉아 약장을 열어서 약을 꺼냈다.

"잠자는 게 불편하고 불면증에 시달리면 한 알씩 드십시오."

"수면제인가요?"

"아닙니다. 제가 미국에서 연구할 때 쓰던 약입니다. 수면 상태의 무의식에서 긍정적 생각을 불러와 잠재의식을 만들어드립니다. 그 잠재의식을 일상에서 활력으로 살릴 수 있게 하는 약으로 일반 수면제와 다르죠."

김연주는 바닥에 둔 쇼핑백에 약 봉투를 챙겨 넣었다.

"어머, 감사합니다. 활력소가 되는 약이라니. 너무 좋죠. 오늘 비용은 약값을 포함해서 어떻게 되는지요."

"임연지 양이 잘 말해드릴 겁니다."

김연주는 심리과학연구소를 나와 운전기사가 열어주는 자가용 안으로 들어갔다. 그리고 찬희가 당부한 대로 백화점과 잡화점 등을 돌고 나서야 마지막으로 상담소를 방문했다. 미행이 있을까 부탁한 일이었다.

김연주는 찬희와 라라에게 상담받은 일과 차트에서 이름을 찾아내지 못한 걸 말해주었다.

"그런데 어떻게 레이 박사를 상담실에서 끄집어낸 거죠?"

"총무가 신문사 기자를 사칭하고 전화를 걸었어요. 반드시 물어볼 게 있다고 재촉했죠. 기사 마감 시간에 맞춰야 한다고 거짓말한 거죠."

"그러셨군요. 그런데 저는 환자로 속인 거지만, 실제 고민도 말해봤거든요. 남편이 돌아오면 환경이 달라지는 게 불안하다고요. 그런데 상담 정말 잘해주시던데요."

"실력자니까요."

"다음번 일정을 잡자는데 제가 다시 전화드린댔죠. 만약 레이 박사님께 먼저 심리상담을 받았다면 홀딱 반했을지도 몰라요."

라라가 물어봤다.

"지금 증세는 어떠세요?"

"음, 괜찮아요. 일에 빠져 정신없이 돌아가니까요. 젊은 남자 직원들 보고 첨에 설렜는데, 직원들의 아내도 만나보고, 그들의 개인적 일들도 알게 되니, 설레기보다는 한 인간으로 보이더군요."

"긍정적 변화입니다. 남편분이 돌아오셔도 환경에 적응하는 데 좀 걸리겠지만, 지금의 긍정적 생활 패턴과 사고방식이면 금방 적응할 겁니다. 걱정하지 마세요."

김연주는 라라와 찬희의 손을 번갈아 붙잡고 웃었다.

"상담소를 바꾸는 일은 없을 겁니다. 다음번에 또 뵐게요."

김연주가 돌아가고 나서 찬희는 깊은 생각에 골몰했다.

"라라 박사. 피해자의 차트를 감춘 걸까?"

"우리도 아주 심각한 내용의 내담자 일지는 따로 내 서랍 속에 보관하잖아. 손 타면 큰일 나니까."

"그렇긴 하지. 것보다 피해자가 내담자로 온 게 아니라 가해자가 그러니까 범인이 상담을 받는 거라면?"

라라가 눈을 번득이는데, 전화가 걸려왔다. 김연주 사무실에서 건 전화였다.

"참, 라라 박사님. 제가 아까 상담소에 약 봉투가 든 쇼핑백을 두고 왔어요. 근처에서 일 보던 직원을 그리로 보냈어요. 꼭 챙겨주세요. 레이 박사가 활력을 되찾는 약이라고 해서 기대하고 있거든요."

"네?"

라라는 김연주의 말을 자세히 듣고, 당부했다.

"사모님, 제 부탁 들어주세요. 이 약 제가 성분을 분석해볼 테니 연구소에서 물어보면 일단 복용 중이라 말씀해주세요. 아셨죠? 제가 확인해보고 돌려드리겠습니다."

라라는 직원이 방문하자, 쇼핑백은 돌려보냈다. 그리고 쇼핑백에서 꺼낸 봉투를 열어 알약을 꺼냈다.

"이 약들의 성분을 분석하려면 의학부에 가져가 연구실에 부탁하면 돼."

찬희와 라라는 시선을 맞추고 심각한 얼굴을 했다.

그날 저녁 찬희와 라라, 선영은 경성 시민 사진관으로 다시 탐문하러 갔다. 하지만 문전박대를 당하고 길거리로 나섰다. 공유 하우스로 가는 길에 야쿠자로 보이는 불량배들이 둘러싸고 여자에게 주먹을 들이대는 광경을 목격했다.

"살, 살려주세요."

가느다란 목소리에 불량배들은 원을 둥글게 좁혀가면서 야유를 했다.

"웃기고 있네!"

"손 좀 봐주자! 너 같은 것들은 다시는 이 거리에 발 못 붙이게 쓴맛을 봐야 해."

찬희 일행은 그냥 지나칠 수 없었다. 길에 야경꾼이나 순사부장들이 보이지 않았다. 선영이 목소리를 냈다.

"아저씨! 그렇게 여러 명이 여자를 괴롭히면 어떻게 해요."

불량배들이 원을 터주는데, 안에 갇힌 긴 머리를 감싸쥔 여자가 쭈그리고 있다가 안타까운 시선을 잠시 찬희와 마주쳤다.

"아쭈 이것들 봐라! 야, 니들은 그냥 지나가. 상관없는 일이야."

"살, 살려주세요."

찬희가 대차게 나섰다.

"무슨 일인지 자초지종을 들어봅시다. 밤에 건장한 남자들이 여자 한 명을 두고 겁박하지 말고, 낮에 당당하게 말하도록 하란 말입니다."

"조센징 빗치(갈보) 같은 년들! 야 니들 혼 좀 나봐!"

불량배들이 욕을 하면서 다가오는데, 가운데 있던 갈색머리 여자가 달려나와 라라의 손을 붙들고 살려달란 표시를 한다. 찬희 일행과 갈색머리 여성을 둘러싸는 불량배들.

찬희가 크게 외쳤다!

"이 자식들이! 어디서 감히 한국에 와서 설쳐!"

찬희는 삼단봉을 들었다. 웃통을 벗어젖힌 문신이 가득한 덩치가 달려들자 어깨와 팔다리를 봉으로 내리쳤다. 씨잉 탁! 탁! 소리에 덩치가 무릎 꿇고 아구야야, 하며 쓰러졌다.

선영은 주머니에 있던 볼펜으로 다른 불량배의 눈을 콱 찌르고 말로 고환을 냅다 찼다.

라라는 머플러를 풀어서 두 손으로 붙잡아 얍삽하게 생긴 불량배의 목에 걸고 그대로 뒤로 돌아 꽉 졸랐다.

찬희는 삼단봉으로 불량배들의 머리통, 어깨, 허리를 있는 힘껏 내리쳤다. 갈색머리 여자도 그들을 따라 하이힐을 벗어들고 남자들의 눈을 갈기고 코와 입술을 찍었다. 아아아악!

찬희가 외쳤다.

"어서 튀어!"

아수라장이 된 틈을 타서 공유 하우스 방향으로 뛰어갔다. 전속력으로 달리는 찬희, 라라, 선영과 갈색머리 여자!

하우스로 들어와서 뒤를 살폈는데, 따라오는 녀석들이 없다. 안심하고 집으로 들어서서 상담소에서 학학댔다.

"헉헉. 죽을 뻔했어……. 괜, 괜찮아요?"

"전, 괜찮아요."

갈색머리 여성이 고개를 들어 인사하는데 찬희가 놀랐다.

"어?"

"아, 저 사실 복장도착자예요. 이름은 마선진이어요. 가명이죠."

"네?"

라라가 대신 답했다.

"그 길거리에 트랜스베스타잇(transvestite)들이 많이 서 있던 걸 봤어요. 당신들 아지트인가요?"

"네에? 알고 있어요? 맞아요. 골목에 있는 카페에서 밤에 종종 모여요. 사장도 성향이 그렇고요. 후후, 의학용어로는 트랜스베스타잇이지만, 간단하게 우리끼리 트랜스우먼이라고 하죠."

선영이 놀라서 물었다.

"그럼 동성연애자인가요?"

"그렇게 단순하지 않아요. 저처럼 복장만 바꿔입는 사람도 있고, 동성연애자도 있고, 진짜 성별 바꾸려고 성전환 수술을 알아보는 애들도 있어요. 덴마크 사람이 그 수술을 최초로 받았다는데 경성에서는 꿈도 못 꾸지만요."

찬희는 해외 잡지에서 그런 수술이 유럽에서 있었다는 기사를 읽었다. 라라가 말을 이었다.

"미국에서도 트랜스베스타잇 분들은 제법 있지만 차별은 엄청나요."

"말도 마요. 아까 그 불량배들도 거리에서 우리가 이야기 나누는 꼴도 못 봐요. 엄청나게 노려보고 화내고 윽박지르죠. 남자새끼가 할 짓이 없어 여자 흉내나 내느냐고 고함쳐요. 오늘은 나 혼자 길 가려다 독박 쓴 거죠. 만만하게 보고서요.

우리가 골목 안의 소극장에서 연극을 정기적으로 공연해요. 전부 다 저 같은 사람이 배우인데, 훼방 놓고 난리도 아니에요. 불량배들이 유곽을 관리하는 포주나 기둥서방들인데, 괜히 시비 거는 거죠. 손님들이 밥맛 떨어져 도망간다면서요."

"오늘 일은 어떡하다 벌어진 거죠?"

찬희가 물었다.

"연습 마치고 가려는데, 가발 벗기고 욕보이려 해서, 제가 '머리채 살인마야!' 소리 지르니 둘러쌌어요. 어찌나 무섭던지요. 고마워요. 근데 여기는 뭐하는 곳이죠?"

마선진이 간판과 명패를 읽었다.

"부녀자 고민상담소? 라라 박사? 여기 저 같은 사람도 올 수 있어요?"

"물론요. 비용은 일정하게 지불하셔야 되죠."

선영이 똑 부러지게 말했다.

"에휴, 제 고민만 해결된다면야 돈이 문제겠어요. 이렇게 여자 옷을 입고라도 동료들과 연극 연습을 하거나, 나다니지 않으면 미치겠어요. 낮에는 직업이 있답니다. 안 믿으시겠지만, 자동차 정비공이에요."

마선진은 검은색 스타킹에 레이스 원피스 위에 긴 가발 그리고 버킷 해트를 써서 영락없이 신여성으로 보였다. 키가 크고 어깨가 넓지만 그래도 다리가 가늘고 라인이 부드러웠다.

"제가 오늘 목숨 살려주신 거 언제 꼭 갚을게요. 우리가 의리하면 한 의리 하거든요. 하두 사회의 시선에 고생 많이 해서요."

마선진은 그렇게 말을 남기고 돌아갔다.

다음 날 저녁 내담자들이 돌아가고 나서, 갑자기 상담소를 어깨와 등에 이레즈미 문신을 하고 유카타를 허리까지 벗어젖힌 남성들이 들이닥쳤다. 그들은 어제 마선진을 윽박지르고 폭력을 가하려던 패들이었다.

"아니. 이게 대체 무슨 짓이죠?"

마침 찬희는 화장실을 갔고, 그들은 라라와 선영을 상담소 장가로 몰아세웠다. 라라는 권총을 넣어둔 서랍으로 다가가지 못했다. 불량배들은 빙그르르 감싸며 포위했다.

"저년들에게 쓴맛을 보여주자! 계집년들이 설치면 어떻게 되는지 알려주자구!"

팔목에 문신을 한 사내가 라라를 잡아채 넘어뜨리려는데, 찬희가 뒤에서 나타나 삼단봉으로 남자의 팔목과 허벅지를 씨잉! 소리가 나게 거세게 내리쳤다.

"다들 꺼져!"

그러나 찬희마저 그들에 둘러싸였다.

그들은 집기를 부시고 난장판으로 만들고 일본도를 들어 해골 모형을 부수었다. 선영이 공포에 질려 타자기를 들고 맞서고 찬희는 삼단봉으로 다가오는 사람들에게 위해를 가했다.

그 순간 갑자기 탕! 총성이 거세게 들렸다. 야쿠자들이 뒤를 돌아보았다.

재연이었다. 재연은 몸에 방검복을 입고 윈체스터 장총을 들고 외쳤다.

"다들 비켜! 뒤로 물러나!"

불량배들이 설마 하는 표정으로 재연에게 덤벼드는데, 탕! 총성이 났다. 한 남자가 다리에 맞고 주저앉아 비명을 질렀다.

"으아아아악!"

"다음 샷은 네놈들 고환이다! 뒈지고 싶지 않으면 꺼져!"

재연이 무섭게 눈을 부리부리 뜨고 아울렀다. 재연의 뒤로 영운도 나타나 브라우닝 권총을 들고 총성을 울렸다.

탕!

그들이 슬슬 뒤로 물러나더니 재연과 영운, 찬희가 모는 대로 계단으로 허겁지겁 내려가 도망쳤다. 재연은 공유 하우스 철 대문과 현관문을 걸어 잠갔다. 엄호 방폐물을 가득 그 앞에 쌓아 놓았다. 라라와 찬희, 영운은 사태를 의논했다.

"저놈들을 보낸 사람들은 대체 누구야! 설마 어제 마선진 씨 일로 이렇게 보복하러 온 거야?"

찬희가 라라에게 물었다. 라라가 고심하는데 영운이 대신 답했다.

"레이 박사겠죠. 저 사람들 유곽 거리 양아치들인데 돈만 주면 뭐든 다 하는 사람들입니다. 겁을 줘 상담소 문을 닫게 만드는 게 목적이겠죠."

"라라 박사, 영운 씨 말이 사실이야?"

라라는 고개를 끄덕였다.

"아마도 나를 시시각각으로 미행할 확률이 높아. 마선진과 이곳에 오는 걸 보고, 불량배들에게 돈을 주고 윽박지르라 했을지도 몰라."

"대체 왜 그러는 거야?"

"우리가 레이 박사와 연쇄살인 사건을 캐니까. 한편으로 내가 여기 문을 닫으면, 자신과 같이 연구를 하러 올 거라 생각하니까."

라라가 싸늘한 표정으로 답했다. 라라는 영운을 직시하고 돌직구를 던졌다.

"당신, 그 총은 뭐고 어떻게 그 사실을 간파한 거죠? 속속들이 그리 아냐구요. 당신들 일반적인 모자지간 아니죠? 정체가 뭐죠? 장총에 브라우닝 권총까지. 일반 사람들이 지니기 좋은 물건들은 아니죠. 구하기도 힘들고요."

"모자 맞아요. 독일서 살다 온 것도 맞지만……."

문이 잠긴 걸 확인하고 돌아온 재연의 말에, 영운은 고개를 끄덕였다.

"제가 마저 얘기할게요, 어머니. 난 독일서 학교를 나오고 미국으로 건너가 대학을 나와 일정 교육을 수료하고 미국연방수사국에서 일해왔어요."

"FBI 말하는 거예요?"

나라의 말에 영운이 고개를 끄덕였다.

"주 경계를 넘나들면서 범죄를 저지르는 자들을 뒤쫓다 일본계 이자와 레이 박사가 여러 건의 각종 사건에 연루된 첩보를 캐서 그를 뒤쫓아 경성에 들어온 거죠. 하숙집은 당신들 들어오기 전부터 원래 어머니가 열고 계셨던 겁니다. 제가 하는 일이 위험하니 총기류를 구비해놨구요."

재연이 껄껄 웃으면서 마저 답했다.

"독일에서 이웃이 사격선수라 사격을 좀 배워봤어요."

찬희가 영운에게 진지하게 물었다.

"지금 한 말로 보면, 레이 박사는 진짜 머리채 살인마라는 건가요?"

찬희의 말에 영운이 고개를 저었다.

"증거가 없어요, 구체적으로. 도와줘요."

찬희는 그간 캐낸 증거들을 말했다. 영운은 고개를 갸웃하면서 입을 열었다.

"사진관의 공통점이 증거가 될 수 있을까요?"

"아직은요. 하지만 만약에 김서진이 다음날이 아니라, 사건 당일 집으로 가다 불 켜진 사진관을 발견해서 들어갔는데 일을 당했다면요?"

찬희의 말에 영운이 고개를 끄덕이면서 입을 열었다.

"미국은 연쇄적으로 살인하는 사람들이 꾸준히 있었어요.

FBI도 관련 담당 연구부서를 신설할 예정입니다. 연쇄살인 케이스마다 심리나 상황에 따라 피해자 선정이나, 살해 방식이 미묘하게 달라지기도 합니다. 하지만 범죄 수법의 큰 흐름은 동일하죠. 이 사건들도 모두 수요일 평일 밤에 발생했어요. 피해자들은 젊은 여성. 두 명은 같은 사진관에서 사진을 찍었거나, 찍을 예정이었고요."

찬희가 소리를 질렀다.

"참! 화장품 회사가 향수 사용 전후 사진을 찍어서 이렇게 예뻐진다고 광고하는 걸 본 적 있어요!"

신문에서 '향긋한 신감각, 향긋한 근대 감각, 세련된 냄새가 당신을 미인으로 변모시켜드립니다~'라는 카피 광고를 본 적 있다. 꾀죄죄한 외모의 여성이 아름다운 신여성으로 변한 두 장의 사진이었다. 재미있는 광고라 여겼다.

그때 찬희가 대상자들을 미행하느라 변장 간파법을 고안하던 때인데, 확대경을 들고 신문 사진을 보니 여성들은 코나 입술 길이, 눈의 크기, 눈썹의 모양 차이, 얼굴형 차이로 분명히 다른 사람이었다. 그런데 광고는 다른 여성들을 향수 사용으로 달라진 얼굴이라고 포장했다.

영운이 말했다.

"무슨 뜻이죠?"

"수술 전후로 사진을 남겼는지, 그 병원에 가서 물어봐야 해요! 향수도 사용 전후로 사진을 찍는 광고를 하는데 하물며 성형술은 더 하죠. 혹시 수술 전 사진을 남겨두었는지, 그리고 그 사진은 누가 찍었는지 알아봐야 해요!"

다음날, 라라는 의학부로 일을 보러 나갔고, 찬희는 영운의 차에 올라탔다. 그들은 종로로 나가 경성 미인 의원 문을 열고 들어갔다. 마침 원장이 프런트로 나와 간호사와 진료 차트를 살펴보고 있었다.

"아니? 왜 또 오셨어요?"

원장이 박대하자, 찬희는 영운을 가리키면서 살인사건을 담당하는 형사라 했다. 영운이 대뜸 질문했다.

"민서영 씨 수술 전에 이 병원에 사진사가 와서 출장 사진 찍은 적 있죠?"

원장이 놀란 얼굴을 했다.

"어, 어떻게 아셨죠?"

"그 사람 누구죠?"

"경성 시민 사진관에서 출장을 나와서 이름은 몰라요. 그냥 수술 전에 환자들 사진만 찍고, 나중에 수술 후에 부기 빠지면 또 출장 나와서 찍어요. 그렇게 신문에 저희 병원 사진 광고를 하는 대가로 수술비를 아주 저렴하게 해드려요."

"민서영 씨도 찍었나요?"

원장이 머뭇거리다 답했다.

"그게, 얼굴 알려지면 안 된다고 했는데, 찍고 나서 나중에 광고에 안 쓴다고는 했죠. 그게 저, 실제 수술한 날 죽어서 쓸 수도 없죠."

찬희와 영운은 사진을 찍은 환자 명단을 확보한 후에 경성 시민 사진관으로 급하게 갔다.

그때 찬희와 라라를 맞이했던 직원이 알아보고 다가왔다.

"그만 찾아와달라고 했잖아요?"

직원이 난색을 표하자, 찬희는 영운이 수사관임을 밝혔다. 그리고 경성 미인 의원에 출장나간 사진사를 알려달라고 했다. 직원은 입매를 굳게 했다 답했다.

"우리 전속 직원은 아니고, 종종 와서 견습으로 촬영하는 분인데, 지금은 안 오세요."

"정말 중요한 일입니다. 이름과 연락처를 얻을 수 있을까요? 그분이 혹시 왜 수요일에 오다 안 온다던 그 사람입니까?"

"아, 네. 맞아요."

"그 사람은 낮에 어디 근무합니까?"

직원은 메모지에 이름과 번호를 적어주었다.

"낮에는 무슨 일 하는지 모르겠어요. 제가 일 있을 때는 그분 혼자 밤 10시까지 사진관에서 손님 맞다 가셨죠."

"사진관에 그분이 혼자 있을 때도 많나요?"

직원이 걱정이 어린 눈빛으로 말했다.

"사장님께는 비밀인데 제가 일이 있어 먼저 가고 그분이 혼자 손님도 받고, 인화 연습도 하고 그랬어요. 일단 여기로 전화하세요. 정말 더 알려드릴 게 없어요."

종이에는 정민홍, 그리고 전화번호가 적혀 있었다.

찬희는 즉시 나가서 카페에서 전화를 빌려 걸어보았다. 교환원이 전화를 받았다. 찬희는 번호를 불러주고 어디인지 확인해 달라고 했다.

"회선을 확인해보니, 신방죽 교회입니다. 신방죽 교회로 연결해드릴까요?"

전화 교환원이 그렇게 말했다. 찬희는 놀랐다. 번호는 교회 행정실 전화번호였다.

기억이 났다. 그 교회는 서대문 근처에 있는 종탑이 높다랗게 올라간 교회였다. 종탑에서 나는 청아한 종소리를 지나가다 들었다.

찬희는 연결을 부탁했고 잠시 후, 교환원이 전화를 되걸어 왔다. 교회에서 아무도 안 받는다고 했다. 전화를 끊은 찬희는 고민하다 영운에게 제안했다.

"교회에 가봐요!"

신방죽 교회는 높다랗게 올라간 종탑이 있고, 뾰족한 교회 지붕이 인상적인 목조 트러스 건축 양식의 교회였다. 예배시간이 아닌지 예배당은 잠겨 있었다. 그들은 교회 안을 둘러보다가 예수 조각상 옆의 자그마한 목조 건물에 들어갔다.

삐걱거리는 계단을 올라 복도로 들어가 행정실이라 팻말이 달린 사무실로 미닫이문을 열고 들어갔다.

"누구시죠?"

"안녕하세요. 저는 김찬희라고 합니다."

찬희는 젊은 남자 직원에게 경성 시민 사진관에서 사진을 찍던 견습 사진사 정민홍을 만날 수 있는지 물어봤다.

"정민홍 씨라. 아! 종지기 집사님이요? 종탑에 계실 텐데요. 무슨 일로 오셨죠?"

"그게 저, 사진을 찍었던 일로 뭐 여쭈어볼 게 있어서요."

"정말, 사진사로 일하세요? 처음 듣는 말인데요."

행정실 직원은 종탑으로 앞장서 걸으면서 안내했다. 정원에 난 오솔길을 가로질러 등대와 같이 우뚝 선 종탑 뒤쪽으로 철문이 있었다. 문에는 자물쇠가 잠겨 있었다.

"어디 외출하신 것 같은데요?"

"언제 찾아뵐 수 있죠?"

"거의 종탑 안에 계시는데, 저도 마주친 적은 별로 없고 말씀도 없으셔서요."

찬희가 질문했다.

"종이 몇 시 몇 시에 울리죠?"

"새벽 6시, 오후 6시, 자정에 울리니까 그때는 계세요."

남자는 행정실로 돌아갔고, 찬희는 영운과 의논을 했다.

"자정에 종을 울려야 되는 직업이라면, 범행을 하기에 불가능하지 않을까요?"

"종을 울리는 시간은 1분 1초도 늦으면 안 되니까 그럴 겁니다."

찬희가 갑자기 목소리를 높였다.

"빨리 행정실로 가요!"

찬희가 돌아온 길로 교회 관사로 달리는데 영운이 외쳤다.

"무슨 일입니까?"

"물어볼 게 있어요. 빨리요."

찬희가 관사로 올라가 행정실을 갔지만, 외출했는지 아무도 없었다.

"영운 씨. 범행은 모두 수요일에 일어났어요. 수요일 종을 누가 대신 울려줄 수 있는 거라면 정민홍이라는 사람은 용의자 확률이 높아져요. 수요일에 견습 사진사도 하면서 종도 치고 범행을 할 수는 없어요."

"그렇다면 정민홍이라는 사람을 알아보겠습니다."

"우연의 일치라면 어떻게 하죠? 모든 게."

"찬희 씨, 일단 저에게 맡겨요. 대신 정민홍에게 다짜고짜 접근하지 마세요. 그러면 종적을 감추고 도망갈 겁니다."

"알겠어요."

영운은 사무실로 들어가본다고 했고, 찬희는 전차를 타고 공유 하우스로 돌아왔다.

복장도착자들의 시위

다음날, 찬희는 라라에게 영운과 캔 결과를 말했다. 그리고 신방죽 교회에 전화를 걸었다. 어제의 행정실 직원 목소리였다. 찬희는 정민홍을 못 만났다고 했고, 혹시 그분이 쉬는 날이 있는지 물었다.

"아니요. 저도 이 교회에 오래도록 봉직했지만, 종소리가 울리지 않는 날은 없어요. 그리고 정 집사님이 종을 울리는 일을 도맡아서 하세요."

찬희는 혹시 수요일에 다른 분이 울리지 않았는지, 알아봐달라고 부탁했다. 직원이 의심쩍은 목소리로 물었다.

"대체 무슨 일 때문에 그러시는 거죠?"

찬희는 망설이다, 자신의 신분을 밝히고 사정을 알아보는 중이라 했다. 전화기 너머의 남자가 긴장했다.

"알겠습니다. 목사님께 여쭈어볼게요."

찬희와 라라는 방문한 내담자를 상담하면서 교회 전화를 기다렸지만 끝내 오지 않았다. 게다가 행정실에 전화를 해도, 교환원이 받지 않는다고 답했다. 결국 연락을 받지 못했다.

"이제 어쩐다. 찬희 탐정, 이럴 경우 어떻게 했어?"

"방법은 없어. 정민홍을 찾아가 의심이 풀릴 때까지 만나는 수밖에. 그나저나 영운 씨는 절대로 접촉하지 말랬는데. 이미 일을 벌였어."

라라가 강직하게 답했다.

"방법 있어? 부딪쳐 보자!"

찬희는 굳게 고개를 끄덕였다.

다음날 오후 찬희는 다시 교회 행정실에 전화를 걸었다. 그때의 직원이 전화를 받았고 찬희가 사정하자, 그는 마지못해 입을 열었다.

"목사님은 절대로 외부에 이런 일들을 답하지 말라셨는데, 제가 걱정되어서 알아봤거든요……."

찬희는 남자가 뜸을 들이자 초조했다.

"네, 말씀하세요."

"수요일에 대신 종을 치신 신자분이 계셨어요. 박 권사님이

신데, 종을 치는 건 굉장한 은혜를 입는 거라면서 그동안도 몇 번 하고 싶댔는데, 제가 김찬희 님 다녀간 이후로 은근슬쩍 물어보니 그런 적이 있댔어요."

"그분 어디서 만날 수 있을까요? 직접 여쭤볼게요."

직원은 찬희의 간곡한 부탁에 남자와 통화를 해본다고 했다.

잠시 후, 직원은 박 권사가 다니는 회사가 종로 3정목에 있고 시간이 저녁 8시부터 잠깐 나니까, 엔젤 카페에 있으면 잠깐은 가능하다고 했다. 찬희와 라라는 종로의 엔젤 카페로 가서 박 권사를 기다렸다.

8시가 한참 지나도 남자는 오지 않았는데 9시 정도 되자, 중절모를 쓴 남자가 주변을 둘러보다 조심스레 다가왔다.

"저기, 저는 신방죽 교회 박건석 신자입니다. 여자분이 저를 찾는다고 해서요."

마침 카페에는 다른 테이블에 남자들밖에 없었다. 라라와 찬희는 남자에게 사정을 말하고 수요일 날 종 치는 일을 대신 한 적이 있는지 물었다. 박건석이 망설이다가 답했다.

"아니 그게 저 종 치는 건 굉장히 축복받는 일이잖습니까? 그래서 제가 수요일 저녁하고 자정 종만 치겠다고 부탁했죠. 그런데, 사람들이 종 치는 소리가 다르다고 그런 말들이 오가서 찜찜해 한동안 하다가 관뒀습니다."

"그렇다면 언제부터 그러셨던 거죠?"

"2월부터 5월까지 수요일에 간헐적으로 부탁받은 날에 대기하고 있다 대신 종을 쳤죠."

"그때 정민홍 씨는 자리를 지켰나요?"

남자가 고개를 저었다.

"아니오. 집사님은 저 혼자 해보라고 자리를 비웠어요. 저는 종탑에서 시간에 맞춰 종을 치고, 기도를 올리고 묵상하고 그랬습니다."

라라와 찬희가 마주 보고 심각한 표정을 지었다. 카페 유리창 밖으로 시끄러운 소리와 함께 시위대와 경찰이 대치하는 소동이 벌어졌다. 손님들이 술렁거렸다.

"저, 이만 돌아가봐도 될까요? 일하러 회사에 들어가야 합니다."

박건석은 테이블 위에 놓은 중절모를 들고 밖으로 나갔다.

"라라 박사. 어서 돌아가자. 소란스러워지는데?"

그들은 카페로 나갔다. 빗방울이 조금씩 떨어지기 시작했다.

종로 대로변은 시끄러웠다. 여장을 한 다수의 남자들이 시위를 하고 있었다. 시위대가 든 플래카드에는 '소극장의 공연을 허가하라'라고 적혀 있었다. 귀걸이를 하고, 칵테일 해트나 버킷 해트를 쓰고 긴 가발을 착용하는 등 여성 복장을 한 남성들이 거리를 활보하며 시위했다. 경찰들이 경찰봉을 들고 시위대를 가로막았다. 기마경찰이 와서 시위대를 해산시키려 했다.

그들이 나눠주는 전단을 보니, 극장 공연을 풍기문란죄로 중

지시켜서 부당함을 밝힌다고 했다. 시위대 중에는 얼굴을 가면으로 가린 사람도 있었다.

어린이들이 돌멩이를 던지고 "변태"라고 외쳤다. 여인들은 손가락질했고, 남성들은 "고자 새끼들아!"라고 버럭 고함을 쳤다. 종로 바닥이 아수라장이었다. 경찰들이 이들을 가로막고 행진 못 하게 하는데, 찬희와 라라가 손을 잡고 아수라장 사이를 지나쳐갔다. 경찰은 거세게 소리쳤다.

"시위대는 즉각 해산하라! 경고한다!"

그때 누군가 라라의 몸을 확 낚아챘다. 가면을 쓰고 두건을 쓴 자였다. 라라가 넘어지며 질질 끌려갔다. 괴한은 라라를 어디론가 납치하려고 했다. 라라는 필사적으로 버텼다. 찬희가 놀라 뒤돌아보았다.

"라라! 라라!"

가면 쓴 자가 라라를 바닥에 두고 시위대로 몸을 숨겼다.

"무슨 일이야? 라라?"

"가면 쓴 사람이 잡아당겨 넘어졌어. 날 끌고 어디론가 가려 했어."

"어서 가자. 심상치 않아. 그 사람은?"

"나도 몰라. 시위대 속으로 사라졌어."

찬희가 라라의 손을 잡아끌었다. 찬희가 앞장서서 사람을 헤치면서 갔다. 이때 가발에 여장을 한 마선진을 우연히 만났다.

"아니 라라 박사님, 찬희 탐정님!"

찬희는 마선진을 보자마자 부탁했다.

"저희 좀 도와주세요."

그들은 골목 안으로 깊숙이 들어갔다.

삼시 후, 가면을 쓴 괴한은 한참을 시위대와 경찰을 피하며 거리를 훑다가 드디어 트렌치코트를 입은 여자를 발견하고 뒤를 쫓았다. 갈색머리가 찰랑거리는 게 눈에 들어왔다. 괴한은 여자를 쫓아 골목 안으로 들어갔다.

막다른 골목, 괴한이 여자에게 달려들어 머리를 낚아채는데, 갑자기 마선진이 눈을 부라리면서 남자 목소리를 거세게 냈다.

"너 이 자식! 누구야!"

괴한은 뒤로 물러나면서 마선진의 샅을 발로 뻥차고 도망쳤다. 마선진이 신음을 내며 웅크리는 사이, 괴한은 어디론가 사라졌다. 마선진이 괴한의 관심을 끈 동안, 라라와 찬희는 빠르게 달렸다.

"라라! 어서 공유 하우스로 돌아가 있어! 내가 가면 쓴 자 정체를 알아야겠어!"

찬희는 라라를 택시에 태워 보냈다. 찬희는 시위대 속으로 사라졌다. 라라는 차창 너머로 둘러보는데, 시위대와 경찰이 뒤얽혀 복잡하고 더 이상 찬희는 보이지 않았다.

찬희는 시위대 속으로 다시 섞여 두건을 쓴 사람이 있는지 훑었다. 이때, 갑자기 뒤에서 누군가 찬희의 입을 손수건으로 억세게 막았다. 찬희는 팔꿈치로 가격하려 했지만 강한 약품 냄새에 정신이 어질어질해졌다. 찬희는 스르르 몸이 풀리고, 괴한이 찬희를 꽉 붙든다.

10여 분 후, 시위장소에서 조금 벗어난 골목에서 택시에 기절한 찬희를 태운 남자는 조용히 말했다.

"서대문의 종탑 있는 교회로 가주시오."

남자는 그 말만을 하고 입을 다물었다.

"시위대가 요란하죠? 아니, 동행분은 왜 그러십니까?"

남자는 기사의 물음에 짧게 답했다.

"무서워 정신을 잠시 놓았소."

남자는 기절한 사람의 얼굴을 닦아주는 척하면서 손수건을 갖다 댔다. 마취제의 성분이 두 시간은 지속될 것이다. 그가 어깨에 멘 가방에는 가면과 두건이 숨겨 있었다. 그들을 태운 택시는 아수라장이 된 종로를 벗어났다.

공유 하우스로 돌아온 라라는 찬희가 돌아오지 않자 걱정에 빠졌다. 라라는 마선진과 거리에서 옷을 바꿔입고 이곳으로 피신했다.

라라는 전화기를 붙잡았다. 레이 박사의 연구소에 전화를 걸었지만 받는 사람이 없었다. 초조했다. 라라가 걱정이 되어 불안하게 서성이는데, 갑자기 소년 한 명이 들어와 모자 캡에 손을 올리고 인사했다.

"길거리에서 만난 신사분이 심부름으로 이곳에 편지를 전해 달라 해서요."

소년이 나가고 라라는 편지를 열었다. 레이의 글씨였다.

'김찬희를 살리고 싶으면 아무에게도 말하지 말고, 서대문 신방죽 교회 종탑으로 와. 너와 나의 만남으로 어울리는 장소이지.'

라라는 편지를 구기면서 고뇌에 빠졌다.

가면을 쓴 남자는 종탑 꼭대기 자신의 방에서 조용히 기도를 올리고, 가면을 제단 옆에 두었다. 조금 있으면 자정의 종을 울릴 시간이다. 아버지 대부터 이어진 종지기의 운명은 그가 열다섯이 되던 해부터 지금까지 20년이 넘게 이어져 왔다.

새벽 6시, 저녁 6시, 자정에 각각 울리는 종은 5분도 채 걸리지 않는 시간이지만, 그의 몸속 뿐 아니라, 이 세상의 더러움을 정화하는 귀한 시간이다.

그는 단 한 번도 이 시간을 단 1초도 어긴 적이 없다. 교회 지하에 머무는 숙소가 있다, 지독한 한파에도 화로에 불을 때면서 종탑에 머물렀다. 간이 화장실, 먹을 것들 모든 것을 3일 단위로 청소하고 채웠다.

이곳은 교회 신자 누구도 올라오지 않는 곳이었다. 목사도 단한 번 올라오고 나서 다시 오지 않았다. 그는 제단 뒤의 벽돌 세개를 빼냈다. 그 안에 초가 켜있고, 그간 그가 희생자들을 죽이고 베어낸 여러 개의 머리채가 들어있다. 여학생의 검은 머리채는 매일 감기고 나서 말리면 다시 땋았다. 다른 희생자들은 긴머리를 잘 묶어서 빗어 두었다.

더러운 자들.

그들에게 벌을 준 것이다.

동성연애를 하는 자, 성형으로 얼굴을 치장하는 허영의 죄를범한 자, 몸을 파는 자들을 죽여 머리채를 베어내 하늘에 바친것이다.

남자는 자신의 종교는 기독교가 아니라 여겼다. 모태신앙이지만, 어머니가 어릴 적에 집을 나가셨을 때 기독교를 버렸다.

과거를 돌이켜봤다.

종탑에 살던 아버지, 그런 아버지를 원망하면서 다른 남자와함께 집을 나간 엄마. 그리고 종탑에 갇혀 평생 종을 치게 된 자신. 가정사에서 벗어나고자 그는 끊임없이 기도를 올렸다. 외부인과 단절되어 살아가면서 스스로 또 다른 하느님을 만들어 그만의 기도를 올렸다.

'니가 신이다, 너는 더러운 세상을 종소리로 단죄하여야 한

다, 너는 죄를 처단할 힘과 부르심을 받았다.'

그런 말들이 종탑에서 종일 그의 귀에 들려왔다. 남자는 식료품을 사러 갔다가 미국에서 온 박사가 무료로 고민 상담을 해준다는 벽보를 우연히 보게 됐다.

그는 레이 박사에게 찾아갔고, 더러운 인간의 죄를 처단하라는 귀에 울리는 환청 현상을 의논했다.

레이는 그에게 최면술을 걸어서 그의 무의식을 끌어올렸다.

그는 어머니에 대한 두려움이 있었다. 날카롭고 신경질적인 어머니, 정신이 흐릿하면 종지기인 아버지를 욕하던 여인. 그녀는 다른 남자와 나간 게 아니었다.

그렇게 들었지만 나중에 무의식이 일깨워져서 그는 모든 걸 기억해냈다. 어머니는 미쳐서 병원에 갇혀서 죽을 때까지 있었다는 것.

어머니는 조광증(躁狂症)이라는 병을 얻어서 미치광이가 되었다고 소곤거리며 친척들이 이야기하는 걸 할머니 댁에서 들었다. 광증이 극에 달해서 병원에서도 온 침대를 돌아다니면서 난리를 부리고, 소동을 부려서 묶어놓았다고 했다. 성령의 힘으로 잉태했다는 소리를 하고, 극에 달한 발작을 해서 약으로 재워놓는다고 했다.

그는 어머니의 죽음 이후 종탑에서 매일 종을 치면서 속죄하고 빌었다. 어머니의 병이 자신에게 물려받지 않기를 원했다. 아버지도 돌아가시기 직전에 종치기를 거르지 말고 평생 하라고 당부했다. 죄 많은 사람은 속죄를 해야 했다.

그는 어머니를 기억했다. 죽기 며칠 전 병원에 면회 가서 본 어머니는 팔, 다리가 침대에 묶여 침을 흘리면서 자고 있었다. 마지막으로 돌아서기 전에 그에게 손을 내밀어 이름을 불렀다.

"민, 민홍……아."

그녀가 내미는 손을 무시하고 종탑으로 올라가 밤새 식음을 전폐하고 자신의 신에게 기도를 올렸다. 그리고 아버지에게 종지기직을 물려받겠다고 선언했다.

레이와의 상담으로 그는 억눌려온 무의식이 일깨워졌다. 종탑에서 아무와도 교류하지 않고 종을 치던 일상에서 벗어나 점차 다시 그가 겪었던 공포와 직면했다.

여성들에 대한 성욕이 일어날 때마다 돌로 성기를 내려쳤다. 알고 있었다. 어머니의 광증은 무언가 인간의 심리적 불균형 상태에서 발현이 된다는 것을.

더럽고 두려웠다. 광증에 지배되는 인간은 인간이 아니었다.

그는 피가 나올 때까지 내려치고, 다시 기도를 올렸다. 점차 종을 제시간에 쳐야 한다는 명분으로 예배에도 참석하지 않고 그만의 오롯한 신에게 기도를 올렸다.

그는 점차 자신이 어머니가 성령으로 잉태한 사람인 것처럼 착각되었다.

여성들에 대한 혐오감과 경계심과 다르게 그들의 머릿결에는 아름다움을 느꼈다. 만지고 싶었다. 하지만 그들 몸은 더럽다. 머리카락만이 순결하다.

그는 종을 치는 중간 사이에 사진사로 일거리를 얻었다. 사진은 마음의 고요함과 쓸쓸함을 담아냈다. 모델인 상대방의 마음도 자신의 마음도 반반씩 투영되어 들어가 있었다. 종소리와 사진 작업만이 유일하게 평온을 얻는 시간이었다. 여인들의 사진을 남겨 인화하면서 사진 속의 머릿결에 손을 대 쓰다듬었다.

그러다 더러운 여인들을 알게 되었다. 동성연애를 하는 여학생, 성형외과에서 불러 수술 전 사진을 찍었던 여인, 이 여인은 레이 박사의 연구소에서 보았던 간호사였다. 그는 간호사가 자신을 알아보지 못하게 모자를 깊게 썼다. 그 여자는 의사에게 이 사진이 유출되면 안 된다고 했다. 간호사는 연구소에서 진행하던 기밀 사항을 누출해 일을 관뒀다는 얘기를 박사에게 들은 적 있었다. 그녀가 죽을죄는 넘쳤다.

그리고 몸을 파는 불결한 여자. 마지막으로 레이가 지목한 탐정을 하면서 남성 흉내를 낸다는 여자. 모두 더러운 여자들이었다. 신의 뜻에 위배되고, 사랑을 무시하고 이용하고 불결하고 수치스럽고 더러운 짐승들. 그는 힘을 키우면 남자들, 더럽고 추악한 수컷들을 죽이고자 했다.

하지만 일단 손안에 들어오는 약한 대상. 죽이고 나서 신에게 올릴 제물인 긴 머리를 빼앗았다. 그리고 머리채를 종탑 벽에 감춰두고, 매일매일 물을 길어 올려 깨끗하게 비누로 씻어 말렸다.

비누는 몰래 훔쳐온 것이었다. 도둑질은 죄이지만, 화장품 자체야말로 허영의 죄를 짓는 것이었다. 신께 올리는 제물을 관리하는 데 쓰이니 용서받을 거라 여겼다.

죽을 때 어머니처럼 비참하게 가지 않는다.

행복한 죽음, 웃으면서 가는 걸 그는 원했다. 광분이 나거나, 뒤집히는 게 아니고 평온 속에 죽음의 길을 걸어가려면 대속해야 했다.

그는 기억했다. 어머니가 입원 전에 길거리를 속옷만 입고 다니다가 흙투성이 만신창이가 돼서 들어오면, 새벽에 더러움이 덕지덕지 붙은 머리를 대야에 물을 길어다 감겨드렸다. 어렸지만 머리에 붙은 토사물과 지린내 나는 것들을 모두 떼어냈다.

어머니는 성녀로 태어나 그의 아침을 지어주셨다. 병원에서 마지막으로 보았을 때 어머니는 분명히 "민홍아, 머리를 감겨주렴" 그랬었던 것 같았다.

이 모든 기억은 상담으로 일깨워진 무의식이었다.

그는 세 번째 살인을 저지르고 레이를 찾아가는 걸 중단했다. 그가 범행을 저지른 걸 알지 못할 거라 여겼다. 절대로 자신이 여자들을 죽였단 말은 최면술을 할 때도 나오지 않았다.

하지만, 그의 눈.

모든 것을 꿰뚫는 눈과 천상에서 울리는 목소리는 죄를 속속들이 알았다. 사람들에게 더듬는 말도 그 앞에서는 자연스럽게 나왔다. 최면의 힘으로 무의식의 능력을 발휘한 것 같았다.

그는 연구소를 찾지 않았다.

그러던 어느 날 연락이 왔다. 다시 연구소를 방문해달라고 했다. 남자는 레이와 다시 상담과 최면 치료를 시작했다. 레이는 남자의 범행을 알고 있었지만, 자신은 이해한다고 했다. 그러면서 레이는 남장에 더러운 짓을 하는 여성 탐정이 자신의 강연회에 오니, 처리해달라고 했다.

그는 여기까지 기억을 떠올리고 여자를 돌아보았다. 아직도 약물에 취해 기절해있었다.

레이는 탐정이 살아있는 것을 안 후 다시 연락했다. 자신은 미국으로 갈 테니, 갈색머리 여자를 납치해달라고 했다. 납치하고 자신에게 넘기기 전에 머리카락을 베어내도 된다고 했다.

그는 라라를 납치하려다 탐정의 훼방으로 놓쳤지만, 우연히 여자 탐정과 마주쳐 마취제로 기절시켜 납치했다.

그리고 종탑으로 데리고 왔다. 지게로 지고 꼭대기까지 몰래 데리고 왔다. 예전에 이 여자의 머리카락을 베어내서 종탑의 제단 안쪽에 숨겨두었다. 그는 그 머리채를 꺼내 여인의 단발머리 끝에 대보았다. 뭔가 성스러움을 느꼈다. 인연일지 모른다는 생각에 죽이지 않고 레이에게 전갈을 보냈다.

심부름꾼 소년이 전갈을 가지고 왔다. 여자 탐정을 갈색머리 여자가 올 때까지 살려두라고 했다. 결정을 못 내렸다. 만약 레이가 이 여성은 참회해서 성스러운 여성으로 다시 태어날 거라 말한다면 살려줄 것이다. 어쩌면 영원히 할 종탑의 가족을 만난 걸지도 모른다.

그는 굳은살이 가득한 손아귀로 찬희의 부드러운 뺨과 어깨 그리고 머리, 베어두었던 머리칼을 차례로 쓰다듬었다. 희열과 신성함, 온몸에 격렬한 감동의 물결이 몰아쳤다. 아, 천상에서 느끼는 절정의 행복이 이런 걸까 싶었다.

찬희가 슬슬 깨어나려 하자, 그는 손목 발목을 노끈으로 꽁꽁 결박했다. 그리고 종의 상태를 점검하고 자명종으로 시간을 확인했다. 20분 정도 있으면 종 칠 시간이었다.

"누, 누구야……? 당신."

찬희는 정신을 차리고 그를 노려보았다.

"당신이 바로 나를 죽이려고 했던 그 사람 맞아?"

그는 찬희를 서서히 마주하고 보았다.

"당신이 이나주, 민서영, 김서진을 죽인 사람이야?"

찬희는 흥분을 누르려 했지만, 화가 치밀어 오르는 걸 참을 수 없었다. 남자는 천천히 다가왔다.

"모, 모두 죄를 지었어. 신, 신은 나에게 처단할 권리를 부여

하셨어. 세상……을 종소리로 정화하듯이 내, 내 손으로 정화하는 거야."

남자는 제단에 모아둔 머리채를 꺼내 들었다.

"이건 몸에 쌍성(雙性)을 지니고 음란한 짓을 한 이나주의 것. 그리고 이, 이건 허영에 물들어 신이 주신 얼굴을 마음대로 하는 자. 이건 몸을 팔아 세상을 음란함으로 물들이는 자의 것. 모두 나의 손에 죗값을 치르고 이 머리채를 신에게 바쳐 순결하게 정화가 되었어. 넌 탐정 흉내를 내면서 남장을 하고 다니면서……, 더, 더러운 짓을 할 상대를 찾아다니고 있었지. 머리칼을 이미 신에게 올렸으니, 오늘은 목숨값을 내, 내 놔……. 하지만, 속, 속죄하면 살, 살려주겠다……."

찬희는 어이가 없었다. 미친 자였다. 남자는 잘 벼린 칼을 들어 날을 보았다. 칼날을 찬희의 머릿결 끝에 대고 스삭 스삭 조금씩 베어냈다.

찬희는 목덜미에 소름이 끼쳐왔다. 눈을 질끈 감고 그대로 시간이 가기만을 바랐다.

"네, 네 친, 친구가 올 때까지 기다릴…… 거야. 갈, 갈색머리여, 여자를 원하는 분이 계시거든……."

남자는 그 말을 끝으로 입을 다물고 칼을 들어 쇳돌에 날을 갈았다. 남자는 잿빛 바지에 회색 셔츠 그리고 그 위에 작업복으로 보이는 점퍼를 입었다. 모자를 푹 눌러썼는데, 눈빛이 거의 보이지 않았다.

남자는 램프를 두 개 더 켜서 빛을 키웠다. 남자가 찬희를 한 번 쓱 보았다. 작고 새카만 눈동자와 시선이 마주쳤는데 오싹했다. 뭔가 눈빛이 번득이는 게 소름끼쳤다. 찬희는 고개를 돌렸다.

무기가 될만한 게 보이지 않았다. 무엇보다 손과 발만 풀리면, 재킷 안에 숨겨둔 삼단봉을 꺼내 어떻게 할 수 있을 것 같았다. 느낌으로 삼단봉은 아직 있었다.

잠시 후, 스삭, 스삭 칼을 가는 남자의 뒤로 누군가 조용히 들어서는 게 보였다. 찬희는 정신을 차리려 애쓰면서 눈을 크게 떠 노려보았다. 찬희의 눈에 누군가 조심스레 종탑 안으로 들어오는 게 보였다. 갸름한 실루엣, 라라였다. 라라는 상담할 때 입는 가운을 입고 있었다. 찬희가 고개를 저으면서 어서 피하란 말을 했지만, 라라는 천천히 다가와 안정된 목소리로 상담할 때와 같은 어조로 입을 열었다.

"정민홍 씨."

그가 뒤를 돌아보고 벌떡 일어나, 우워워어, 짐승 같은 목소리를 내면서 칼을 공중으로 번쩍 치켜들었다. 램프 불빛에, 칼날이 번득이는 게 순간 보였다. 찬희는 소름이 끼쳤다.

"라라! 어서 피해!"

라라가 찬희를 조용히 하라 하고, 물긷는 양동이에 달린 줄을 가리키면서 말했다.

"저를 결박하고 이야기하셔도 좋아요. 부탁입니다. 만약 제가 해를 끼친다면 저의 목숨과 이 머리카락을 드릴게요."

라라는 스카프를 풀자, 긴 갈색머리가 밑으로 찰랑거리며 내려왔다. 남자가 잠시 망설였다.

라라는 작은 나무의자를 두 개 놓고 하나에 앉았다. 남자는 머뭇거렸다. 이 종탑 안에 여성들이 들어온 거는 오늘이 처음이었다. 당황하고, 하던 짓을 들켰다는 데 분노가 일었다.

그가 다가와 칼날을 라라의 목에 슥 갖다 대자, 찬희는 눈을 감았다. 라라는 차분히 아무 일도 없다는 듯 말했다.

"죽음은 안 두려워요. 저는 이미 미국에서 죽었던 사람이고, 저를 살려준 사람은 이자와 레이였죠."

남자가 멈칫했다.

"외국에서 차별을 겪고, 학교도 관두고, 집 안에 틀어박혀 외부와 교류 없이 사회적으로 죽었고, 언제 내가 내 손으로 목숨을 끊어도 이상하지 않은 시간이었어요."

남자가 라라의 담담하고 조곤조곤한 목소리에 귀를 기울였다.

"그런데 레이가 나에게 다가왔죠. 처음엔 방에 못 들어오게 했어요. 어머니를 원망하고 이렇게 살다 죽을 테니 내버려두라고 했죠, 하지만 그는 헬렌 켈러 여사의 강연 원고와 책들을 내 방으로 밀어넣었어요. 난 쳐다도 안 봤지만, 궁금했죠. 그 방에서는 유일하게 책들이 친구였으니까요."

그는 점차 의자에 앉아 두 손을 다소곳이 모으고 경청했다.

"헬렌 켈러 여사는 보이지도 듣지도 못하고 저와 같은 외부와 단절된 삶을 살았지만, 설리번 선생님을 통해 공부를 시작했어요. 5개 국어를 배우고, 수많은 점자책을 읽고, 대학을 가고, 전 세계를 돌면서 강연을 해서 저같이 억압되고 고립된 사람에게 용기를 주었어요. 저는 레이가 헬렌 켈러 강연회에 같이 가자고 설득해서 처음으로 대인기피 장애를 딛고 강연회에 가서 큰 감동을 받았답니다. 그렇게, 밖으로 나갈 수 있었어요."

라라는 잠시 말을 멈추고 그를 살폈다.

"레이는 저의 은인이고 저를 상담가로 키운 스승이지만, 여러 검증 안 된 실험으로 내담자들을 위험에 빠트려 죽음에 이르게 했어요. 그래서 그를 떠났죠. 만약에 정민홍 씨가 레이에게 치료를 받다가 다른 사람을 해치는 행동을 하게 되었다면 그건 레이 박사의 치료법 때문일지 모릅니다. 저와 같이 이 탑을 나가서 제대로 치료를 해봐요. 도움을 드릴게요."

라라는 아주 천천히 말을 하면서 진심으로 표정에 힘을 주어 설득했다. 남자는 무슨 생각을 하는지 모르게 얼빠진 얼굴을 하고 손으로 머리를 감싸면서 웅얼거렸다.

찬희는 놓치지 않았다. 칼이 바닥에 놓여 있었다. 라라는 남자에게 서서히 다가가 그의 등을 토닥였다. 그가 움찔하면서 상체를 흔드는데 라라는 틈을 타서 발로 칼을 슬쩍 찬희 쪽으로

밀었다. 찬희가 오른손으로 칼을 간신히 잡고 노끈에 갖다 댔다.

"우워…… 우워……. 여, 여자들이 죄를 저지르면…… 죄, 죗값을 치러……."

"그렇지 않아요. 지금 우리처럼 대화로 죄를 용서받고 뉘우쳐요. 다른 사람의 목숨을 앗아가는 건 성직자도 왕도 함부로 할 수 없어요."

라라가 사정하면서 애원하다 단호한 얼굴로 바뀌었다.

"우리와 같이 여길 나가 치료를 받아요. 제가 도울게요, 예전에 레이가 저를 도왔던 것처럼요."

그가 곤혹스러워하는데, 뒤에서 레이의 낭랑한 목소리가 들렸다.

"라라. 나에게 배운 대로 잘하는데?"

남자가 멈칫하고, 찬희는 어느새 포박을 풀었다. 라라는 가운 주머니에서 무언가를 뺐다.

"다가오지 마."

라라는 주머니에서 뺀 권총을 레이에게 겨눴다. 언젠가 김연주를 호위하기 위해 꺼내든 총이었다.

"라라, 나와 함께 미국으로 가자. 나의 연구를 도와줘. 이제 막바지야."

찬희는 라라의 얼굴에 처음으로 공포가 떠오르는 걸 보고 놀랐다. 어떤 상황에서도 침착했던 그녀의 얼굴에 무서움이 일었다.

"다가오지 말라니까!"

레이는 손으로 차분하게 안정시키면서, 침착한 말로 사근사근하게 말을 했다.

"이 약을 개발하고 양산할 수 있다면 정신과 치료는 혁신을 일으킬 거야. 라라, 무얼 두려워하는 거지? 나와 함께 새로운 신경증 치료의 길을 걷자니까. 상담가는 평생 환자들을 뒤쫓아 다니면서 교정해줄 수 없어. 전기치료나 뇌수술은 심각한 기억상실 장애를 초래해. 우리는 수많은 실험 데이터와 임상과 심리 실험으로 인류의 신경증을 획기적으로 치료할 수 있는 약을 개발하는 거야. 프로이트는 무의식 탐구만 했지만, 우리는 치유와 행동교정을 알약 한 알을 먹음으로써 가능하게 하는 거야. 자, 내 손을 잡아."

라라는 레이의 손을 탁 치웠다.

"내가 이 종탑에서 떨어져 죽는 한이 있어도 니 손은 안 잡아."

"아직도 너의 신경증을 전기치료로 치료한 게 원한이 맺힌 거니?"

라라는 시선을 돌렸다.

"그런 위험한 치료를 허락하지 말았어야 했어. 하지만 그 방법밖에 없었어."

라라는 입술을 깨물고 어린 소녀의 얼굴로 돌아가 있었다.

"그 치료 덕에 네가 학교에 등록하고 지금 상담가로서의 길을 걸고 있잖아. 너의 도움으로 수많은 내담자가 용기를 얻고 일상으로 돌아갈 수 있잖아."

라라는 눈에 눈물이 어렸다.

"제, 제발 날 놓아줘……. 난 너의 실험 대상이자 성과물에 불과했어……."

"이제는 달라. 나와 함께 미국에서 연구를 하자. 약물로 무의식을 하이퍼 상태로 최대한 올려서 의식 세계를 조정할 수 있다구."

라라는 눈물을 훔치고 냉담하게 뱉었다.

"결과를 봐. 살인마를 만들어냈어."

레이는 고개를 저었다.

"내 잘못이 아니야. 이 자는 내 실험적 치료가 아니더라도 언젠가 저지를 자야."

라라는 차갑게 단언했다.

"그 논리로 당신이 파괴한 사람은 많아. 그들은 시일이 흘러 자연적으로 증세가 약해졌을지 몰라. 당신이 그렇게 스위치를 눌러 빗장 풀린 것처럼 행동할 필요는 없었어. 자살자만 몇 명이고, 살인자만 몇 명이지? 당신은 인간의 한계를 넘어 남을 파괴하는 가학성 인격장애를 가진 자야. 자신을 돌아봐. 당신부터 고쳐."

레이는 쓸쓸하게 웃으면서 라라의 목을 조르려 했다.

이때 남사가 우워 소리를 내지르면서 레이를 주먹으로 넘어뜨렸다. 그는 라라를 감싸 뒤로 물러나게 했다. 레이가 남자에게 미소지으면서 진정시켰다.

"정민홍 씨. 내 말을 들어요. 이 종탑 안에 갇힌 당신에게 사명감을 주고 어릴 적 입은 아픔을 심리치료 해준 사람은 이 뜨내기 가짜 박사가 아니라 저 레이입니다. 저를 믿어요. 당신은 어머니처럼 비참하게 죽지 않을 겁니다. 신의 은총을 입은 사람입니다."

그 순간 찬희가 슬그머니 어둠에서 몸을 내밀면서 삼단봉을 꺼내 레이에게 달려들어 얼굴, 어깨, 허리를 내리쳤다. 레이가 단말마의 비명과 함께 무너지자, 남자는 갑자기 흥분하면서 찬희에게 덤벼들었다.

"우워어어어어!"

라라가 총을 쐈다.

탕!

총알이 그의 다리에 맞았다. 그럼에도 남자가 달려드는데 찬희가 그대로 그를 떠밀었다. 남자는 발을 헛디뎌 창문가에 몸이 걸쳤다. 그는 뒤로 넘어지려다 손으로 간신히 창문틀을 잡고 매달렸다.

"우워어엇!"

레이는 서서히 뒤로 물러나 어둠 속으로 사라졌다. 찬희와 라라가 남자의 상체를 붙잡았다. 남자는 굳은살이 가득한 손바닥으로 꽉 붙들고 버텼다.

하지만 점차 남자는 손힘이 풀리면서 탑 저 까마득한 아래로 떨어지려 했다. 남자가 기우뚱하면서 떨어지려는 찰나, 찬희가 그의 소매와 옷깃을 필사적으로 당기면서 외쳤다.

"손, 손 줘요! 어서요."

그가 손을 뻗었다. 찬희는 옷깃마저 놓쳤다. 이번에 그는 아슬아슬하게 종탑의 창문을 붙들고 대롱대롱 매달려 있었다.

"내 손 붙잡아요!"

찬희가 오른손을 내밀었다. 남자는 고개를 저었다.

"잡으라니까."

남자는 아래를 내려다보다 종을 올려다보았다.

"우워어어……. 종, 종을 자정에 쳐야 해. 나, 나 대신 울려 줘……."

"이 바보 같은 남자야! 죽고 없는데 종소리가 무슨 상관이야! 어서 잡아! 잡으라니까!"

남자가 체념한 듯 두 손을 놓고 저 아래 까마득한 어둠 속으로 떨어지려는 찰나, 라라가 남자의 오른손을 붙들어 팔뚝을 잡아당겼다.

"라라! 어서 줄을! 내가 버텨볼게!"

찬희는 두 손으로 남자의 두 팔뚝을 잡아 버텼다.

"으아아아아!"

라라는 양동이에 묶인 밧줄을 들고 창가로 다가들었다.

"찬희야! 그 손을 묶어."

라라와 찬희는 각각 남자의 양손에 밧줄을 꽁꽁 묶어서 끌어당겼다. 남자가 가까스로 종탑에 올라와 상반신을 창가에 걸치자, 찬희는 남자를 마저 끌어당겨서 바닥에 눕히고, 얼른 밧줄로 손과 발을 포박했다.

"레이 박사는?"

라라가 고개를 저었다.

그는 홀연히 사라졌다. 이때 종탑 나선계단에서 투다닥, 소리가 요란하면서 남자들이 여럿 올라왔다. 이쪽이야, 조심해! 하는 소리도 덩달아 들렸다.

"찬희 씨! 라라 박사!"

영운이었다. 그는 손에 권총을 들고 엄호하면서 다가왔다. 뒤로 오상래를 비롯한 중절모에 트렌치코트를 입은 사내들이 보였다.

"다 우리 편입니다! 안심해요. 이 남자가 범인입니까?"

"네."

찬희의 말에 영운과 오상래는 남자를 포박했다.

"레이 박사 내려가는 것 못 봤어요?"

라라가 다급하게 물었지만, 영운은 고개를 저었다.

"내려오는 사람은 없었습니다."

레이가 그렇게 사라지고, 영운과 요원들은 남자를 포박해 계단을 내려갔다.

영운 일행은 교회 관사로 가서 목사 부부를 깨워 종탑의 위치를 파악해 올라왔고, 종지기의 이름은 정민홍이라고 했다. 영운이 알아본 바에 의하면, 레이의 심리과학연구소에 다니던 내담자라고 했다.

찬희가 실종되고, 라라가 영운에게 알렸고 라라는 먼저 종탑으로 달려왔다. 영운은 요원을 모으고 정민홍에 관한 첩보를 다급하게 알아본 후에 달려왔다. 요원들이 출동하기 위해 본부 명령을 기다리느라 늦은 것이다.

"라라, 괜찮아?"

라라는 찬희에게 다가오자마자, 쓰러질 듯이 다리가 휘청거렸다. 찬희는 라라를 안아주었다. 요원들이 철수하고, 라라와 찬희는 손을 꼭 잡고 종탑 계단을 천천히 내려왔다.

찬희는 레이가 숨어있을까 싶어 뒤를 몇 번이고 봤지만, 인기척은 없었다. 종탑을 비추는 달만이 고요했다.

오늘은 종소리가 울리지 않았다. 찬희는 종을 한 번 올려다보고 영운이 안내하는 관용차량에 라라와 올랐다.

영운은 며칠간 공유 하우스에 들어오지 않았다. 찬희와 라라는 마음을 다잡고 휴식을 취한 후에 선영에게 일어났던 사건을 말해주면서 당분간 상담소 예약을 드문드문 잡아달라고 했다.

그로부터 일주일이 지났다.

상담소 문을 정상적으로 열고 퇴근을 하는데, 찬희의 방 앞에 영운이 서 있었다.

"찬희 씨, 라라 박사님도 계시면 상담소에서 사건의 자초지종을 밝히고 싶습니다."

찬희는 결연한 얼굴로 영운과 함께 상담소로 돌아갔다. 마침 선영이 타이핑한 일지를 라라와 정리 중이었다. 라라가 커피를 내려 영운에게 권했다.

영운이 내담자의 자리에, 찬희는 객관적 자리에 선영은 타이핑을 라라는 상담하는 자세로 앉아 이야기를 시작했다.

"저희 요원은 그간 청계천에 무사도 가게를 일일이 재탐문했는데, 칼을 사간 사람 중에 레이 박사 같은 차림새는 없었어요. 하수인을 써서 사갔을 수도 있다고 추측을 했습니다. 그러는 한편 찬희 씨의 도움으로 정민홍이라는 새로운 용의자를 알게 되고 뒤쫓았습니다. 의심스러운 점이 있어서 차근차근 정민홍을 재판정에 세울 증거를 찾고 있었습니다. 청계천에 정민홍의 사진을 들고 가 칼을 샀다는 증언도 얻어냈구요.

그리고 종을 대신 쳐준 교회 신자도 찾아냈고, 여러 사건 정황을 찾아냈어요. 지금은 입을 다물고 있지만, 최종적으로 정민홍의 자백을 받아낼 참입니다. 범행 도구도 종탑에서 발견했구요."

라라가 고개를 끄덕였다.

"찬희 네가 납치되고 종탑에 가기 전에 영운 씨에게 내가 메모를 남기고 왔어."

찬희는 안도하는 얼굴로 라라와 시선을 마주쳤다.

"천만다행이었죠. 조금만 늦었어도 찬희 씨와 박사님이 위험했을 겁니다."

"당신들 언제부터 레이 박사를 쫓고, 레이 박사는 정확하게 무슨 범행을 저지른 겁니까?"

찬희가 다부지게 물었다. 영운이 침묵하다 입을 열었다.

"미국에서 레이 박사가 모종의 실험을 진행했어요. 사람들을 돈을 주고 임상 실험을 진행했는데, 맥각 등에서 채취한 기분을 상승시키는 약을 제조해 사람의 행동력을 관찰했죠. 일부 환자는 신경증이 나아졌습니다. 일부는 약에 중독되고, 행동이 과격해졌죠. 우리 조사로는 심각한 환각 증세에 추락사하거나 자살하거나 살인을 저지른 사람도 있고요. 게다가 연구에 관계된 사람 몇은 실종되기도 했습니다."

라라는 차분하게 말했다.

"그럼 미국에서 실종된 사람들은 이미 연구 기밀을 알고 있던 사람들이군요. 난 성도착 관련 범죄일 거라 착각했어요. 경성

사건을 접하고요. 그런 연구는 몰랐어요."

영운이 설명을 이어갔다.

"맥각 성분 관련한 연구는 라라 박사님께 숨겼을 겁니다. 나중에 안전성이 확보되면 말하려 했겠죠. 가장 중히 여기는 연구 조수니까요. 우리 연방수사국에서 조사를 시작해 맥각 성분 약 연구에 라라 박사님은 관련 없다는 걸 알아냈죠."

찬희는 조용히 안도의 숨을 뱉었다.

"사실 레이 박사 연구 배후에는 막대한 돈을 투자해서 실험 결과를 얻으려는 제약회사가 있었어요. 결국 레이 박사와 제약회사는 우리 수사당국의 제재를 받자, 경성으로 넘어와 또 다른 실험을 한 겁니다."

"믿을 수가 없군요. 그런 게 가능한가요? 환자에게 허가되지 않은 약을 시판하는 게요?"

"조선에서도 떠돌이 약장수가 뱀을 들고 다니면서 파는 정력 제들은 허가된 건가요? 성분을 알고 사는 건가요? 신문 광고도 엉터리 약 투성이지요. 그런 판국에 미국에서 온 저명한 심리학 박사가 주는 약을 누가 마다하겠어요. 사실 저희도 잘못한 게 민서영 간호사는 연구소의 불법적 연구를 눈치채고 정보원 역할을 하고 있었죠. 신분을 감추기 위해 성형수술을 받았는데 그만 살해당했습니다. 우리가 일찍 신변 보호를 하지 않아 벌어진 일이죠. 유가족들과 보상 논의를 하는 중입니다."

찬희는 한숨을 쉬었다. 피해자들은 모두 안타깝게 목숨을 잃었다.

최근 경성에 신문물이 밀려들어 오고, 자본주의, 배금주의가 팽배해지면서 빈부격차는 엄청나게 커졌다. 실업률은 올라가고, 백화점의 화려한 상품에 각종 광고에, 모던보이와 모던걸의 사치스러운 치장에 시민들은 스트레스를 받았다. 신경증 수치는 높아져 갔다.

그러니 미국 박사가 주는 약이라면 환장할 것이다. 기분을 나아지게 하고 활동성을 권장하는 약이라니. 김연주도 혹하지 않았는가?

"대체 맥각이 뭐죠?"

"밀 혹은 보리 등의 벼과 식물의 씨앗집에 기생하는 균핵이야. 역사적으로도 오래도록 진통제나 지혈제로 쓰인 약이야."

라라가 영운 대신 말했다.

"자궁을 수축시켜 산모의 출혈을 막지. 하지만 급성중독되면 구토, 복통, 무기력 그리고 사망하기도 해. 만성 중독은 심한 환각을 일으키고 정신장애나 통증을 일으켜. 1800년대에는 가룃과의 벌레에서 얻은 칸타리딘 성분으로 남성의 발기불능을 치유했지만, 부작용이 엄청나서 지금은 사용 안 해. 칸타리딘만큼이나 극약이야. 광인이 되거나 죽을 수도 있어."

영운이 고개를 끄덕였다.

"오상래 부장님도 미국 FBI의 경성 지부 직원이죠. 업무는 다르나, 위급할 시는 공조를 합니다."

찬희가 의아해하며 물었다.

"오상래 부장님이 알려준 단서로 찾아간 그 도색 필름 상영회는 뭐죠? 헛다리를 짚은 건가요?"

"우리가 알아낸 바로는, 경성부청 뒤 담벼락에 낙서를 남겨서 성적인 부분에 관심 있는 사람들을 비밀리에 도색 필름 상영회에 참석하게 하고, 거기서 몇몇을 추려서 레이 박사의 실험에 참여시켰던 것 같습니다. 우리도 오상래 부장님이 뒤늦게 말해줘서 더 캐보고 참고인 진술을 받아보니 그런 사정이 있었죠."

찬희가 눈을 크게 떠서 영운을 보았다.

"그런 일이었군요."

실마리가 풀어지는 느낌이었다. 레이는 마약을 정민홍을 비롯한 몇몇 환자들에게 신경을 진정시켜주는 약이라면서 먹여 실험을 진행했다. 그들을 최면으로 조종하고 약을 복용하게 하고 어떤 행동을 하는지 관찰한 것이다.

찬희는 소름이 끼쳤다. 사람을 속여서 실험의 대상으로 삼다니 레이는 소시오패스임이 분명했다.

영운은 뒤에 있는 기밀들을 더 말해주었다. 선영은 영운의 부탁으로 타이핑을 중지했다. 그는 모두 기밀에 붙여줄 것을 신신당부하고 수사 관련 이야기는 이어졌다.

찬희는 현실감이 들지 않았다. 악마의 사람 대상 실험은 상상
이나 전설에만 존재하는 것 같았는데, 최신 의학계에서 행해지
다니 놀라웠다. 오로지 그윽한 커피 향만이 현실임을 일깨워주
는 것 같았다.

찬희는 커피를 데워 영운에게 건네고 한 모금 마셨다.

발레를 다 같이

자정, 공유 하우스 대문 앞 찬희는 영운이 불러내 나가보았다. 그는 커다란 트렁크를 들고 차에 싣고 있었다.

"이게 마지막 인사가 될 것 같아요. 어머니에게 방금 인사드렸어요. 1시간 전에 미국 본부로 복귀하라는 명령을 들었고, 곧 복귀하는 요원들은 인천항으로 집결하게 되죠. 레이 박사는 지금 미국으로 들어간 걸로 추정됩니다. 다시 쫓아 증거를 찾아서 재판정에 세워야죠. 이제 언제 돌아올지 모르겠어요."

영운은 오상래는 경성에 남아 지부 요원으로 계속 활동한다고 했다.

찬희는 마음이 허전하고 서운했다. 눈시울이 붉어졌다.

"……고맙습니다. 감사하다는 인사도 못 드렸네요."

"아니, 라라 박사가 찬희 씨 목숨을 살려준 거죠."

찬희가 영운의 손을 잡았다.

"조심히 가요. 영운 씨."

찬희는 가슴이 시리게 느껴졌다. 밤바람이 무척 차갑게 뺨에 와닿았다. 영운과 시선을 마주치는데, 그가 살짝 미소지었다.

"전, 이렇게 평생 떠돌아다닐 팔자인가 봐요. 미국서도 그렇게 돌아다니면서 범인을 뒤쫓았는데요. 언젠가 경성에 돌아왔을 때 찬희 씨 상담소가 아직도 여기 있다면 그때 다시 만나요."

찬희 눈가가 촉촉이 젖었다. 영운은 찬희의 눈에 맺힌 눈물을 엄지로 닦아주었다. 그리고 뺨을 살짝 쓸어내렸다.

"장담은 못 하지만 다시 돌아오면 그때는 반드시 정식으로 사귀어요."

"대박 나서 사무소 옮길 겁니다. 영운 씨."

"그렇게 되길 바랍니다. 하지만 연락처는 어머니께 남겨둬요. 기다려달라는 뻔뻔한 말은 못하겠지만, 편지는 종종 쓸게요. 장거리 연애는 인내심이 많아야 하는데, 전 인내심이 그다지 많지 않아 우정의 의미로 보낼게요."

찬희는 환하게 웃었다.

"마음대로요. 저도 경성에 멋진 남자 생기면 바로 연애 걸 겁니다. 송영운 수사관님."

"미국 핑커톤 탐정사무소에 다리를 놓아볼게요. 연수하러 미국으로 와요. 내가 최선을 다해 도울게요."

"말만으로도 무한 감사합니다."

영운은 찬희와 담백한 이별을 하고 그날 떠났다. 재연은 아무일 없다는 듯 시어머니 미자 씨를 돌보고 같이 산책하고, 동네 부인들을 대상으로 발레 수업을 열었다.

한편, 라라는 미국에 있는 심리상담사 협회나 정신과 협회에 레이가 경성에서 불법적인 실험을 무단으로 벌인 일을 공문서로 작성해 편지로 부쳤다. 그리고 레이가 최면을 걸어 살인을 교사한 증거는 없으나, 차후 정민홍이 입을 열어 진술하면 경성 재판정에서 미국 법무부로 레이의 범죄 사실을 고지할 예정이라 했다.

그렇게 사건은 일단락되었다. 라라는 예전의 자신만만한 모습을 보이는 일은 드물어지고, 더러 어딘지 쓸쓸해 보였다.

하지만 이내 다양한 고민을 지닌 내담자가 찾아오면서 상담소는 다시 활기를 띠었다. 그들을 돕기 위해 찬희, 라라, 선영은 동분서주했다. 그렇게 라라의 상처는 치유되어 가는 중이다.

영운이 떠난 후, 찬희는 가슴이 시렸다. 끌림이 아니라고 부인하지 못했다. 영운과 사건을 같이 쫓고, 도움받은 이유도 있지만 알게 모르게 이성적인 감정도 느꼈다. 한편 찬희는 라라에게도 애틋한 마음이 있었다. 상담소를 이끌어가는 데 자신이 꼭 라라를 도와야 했다.

영운이 그렇게 떠난 지 2주 후, 그간 찬희와 라라가 사건을 뒤쫓느라 참석하지 못한 저녁 발레 수업에 오랜만에 갔다.

찬희와 선영, 라라가 레오타드와 발레 타이츠, 토슈즈를 신고 바를 잡고 스트레칭을 하는데 재연과 미자 씨 그리고 김연주가 화려한 발레복을 입고 들어섰다. 특히 김연주는 모조 보석 등이 박힌 발레복을 제대로 갖춰 입어 발레리나 같았다. 쇼팽의 피아노곡이 경쾌하게 울리는 무용실 안, 바를 붙잡고 고개를 숙이고 스트레칭을 하면서 준비운동을 했다.

그때 마선진이 친구 한 명과 같이 들어왔다. 재연이 다가가 인사했다. 마선진이 외투를 벗자 타조 깃털이 달린 발레복이 나왔다. 그리고 중절모를 벗자, 곱게 땋아 올린 가발 머리가 드러났다.

"오늘부터 저희도 수강하기로 했어요."

재연은 고개를 끄덕이면서 크게 외쳤다.

"자, 턱을 도도하게 들고 시선은 45도 왼쪽 공중으로, 오른손을 앞으로 왼손을 뒤로 들어서 왼 다리를 들고 아라베스크 동작~ 더 아름답고 활짝 날아갈 듯이~! 시선은 도도하게."

모두 재연의 지시에 맞춰 움직였다. 축음기에서 아름다운 음악이 유유히 흘러나왔다.

맺음말

    작가들은 작품을 끝내고 항상 차기작 구상에 몰두하면서 고민을 합니다.

    일전에 필자가 동료작가에게 앞으로 어떤 작품을 써야 하는지 진지하게 토론을 했는데, 제가 본격적 트릭이나 밀실 등을 말하니 고개를 도리질했습니다.

    그리고 이렇게 말했습니다.

    "너의 나이에 너만 쓸 수 있는 이야기를 써라.《버자이너 모놀로고》같은 작품을 써라!"

    저는 처음에 웃으면서 "말도 안 돼. 큰일 나. 망신당해" 하면서 부끄러워했죠.

후에 그 작품을 다시 읽었습니다. 1996년 이브 앤슬러 작가가 전 세계 200명의 여성을 인터뷰하고 여성의 성적 고민, 동성애자의 사랑, 위안부, 제 2세계 노동자, 폭력에 희생된 여성의 입장에서 쓴 글에 진심으로 감동을 받았습니다.

필자도 40대 후반이 되면서 갱년기 장애를 겪으면서 이상하게 홍조증에 밤마다 잠을 못 이루고, 기분이나 활력이 과다하게 오르는 증상을 겪었습니다. 이를 작품 속 여러 캐릭터에 입혀서 슬쩍 넣어보기도 했습니다. 하지만 전면적으로 다룰 생각은 못 하던 차에《경성 탐정 이상》시리즈를 5권으로 완결하고, 북오션 출판사에서 이구용 해외 에이전트 대표 그리고 출판사 식구들, 양수련 작가와 작품 관련 이야기를 하다가 아이디어를 얻었습니다.

"경성에 최초로 여성 전문 부녀자 고민상담소가 생겨서 여성 탐정들이 이 문제를 해결해준다."

얼마나 대단한 아이디어인지요. 이 자리를 빌려 그분들에게 진심으로 감사 인사를 드립니다.

특히 이구용 대표는 자신이《버자이너 모놀로그》수입에 주도적 역할을 했다면서 김동인의 〈감자〉나 김유정의 〈동백꽃〉에서 보이는 1930년대 강인한 여성상을 그려보면 의미 있는 작품이 될 거라 했습니다. 저 또한《삼천리 앙케트》라는 1930년대

〈삼천리〉 잡지에 실린 글을 모은 책을 재미있게 보았는데, 거기 남편이 수감자가 되었을 때 아내가 수절을 해야 하는가에 관한 심도 깊은 토론이 실려 있었습니다. 놀랍게도 그 당시 명사들은 아내가 성욕이나 여러 문제 등으로 다른 남자를 만나는 게 정당하다고 인터뷰했죠.

나혜석의 에세이 〈이혼고백장〉을 비롯한 여러 글에도 일엽 스님 김원주의 글에도 여성의 성적자기결정권과 주체적 경제활동권, 재산형성권 그리고 시가나 가부장제 남성 권력 등을 비롯한 일체의 억압에서 여성의 진정한 독립을 허하라는 당당한 요구가 실려 있습니다.

'아니 이럴 수가. 오히려 지금 이 시대가 문화적으로 성적으로 더 억압이 된 시기가 아닌가.'

지금은 성범죄를 제대로 처벌하는 시대이고, 여성들의 권익도 향상돼 동등한 권리를 주장합니다. 그럼에도 성범죄는 범람하고 포르노 사이트의 트래픽은 날마다 증가합니다. 한편으로 유튜브에서는 얼굴을 공개한 젊은 여성들이 성적 경험담이나 고민 상담을 산부인과 의사에게 상담합니다.

경성에도 여성들이 신문사에 고민 편지를 보내 어떻게 해야 할지 진지하게 묻는 고민 상담란이 있었습니다. 저는 이 고민 상담 신문기사를 단행본으로 접했는데, 정말 답답해서 보낸 편지들이 절절하게 와닿았습니다.

이를 계기로 부녀자들을 돕는 여성 탐정단들이 있었다는 가정에 이 글을 썼습니다.

실제로 3·1운동도 여성들이 주도적으로 나서서 이끌었던 역사적 사실들이 무척 많았고, 또한 여성주의 운동도 1930년대에 세계적으로 활발했습니다. 급진적 단체인 근우회도 있었고, 여성운동가 정종명, 정칠성 등이 활약했습니다.

나혜석, 김명순 등은 여권신장을 위한 글을 많이 써냈습니다. 1930년대의 용감하고 앞서나갔던 '그들'을 가공의 인물로 재해석해서 그들이 최초의 여성 고민상담소를 열었다는 가정으로 소설을 시작했습니다. 하지만 소설 속 내용은 실제 지명이나 인물, 상황과 전혀 상관이 없는 허구임을 밝힙니다.

작품을 집필하기까지 1930년대 이전에 정신병리를 다룬 책들을 찾아봤습니다. 리하르트 폰크라프트에빙 정신과 의사의 《광기와 성》, 유전학자 해블록 엘리스의 《섹스의 심리학》 등 책과 현대 심리학서로는 로버트 아케렛의 《심리치료 그 30년 후의 이야기》, 김정림 상담사의 《내가 마중물이 되리라》, 박수경 상담사의 《그 남자, 그 여자의 지킬 앤 하이드》 《섹스, 사랑이라는 여자, 열정이라는 남자》 등 많은 서적을 참조했습니다. 이외 민속학자 야스이 마나미의 《괴이와 신체의 일본문화》, 공정식 범죄심리학자의《범죄분석학》외 다수의 책들을 참조했습니다. 하지만 잘못 쓰인 점이 있으면 모두 저의 잘못입니다.

　다음번에도 제가 김재희 추리월드 초대장을 보내드리면 꼭 오시기 바라면서 다음번 작품에서 찾아뵙도록 하겠습니다. 새로운 판타지의 세계로 안내해드릴 테니 꼭 오십시오.

2021년

김재희 드림